ULLSTEIN

Das Buch

Ein neuer Fall für Grace de Rossa: Als die gealterte Hippie-Frau Poppy Dalglish-Stuart die Privatdetektei von Grace de Rossa und Phoebe Lamplighter damit beauftragt, ihre vermißte Schwester Carenza aufzuspüren, zeigt sich Grace zu Anfang nicht sehr begeistert. Poppy behauptet nämlich, daß Emmet O'Connell, der Ehemann ihrer Schwester, Carenza ermordet haben soll. Beweise hat sie keine, lediglich schlechte Karten beim Tarot. Kurze Zeit später nimmt Free, Poppys Tochter, in Sorge um ihre verschollene Tante Verbindung mit Sergeant Luke Ryan auf, der, ebenso wie Grace, zunächst an Poppys Glaubwürdigkeit zweifelt. Doch schon bald bewahrheiten sich Poppys und Frees Befürchtungen: Carenzas Leiche wird von einem Jogger im Ballycoyle-Wald entdeckt. Als ein Suchtrupp der Polizei die Mordwaffe findet und der junge Paddy Moran mit dem Schmuck der Toten ertappt wird, glaubt man den Mörder gefunden zu haben. Aber irgendwie scheint auch O'Connells Freund und Kollege Drummond tief in dieses mörderische Spiel verwickelt zu sein …
Spannend und unterhaltsam von der ersten bis zur letzten Seite!

Die Autorin

Maggie Gibson wurde in Yorkshire als Tochter irischer Eltern geboren. Sie besitzt einen Friseursalon in der Nähe von Westport, Irland, und schreibt in ihrer Freizeit Krimis. *Eine todsichere Sache* ist der dritte Roman in der Krimireihe mit der sympathischen Heldin Grace de Rossa.

Von Maggie Gibson sind in unserem Hause bereits erschienen:

Ein mörderisches Team
Lauter ehrbare Leichen

Maggie Gibson

Eine todsichere Sache

Kriminalroman

Aus dem Englischen
von Antje Kaiser

Ullstein

Ullstein Taschenbuchverlag 2000
Der Ullstein Taschenbuchverlag ist ein Unternehmen der
Econ Ullstein List Verlag GmbH & Co. KG, München
Deutsche Erstausgabe

Titel der englischen Originalausgabe:
Deadly Serious (Poolbeg Press Ltd., Dublin)
Übersetzung mit freundlicher Unterstützung
des ILE (Translation Fund), Dublin, Irland
Übersetzung: Antje Kaiser
Redaktion: lüra/Gisela Klemt
Umschlagkonzept: Lohmüller Werbeagentur GmbH & Co. KG, Berlin
Umschlaggestaltung: Bauer + Möhring, Berlin
Titelabbildung: photonica, Hamburg / Kate Schermerhorn
Gesetzt aus der Sabon, Linotype
Satz: Josefine Urban – KompetenzCenter, Düsseldorf
Druck und Bindearbeiten: Elsnerdruck, Berlin
Printed in Germany
ISBN 3-548-24815-2

Vielen Dank den üblichen Verdächtigen!

Für
Anna Egan

1. Kapitel

»Da draußen ist 'ne Verrückte«, sagte Xin. »So 'ne richtig Abgedrehte.«

»Könntest du ›abgedreht‹ mal genauer definieren?« fragte Grace. Sie war gespannt darauf zu erfahren, was das Mädchen mit dem Geisha-Make-up und den rasierten Schläfen wohl darunter verstehen mochte.

Ausnahmsweise schien die Ninja jedoch einmal um Worte verlegen zu sein. Sie zuckte mit den Schultern. »Na ja... eben nicht so 'ne übliche Verrückte oder so, und sie faselt unaufhörlich was von einem Mord.«

»Einem Mord? Hast du ihr nicht gesagt, daß sie zur Polizei gehen muß?«

Xin wollte gerade etwas sagen, als die besagte abgedrehte Person ins Zimmer gerauscht kam.

»Ab mit dir, Kleine«, forderte die Frau an Xin gewandt und streckte die Hand über den Schreibtisch hinweg Grace entgegen. »Poppy Dalglish-Stuart, freut mich sehr.«

Ihr Händedruck war fest, und ihre tiefe Stimme hatte einen angloirischen Akzent, doch Xins Beschreibung war ihr nicht gerecht geworden.

Ein strenger Geruch nach Patchouli oder bestem Cannabis war ihr voraus ins Zimmer geschwebt. Grace betrachtete sie von oben bis unten. Sie konnte Xins Reaktion nur zu gut verstehen. Die Frau war über eins achtzig, hatte die Fünfzig überschritten und offensichtlich nicht bemerkt, daß es seit Woodstock keine Blumenkinder mehr gab. Immer wenn sie sich bewegte, klimperte einer ihrer zahlreichen Armreifen oder eine ihrer Ketten. Sie trug einen langen bunten Kaftan mit indianischen Mustern und darüber eine braune wollene Herrenstrickjacke, auf die kleine Spiegel und bunte Perlen gestickt waren. Ihre Füße steckten in Sandalen und in unterschiedlichen grell-bunten Socken.

Diese Frau mochte vor gut dreißig Jahren eine Schönheit gewesen sein, doch ihre hexenhafte Erscheinung wurde nun durch ein Zuviel an Kajal betont, der sich in ihren Augenfältchen abgesetzt hatte, ebenso wie durch zu großzügig aufgetragenes Rouge und durch ihr langes, geflochtenes, grau-meliertes Haar, in das sie an den Schläfen zwei orangefarbene Strähnen gefärbt hatte.

Xin sah sie empört an. Als Schattenkrieger, als quasi lebende Waffe nahm sie nicht gern das Kommando »ab mit dir« entgegen, und sie wollte dieser alternden Hippie-Frua gerade gehörig die Meinung sagen, als sie Graces warnenden Blick sah und daraufhin den eiligen – und ihrer Meinung nach taktischen – Rückzug antrat.

»Werden Sie nun bezüglich des Mordes an meiner Schwester Ermittlungen anstellen oder nicht?« wollte die ältere Frau ungeduldig wissen.

»Waren Sie schon bei der Polizei?«

Poppy Dalglish-Stuart zog intensiv an ihrer übelriechenden selbstgedrehten Zigarette. »Natürlich war ich das, aber die Dummköpfe hören mir ja nicht zu! Emmet O'Connell hat meine Schwester Carenza umgebracht, und die Polizei hat nicht die Absicht, diesbezüglich irgend etwas zu unternehmen«, empörte sie sich. Dann setzte sie sich und wartete auf eine Reaktion von Grace.

»Wann und wo ist dies geschehen?« fragte Grace ziemlich verwirrt.

Poppy richtete den Blick ihrer schwarz umrandeten Augen [illegible] Decke und seufzte. »Ich weiß nicht, wann und wo, [illegible] deshalb br[illegible]he ich Sie ja. Ich weiß nur, daß [illegible]

[illegible], ich ...«

[illegible]e.

[illegible]ld. »Es tut mir leid, ich verste-[illegible]Sie, daß dieser Emmet O'Con-[illegible]at?«

[illegible]et hat. Er hat meine Cousine [illegible]s sich zur Angewohnheit zu [illegible]morden.«

[illegible]ace. »Und wann war das?«

[illegible]um, sah Grace an und verzog [illegible]h gar nicht so gönnerhaft zu [illegible] hab' auch *damals* Anzeige bei der Polizei erstattet und wurde ebenfalls ignoriert. Ich habe sie gewarnt, daß er es wieder tun würde. Und Gott kann bezeugen, daß ich versucht habe, Carenza zu warnen, aber sie wollte nicht auf mich hören, dieses Dummerchen.«

Grace rührte sich nicht. »Nur los, meine Liebe. Überprüfen Sie das. Fragen Sie Sergeant McEvoy vom Revier an der Harcourt Terrace. Er wird es Ihnen bestätigen.«

Grace schwieg immer noch. Sie konnte es nicht ausstehen, mit *meine Liebe* angesprochen zu werden, und außerdem wußte sie nicht, was sie von diesem greisenhaften Blumenkind halten sollte.

Nach kurzem Überlegen sagte sie: »Würden Sie mich einen Moment entschuldigen, Miss *Dalglish*-Stuart?«, und legte dabei die Betonung auf den ersten Teil des Namens. »Ich bin gleich wieder zurück. Kann ich Ihnen eine Tasse Tee anbieten?« Die schwarzen Augen blitzten sie wortlos an. »Nun, dann wohl eher nicht«, sagte Grace und ging aus dem Zimmer.

Xin saß selbstgefällig an ihrem Schreibtisch und grinste.

»Verbinde mich mit Dermot McEvoy von der Harcourt Terrace, ja?« zischte Grace. »Und wisch dir dieses blöde Grinsen aus dem Gesicht.«

Phoebe betrat das Vorzimmer, voll beladen mit Einkaufstaschen, und ließ ihre anmutige Gestalt auf das Sofa plumpsen.

»Gott, bin ich geschafft!« stöhnte sie und zog die Schuhe aus, bevor sie den Geruch wahrnahm. »Wer raucht denn hier Dope?«

»Die Verrückte im Büro«, sagte Xin und reichte Grace den Hörer.

»Hallo, Dermot.«

»Was willst du, Grace?« Dermot kam direkt zur Sache.

»Mir geht's gut, Dermot. Danke der Nachfrage. Und wie geht's dir?« erwiderte sie spöttisch.

Grace hatte vier Jahre lang mit Inspector Dermot McEvoy zusammengearbeitet, bevor sie nach zehn Dienstjahren bei der Garda Síochàna die Kündigung eingereicht hatte. Die Entscheidung war aus beruflichen Gründen gefällt worden, wenn auch nicht aus freien Stücken. Dermot und wenige andere standen allein in ihrem Glauben, daß Grace eine Falle gestellt worden war und daß der gegen sie erhobene Vorwurf, sie hätte sich bestechen lassen, auf heimtückische Weise eingefädelt worden war. Doch ihre Loyalität war nur wenig tröstlich gewesen. Grace wußte, wie sehr derartige Verleumdungen an einem haften blieben und daß sie ihre Karriere in den Wind schreiben konnte. Also hatte sie Schadensbegrenzung betrieben und sich mit Phoebe Lamplighter (Edelnutte im Ruhestand) und Phoebes Freund und Mentor

Mungo (ein sehr großer, schwarzer Vietnamveteran) zusammengetan und die Detektei »Investigation – Experten für Ermittlungen und Sicherheitsfragen« gegründet.

Mit ihren gut 65 Kilo Gewicht und ihrer Körpergröße von 1,50 Meter war Alice Mountjoy, auch bekannt unter dem Namen Xin, ihre Vorzimmerdame und ihr Mädchen für alles. Xin war stolz auf ihren Status als ausgebildete Ninja (ihre Worte) und hatte ihren ganz eigenen, merkwürdigen Stil.

Zufällig trug sie den gleichen Vornamen wie Graces Mutter, doch damit endeten auch schon jegliche Gemeinsamkeiten. Alice de Rossa war – obwohl Grace sie innig liebte – eine unterdrückte Maus, die keiner Fliege etwas zuleide tun konnte und immer den Weg des geringsten Widerstands ging. Dies war keineswegs überraschend, wenn man bedachte, daß Paul de Rossa, Graces Vater, ein arroganter und herrschsüchtiger Mann war, der permanent von seiner zweiten Tochter enttäuscht war. Er hatte von ihr und ihren Geschwistern erwartet, daß sie Ärzte würden wie er, gute Partien machten und Enkel zur Welt brachten, wenn auch nicht zwingend in dieser Reihenfolge. Die Tatsache, daß Grace keines dieser Ziele erreicht hatte, führte dazu, daß er sie praktisch ignorierte.

Doch nach anfänglichen Zweifeln stellte Grace allmählich fest, daß die außergewöhnliche Partnerschaft in der Detektei wesentlich besser funktionierte, als sie es erwartet hatte.

»Tut mir leid, Grace. Wie geht's dir?« fragte Dermot am anderen Ende der Leitung. »Und was willst du?«

»Ich hab' hier in meinem Büro eine geistesgestörte Frau sitzen, die behauptet, ihre Schwester sei von ihrem Schwager ermordet worden, der bereits vor sechs Jahren ihre Cousine Anabell getötet haben soll. Sie sagt, sie hätte damals bei dir Anzeige erstattet, es sei aber nichts unternommen worden.«

»Anabell? Handelt es sich um Anabell O'Connell?«

»Ich denke schon. Die Frau hier heißt...«

»Poppy Stuart?«

»Poppy Dalglish-Stuart, ja. Hat die noch alle Tassen im Schrank?«

Dermot schnaubte verächtlich. »Sie ist... sagen wir mal, etwas exzentrisch. Sie hat mich regelrecht verfolgt und lag mir unablässig wegen Anabell O'Connell in den Ohren.«

»Wer war Anabell O'Connell?«

»Poppy Dalglish-Stuart kam vor sechs Jahren mit der Behauptung zu mir, ihre Cousine Anabell sei von Dr. Emmet O'Connell, ihrem Ehemann, ermordet worden. Ich ging der Anzeige nach und fand heraus, daß als Todesursache auf dem Totenschein Herzversagen aufgrund eines angeborenen Herzfehlers angegeben war. Dr. Brian Drummond, ihr Hausarzt, hat den Totenschein ausgestellt. Sie war noch am Tag vor ihrem Tod und auch mehrere Male in den vorausgehenden Wochen von ihm untersucht worden, daher war eine Obduktion nicht notwendig gewesen. Dalglish-Stuart blieb hartnäckig, aber wir konnten nur wenig unternehmen, denn zu dem Zeitpunkt, als sie die Anzeige erstattete, war Anabell O'Connell bereit eingeäschert worden, und ansonsten hatte alles seine Ordnung.«

»Glaubst du, daß sie es nur aus irgendeinem Grund auf den Schwager abgesehen hat?«

»Sieht so aus«, sagte er.

»Okay, Dermot, danke. Wir hören uns.«

Während Grace mit Dermot geredet hatte, war Phoebe von Xin über die neueste Klientin der Detektei informiert worden, und als Grace den Hörer auflegte, sagte Phoebe mit einem Fingerzeig auf die geschlossene Bürotür: »Wer ist dieses Nervenbündel?«

»Psst! Sie kann dich hören. Wenn es dich so brennend

interessiert, dann komm mit ins Büro und sieh sie dir selbst an.«

Die verrauchte Luft im Büro war zum Zerschneiden dick. Poppy saß am Schreibtisch und paffte noch immer an ihrer selbstgedrehten Zigarette. Grace stellte Phoebe vor, und sie gaben sich die Hand.

»Ich habe mit Dermot McEvoy gesprochen, und er hat mich über die Hintergründe aufgeklärt. Er scheint allerdings davon auszugehen, daß Ihre Cousine eines natürlichen Todes starb. Was genau läßt Sie vermuten, daß Ihrer Schwester etwas zugestoßen ist?«

»Ich hab' denen gesagt, daß etwas passieren würde, und nun ist es geschehen. Er hat es wieder getan. Er hat Carenza getötet. Um es mit den unsterblichen Worten von Eliza Doolittle wiederzugeben: *Er hat sie umme Ecke gebracht«,* fügte sie mit übertriebenem Cockney-Akzent hinzu.

»Aber wieso glauben Sie, daß Emmet O'Connell Ihre Schwester tatsächlich getötet hat? Und wenn sie tot ist, wo ist dann die Leiche?«

Grace beobachtete Poppy genau. Ihre Körpersprache ließ nicht darauf schließen, daß sie log, und trotz ihres ganzen exzentrischen Gehabes schien sie doch bei klarem Verstand zu sein. Doch sie sah die Situation gleich wieder anders, als Poppy sagte: »Weil sie vermißt wird. Wir wollten uns vor drei Tagen treffen, aber sie ist nicht aufgetaucht, und er behauptet, er wüßte nicht, wo sie ist. Natürlich lügt er. Sie ist tot, und er war es. Ich habe neulich Carenza die Tarotkarten gelegt, und da konnte ich erkennen, daß sie in unmittelbarer Gefahr schwebt. Sie wurde gekrönt durch die Zehn der Schwerter, und die Drei der Schwerter lag vor ihr. Das As...«

Grace unterbrach sie: »Verzeihen Sie, Poppy, aber Tarotkarten sind nicht unbedingt wasserdichte Beweise. Ist das der einzige Grund, der Sie glauben läßt, Ihr Schwager könnte Ihre Schwester umgebracht haben? Haben Sie sie schon als vermißt gemeldet?«

»Ja, natürlich! Ich habe sie vermißt gemeldet, und Sie sollen sie finden. So etwas machen Sie doch, oder? Leute finden?« Sie wurde allmählich immer erregter und fuchtelte mit ihren Händen herum, so daß sie die Asche der Zigarette überall verteilte. Grace war nicht besonders daran interessiert, sich auf die Sache einzulassen. Die Frau wirkte ziemlich verrückt und sah nicht so aus, als hätte sie auch nur einen Penny im Portemonnaie.

Phoebe nahm ihr jedoch die Entscheidung ab. »Sie können uns vertrauen, Miss Dalglish-Stuart. Wir sind Profis.«

Nachdem Grace sich von Poppy widerwillig hatte Einzelheiten geben lassen und diese gegangen war, fiel sie über Phoebe her. »Findest du nicht, daß wir darüber diskutieren sollten, bevor wir einen Fall annehmen? Die Frau ist doch ganz offensichtlich verrückt.«

»Meine Güte, Grace, wir sind doch nicht zum Vergnügen in diesem Geschäft«, erwiderte Phoebe heftig. »Wie sollen wir denn die Rechnungen bezahlen, wenn du Aufträge ablehnst?«

»Wer lehnt Aufträge ab?« fragte Mungo, der gerade zur Tür hereinkam.

»Grace. Sie versucht gerade, eine perfekte Klientin an die Polizei abzuschieben.«

Mungo stieß einen übertriebenen Seufzer aus. »Du bist keine Polizeibeamtin mehr, Grace. Dies ist ein Privatunternehmen.«

»Nun, ich dachte eben, es wäre Zeitverschwendung, mehr nicht«, murmelte Grace kläglich.

Phoebe richtete ihre schönen Augen gen Himmel. »Ja und, verdammt noch mal? Wenn sie uns dafür bezahlen will, daß wir unsere Zeit verschwenden, wieso sollten wir sie davon abhalten?«

* * *

Grace traf sich kurz nach sieben mit Dermot auf ein Bier im Smyth's. »Was weißt du eigentlich sonst noch über Poppy Dalglish-Stuart?« fragte sie bald nachdem sie sich gesetzt hatten.

Dermot nahm einen großen Schluck von seinem Guinness. »Ihr arbeitet doch nicht für sie, oder?« fragte er zurück und zog ungläubig die Stirn in Falten.

»Entgegen meiner Überzeugung.«

»Poppy kam vor sechs Jahren ...«, setzte Dermot an.

»Das hast du mir schon erzählt«, unterbrach Grace ihn. »Aber was ist mit ihr? Tickt die noch ganz richtig oder nicht?«

»Ich denke schon. Sie stammt aus einer Familie des guten alten Geldadels.«

»Sie hat Geld? Wenn man sie so sieht, käme man nicht darauf.«

»Man soll nie nach dem Äußeren urteilen, Grace. Das müßtest du doch wissen. Jedenfalls wurden sie und ihre Schwester Carenza zu Waisen, als sie sieben Jahre alt war, und von da an lebten sie bei ihrer Tante und ihrem Onkel mütterlicherseits. Im Alter von fünfzehn erbten sie eine riesige Summe, die für sie bis dahin angelegt worden war. Poppy war offenbar schon immer so exzentrisch, denn mit sechzehn schlug sie die Hippie-Laufbahn ein, ohne sich groß für das Geld zu interessieren. Später heiratete sie irgendeinen armen Kerl, der es mit ihr nicht aufnehmen konnte und der von der Bildfläche verschwand, nachdem sie zwei Kinder bekommen hatte. Sie und die Kinder tragen ihren Mädchennamen, und durch ihr Erbe ist sie finanziell unabhängig, obwohl man ihr das – wie du schon sagtest – nicht ansieht. Sie interessiert sich für Esoterik. Und ich glaube, sie malt auch.«

»Was ist mit den Kindern?«

Dermot schüttelte den Kopf. »Hab' sie nie kennengelernt«, sagte er. »Ich glaube, sie lebten schon woanders, als sie vor sechs Jahren diesen Aufstand machte.« Nach einem kurzen Schweigen fügte er hinzu: »Eigentlich mochte ich dieses schrulliges Weib. Laß dich von ihrem Äußeren nicht täuschen, sie hat einen messerscharfen Verstand.«

»Ich muß morgen zu Emmet O'Connell.«

»Du Glückspilz«, bemerkte Dermot.

»Wieso?«

Dermot zuckte mit den Schultern. »Nur so. Ich konnte mit dem Mann einfach nichts anfangen, das ist alles. Er ist kalt wie eine Hundeschnauze.«

»Glaubst du, er könnte seine erste Frau tatsächlich umgebracht haben?« fragte Grace.

»Nein, wohl eher nicht. Poppy scheint mir etwas besessen von der Idee zu sein, aber ich kann mir wahrlich nicht vorstellen, daß er ein Mörder sein soll«, sagte Dermot. »Obwohl du Poppy Dalglish-Stuart nie davon überzeugen wirst. Übrigens, die nächste Runde geht auf dich.«

2. Kapitel

Emmet und Carenza O'Connell lebten in Grangetown am äußersten Rande des Bezirks, für den das Polizeirevier an der Harcourt Terrace zuständig war. Ihr imposantes, von Kletterpflanzen umranktes freistehendes Haus mit dem weitläufigen gepflegten Rasen war dank der alten Bäume und Büsche von der Straße aus nicht zu sehen. Ein silberner BMW der Spitzenklasse stand rechts von der Eingangstür.

Grace erwischte O'Connell gerade noch, bevor er zur morgendlichen Sprechstunde aufbrach. So diplomatisch wie möglich erklärte sie, wer sie war und was sie herführte, und er bat sie ins Haus.

»Ich nehme an, das habe ich wieder einmal dieser Hexe Dalglish-Stuart zu verdanken«, sagte er. Der große und vornehm aussehende Mann war Anfang Fünfzig, tadellos gepflegt und manikürt, und hatte eine intensive Gesichtsbräune. An den Schläfen waren seine Haare ergraut.

»Miss Dalglish-Stuart hat Ihre Frau als vermißt gemeldet, Dr. O'Connell. Trifft das zu?«

Er stand mit dem Rücken zum Kamin und blickte Grace einen Moment lang an, bevor er antwortete. »Meine Frau ist fortgegangen, Miss de Rossa.«

Sie erwiderte nichts und hoffte, er würde weiterreden. Als er das nicht tat, fragte sie: »Wann ist sie gegangen?«

»Samstag oder Sonntag. Warum?«

Grace ignorierte die Frage. »Wann erwarten Sie sie zurück?«

Er zuckte mit den Schultern. Eine elegante Bewegung. »Ich erwarte sie nicht zurück.«

»Wie bitte?«

»Miss de Rossa, es geht meine Schwägerin und auch Sie zwar nichts an, aber um die Wahrheit zu sagen, ich erwarte meine Frau nicht zurück, weil sie mich verlassen hat.«

»Verstehe«, behauptete Grace. »Haben Sie eine Ahnung, wohin sie gegangen sein könnte?«

»Absolut keine.« Er stand mit den Händen in den Taschen da und starrte auf den Teppich.

»Sie sagten, sie sei am Samstag oder Sonntag gegangen. Können Sie es nicht genauer sagen?«

Er sah auf und ging hinüber zur Terrassentür. Mit dem Rücken zu Grace blickte er hinaus in den Garten. »Ich weiß nicht, an welchem Tag genau. Ich war auf einem Ärztekongreß in Cork und kam erst am Montag morgen zurück.« Er machte eine kurze Pause. »Ich fand das Haus verlassen vor, und auf dem Küchentisch lag eine Nachricht.«

»Was stand darin?«

Eine Zeitlang antwortete er nicht. Dann sagte er leise: »Darin stand: ›Ich verlasse Dich wegen eines anderen.‹ Was glauben Sie denn, was drin stand? Ich habe ihren Schrank durchgesehen. Die meisten ihrer Kleidungsstücke und ihr Schmuck sind verschwunden.«

»Wissen Sie, mit wem sie fortgegangen ist?« Er schüttelte den Kopf, also fuhr Grace fort: »Und sie hat keine Adresse hinterlassen, unter der man sie erreichen kann?«

»Nein. Soweit ich weiß, hinterlassen die Leute in solch einem Fall keine Adresse«, sagte er verbittert.

Grace steckte ihr Notizbuch ein. »Vielleicht könnten Sie es

uns wissen lassen, falls Sie von ihr hören sollten, Doktor. Ich weiß, daß sich ihre Schwester Sorgen macht. Es würde sie beruhigen.«

Er nickte, ging auf die Tür zu und öffnete sie. »Wenn Sie mich nun entschuldigen wollen, ich muß zu meiner Sprechstunde in die Klinik.«

Ein Lächeln lag auf seinen Lippen, aber nicht in seinen Augen. Grace fügte sich und trat hinaus in die Sonne. Er marschierte schnurstracks auf seinen Wagen zu, nickte zum Abschied, fuhr davon und ließ sie auf der Kiesauffahrt stehen.

Grace fuhr direkt zum Haus der Dalglish-Stuarts in der Raglan Road. Es war eine große, viktorianische Villa, die durch die abblätternde Farbe und den wild wuchernden Garten recht heruntergekommen aussah. Grace ging die steilen Stufen zum Eingang hinauf und klingelte. Nach einer Weile öffnete sich die Tür knarrend einen Spalt weit, und ein uralter Herr im Frack, der unwahrscheinliche Ähnlichkeit mit Riff Raff aus der *Rocky Horror Picture Show* hatte, erschien auf der Schwelle. Er mochte gut und gern hundertzehn Jahre alt sein.

»Ja?« fragte er.

Grace brachte ihr Anliegen vor, woraufhin er die Tür nun ganz öffnete und sie hineinführte. Sie hatte eine schwache Beleuchtung und Spinnweben wie in einem Schauerroman erwartet, wurde jedoch angenehm von einer lichtdurchfluteten Eingangshalle überrascht, über der sich hoch über der gewundenen Mahagonitreppe eine gläserne Kuppel befand. Die Wände waren strahlend weiß gestrichen und mit bunten abstrakten Gemälden dekoriert, zwischen denen hier und da ein Ahnenportrait hing. Unterhalb des Treppengeländers befanden sich viele üppige Grünpflanzen. Riff Raff watschelte durch eine Tür links von der Treppe von dannen, kehrte nach einer Weile wieder und bedeutete ihr mit einem von Arthritis geplagten Finger, ihm zu folgen.

Poppy saß am Ende eines langen, auf Hochglanz polierten Tisches und frühstückte. Sie trug ein recht schäbiges Kleid mit indischem Muster. Ihre Haare waren geflochten und mit Perlen verziert, was sich in der prächtigen Umgebung des Speisezimmers recht merkwürdig auswirkte. Obwohl es einen etwas verstaubten und verwohnten Eindruck machte, nahm Grace an, daß dieses Speisezimmer allein schon mehr wert war als das gesamte Haus in der Baggot Street. Poppy lud Grace ein, sich zu ihr zu setzen, und wenige Augenblicke später erschien Riff Raff mit einem Tablett, auf dem sich ein Gedeck und eine Leinenserviette befanden, die er vor ihr zurechtlegte.

Grace fand diesen urigen Kerl amüsant, und Poppy, die ihren Gesichtsausdruck registrierte, wartete, bis der getreue Butler den Raum verlassen hatte, bevor sie verschwörerisch sagte: »Er arbeitet schon seit meiner Kindheit für unsere Familie. All das hier« – sie deutete mit einer ausschweifenden Handbewegung auf den schön hergerichteten Tisch – »ist Compton. Er weigert sich, auch nur klitzekleine Änderungen vorzunehmen.« Grace lächelte und fand allmählich Gefallen an der seltsamen Frau.

Poppy fuhr fort: »Sind Sie überrascht? Hatten Sie erwartet, daß wir in einem Wohnwagen hausen?« Ihr Tonfall war spöttisch, aber freundlich. Sie schenkte den Tee in eine Tasse aus feinstem Worcesterporzellan und reichte Grace die Tasse. »Milch?« Grace nickte immer noch etwas sprachlos.

»Sie waren bei Emmet.« Das war eine Feststellung.

»Ja. Woher wissen Sie das?«

»Er hat gerade angerufen. Aber ich ahnte, was er wollte, und Compton sagte ihm, ich sei nicht zu Hause. Ich nehme an, er hat meine Bezichtigungen von sich gewiesen.«

»Nun, ich habe ihn noch keiner Tat bezichtigt. Er behauptet, Carenza habe ihn verlassen. Sie hätte einen Liebhaber«, erzählte Grace.

»Unsinn! Obwohl ich mir den Mund fusselig geredet habe, um sie davon zu überzeugen, genau das zu tun«, sagte Poppy. Noch bevor Grace antworteten konnte, fragte sie: »Was werden Sie jetzt unternehmen?«

»Wir werden die Fähren überprüfen, um herauszufinden, ob sie das Land verlassen hat, und ihre Nachbarn befragen, ob sie irgend etwas wissen oder gesehen haben. Können Sie mir sagen, ob sie irgendwelche enge Freunde hat, denen sie sich vielleicht anvertraut haben könnte?«

Poppy schüttelte den Kopf. »Nein, Emmet hat all ihre Freunde vergrault. Er war sehr besitzergreifend, trotz der Tatsache, daß er sich ihr gegenüber wie ein Schwein benommen hat.«

»Dann werden wir die Situation beobachten, und wenn sich Carenza in ein paar Tagen immer noch nicht gemeldet hat, werde ich erneut zu ihm gehen und mir anhören, was er dann zu sagen hat.«

Poppy lachte freudlos auf. »Ich kann Ihnen versichern, daß sie sich nicht melden wird. Sie kann nicht zurückkommen. Er hat sie umgebracht.«

»Vielleicht hat sie Ihren Rat befolgt.«

Poppy rieb sich mit Zeigefinger und Daumen übers Kinn. »Nein, Carenza würde ihn nie verlassen, trotz allem.«

Grace nahm einen Schluck Tee, und Poppy bot ihr einen Toast an, den sie dankbar annahm. Ihr knurrender Magen erinnerte sie daran, daß sie noch keine Zeit fürs Frühstück gehabt hatte.

»Erzählen Sie mir von der Geschichte mit Anabell.«

Poppy lehnte sich zurück und legte die gefalteten Hände in den Schoß. »Nun, was soll ich Ihnen da erzählen? Emmet

O'Connell hat sie erstickt und ließ anschließend seinen Kollegen Brian Drummond den Totenschein unterschreiben, der besagte, sie sei an einem angeborenen Herzfehler gestorben.«

»Ich wußte nicht, daß Brian Drummond der Kollege von O'Connell ist«, sagte Grace. »Wie haben sich Carenza und O'Connell kennengelernt? Welche Rolle spielte Anabell bei der ganzen Sache? Welchen Vorteil hat sich O'Connell bei all dem verschafft?«

»Eine Frage nach der anderen, bitte!« Poppy hob abwehrend die Hände.

»Tut mir leid«, sagte Grace.

»Sie wissen wahrscheinlich, daß Carenza und ich bei Anabells Eltern, Tante Dorcas und Onkel Willie, lebten, nachdem wir Waisen wurden.« Grace nickte. »Ich war genauso alt wie Anabell, Carenza war zwei Jahre jünger. Emmet O'Connell war auf denselben Parties und gesellschaftlichen Anlässen zugegen wie wir. Er war damals sehr flott, etwas zu schleimig für meinen Geschmack, aber sowohl Carenza als auch Anabell waren von ihm hingerissen. Jedenfalls fing er an, Carenza zum Frühlingsfest, zu den Pferderennen und zu ähnlichen Veranstaltungen zu begleiten. Dann, kurz vor Anabells einundzwanzigstem Geburtstag, ließ er Carenza fallen und brannte mit Anabell durch. Meine Vermutung ist, daß er von ihrem Treuhandfonds Wind bekam. Sie konnte mit einundzwanzig darüber verfügen, und er wollte wohl nicht das Risiko eingehen, daß jemand anders sie sich an Land zog.«

»Aber ich dachte, Carenza hätte geerbt, als sie sechzehn wurde?«

»Das stimmt, aber Carenza war vorsichtig und hatte ihr ganzes Vermögen in Aktien und Investitionen fest angelegt, so daß er mit Anabell besser dran war, wenn er an Bargeld herankommen wollte. Sie müssen bedenken, daß Emmet O'Connell ein sehr ehrgeiziger Mann ist und seine Familie nicht vermögend war. Er erschien einfach irgendwann auf der Bildfläche.«

»Woher kam er?«

Poppy zuckte mit den Achseln. »Ich glaube, einer der Jungs muß ihn von Trinity mit nach Hause gebracht haben, obwohl ich mir da nicht sicher bin.« Sie hielt inne, als versuche sie, sich an Vergangenes zu erinnern, und fuhr dann fort: »Carenza war natürlich am Boden zerstört, ließ aber nichts auf Emmet kommen. Ich war zu dem Zeitpunkt in Tibet, also erzähle ich Ihnen all das nur so, wie es mir damals berichtet wurde.«

Grace nickte nur, um Poppys Redefluß nicht zu unterbrechen.

»Als ich nach Hause kam, konnte ich es nicht fassen, wie schlecht es Carenza ging. Sie war unglaublich dünn und blaß geworden und interessierte sich für nichts mehr. Unser Familienarzt hatte ihr Valium verschrieben, so daß sie permanent wie betäubt war. Natürlich habe ich dafür gesorgt, daß sie diese schrecklichen Pillen so bald wie möglich absetzte. Was Drogen anging, so glaubte ich damals nur an die organischen. Sie wissen schon, ab und zu mal ein bißchen Haschisch. Natürlich hat sich das Ganze heutzutage grauenhaft entwickelt. Crack, Kokain, Ecstasy und all diese Designerdrogen – äußerst ungesund.« Sie blickte starr ins Leere.

»Blieb Carenza all die Jahre über allein?«

Poppy kehrte in die Wirklichkeit zurück. »O ja. Sie freundete sich mit Anabell und Emmet an. Ich glaube, sie war froh darüber, einfach nur in seiner Nähe zu sein ... Sie verstehen, die Krümel vom Tisch abzubekommen. Ich fand das alles sehr entwürdigend.«

»Was passierte dann, als Anabell starb?«

»Anabell ist nicht einfach nur gestorben, mein Mädchen. Sie wurde ermordet.«

Grace hob entschuldigend die Hände. »Entschuldigen Sie, ich meinte natürlich ›ermordet‹.«

»Carenza war sofort zur Stelle. Er spielte natürlich den trauernden Witwer, aber er verschwendete keine Zeit, und zwei Monate nach Anabells Beerdigung haben sie geheiratet.«

»Du meine Güte!«

»Das nennt sich wohl eher unanständige Eile, meine Liebe.«

»Wenn O'Connell Anabell umgebracht hat, warum hat er dann so lange damit gewartet? Warum hat er es nicht schon Jahre zuvor getan?«

»Tja, das weiß ich auch nicht. Aber sein 200 000-Pfund-Erbe kam gerade zur rechten Zeit. Der Seniorpartner in seiner Klinik starb, und sein Anteil stand zum Verkauf. Emmet hatte große Pläne für ein Ärztehaus, das auf dem neuesten Stand der Technik sein sollte. Vielleicht wollte Anabell ihm das Geld dafür nicht geben.«

»Wissen Sie, ob er ein Frauenheld war?«

Poppy warf den Kopf zurück und lachte lauthals. »Ein Frauenheld? Er hatte ständig Affären. Ich glaube, Anabell wußte es, ignorierte es aber lieber.«

»Ich frage mich, ob er im Moment eine Geliebte hat«, überlegte Grace laut.

»Darauf würde ich Geld wetten«, sagte Poppy. »Und ich spiele sonst nie.«

Grace neigte dazu, Poppy zuzustimmen. Vom ersten Moment an war ihr Emmet O'Connell instinktiv unsympathisch gewesen. Diese Reaktion gab ihr zu denken, bis ihr auf der Fahrt zurück zur Baggot Street klar wurde, daß Emmet O'Connell in seiner ganzen Art ein Abbild ihres eigenen Vaters war.

Als sie zurück ins Büro kam, begrüßte Xin sie mit den Worten: »Sie wartet auf Sie im großen Büro. Ließ sich nicht abwimmeln.«

»Wer ist *sie*?« fragte Grace etwas verärgert darüber, daß Xin nicht darauf bestanden hatte, daß *sie* im Vorzimmer zu warten hatte.

»Na, diese Ziege Kiera. Meinte, sie hätte was für Sie.«

Phoebe, die hinter Grace das Vorzimmer betreten hatte, kam gerade rechtzeitig, um Xins Erläuterung zu hören. »Mann«, sagte sie. »Kann ich mit reinkommen und zusehen, wie du der Hexe eine knallst?«

Grace starrte sie wütend an, atmete tief durch und ging dann hinein zu ihrer ehemaligen Freundin.

Kiera Lyons war Graces beste Freundin gewesen, bis sie und Andrew, mit dem Grace sechs Jahre verheiratet gewesen war, sich zusammengetan hatten. Die Situation endete schließlich nach langen Querelen damit, daß das frisch verliebte Paar Grace ihren Anteil am ehelichen Heim abkaufte, und Grace somit in der Lage war, zusammen mit Phoebe Lamplighter und Mungo die Detektei zu gründen. Kiera trug jetzt seit achteinhalb Monaten Andrews Kind unter ihrem Herzen.

Sie saß mit hochgelegten Füßen auf dem Ledersofa. Grace hatte sie seit Monaten nicht gesehen, und obwohl sie sich über Kieras Zustand im klaren war, überraschte es sie, wie dick und aufgedunsen ihre ehemalige Freundin aussah. Als Grace das Zimmer betrat, hievte sie sich aus dem Sofa.

»Du fragst dich wahrscheinlich, was ich hier tue?« begann sie.

»Kann man wohl sagen.«

Kiera langte in ihre Handtasche und holte einen Scheck heraus.

»Ich denke, der gehört dir«, sagte sie.

Grace betrachtete den Scheck. Er war auf eintausend Pfund ausgestellt.

»Wofür soll das sein?« fragte sie.

»Das ist das Geld, das Andrew dir für die Übertragung des Hauses in Rechnung gestellt hat«, erklärte sie. »Unter den gegebenen Umständen hielt ich es nicht für fair, dir eine Gebühr in Rechnung zu stellen, und ich habe ihn davon überzeugt, daß du es besser zurückbekommst.«

Nachdem Andrew und Kiera Grace ihren Anteil am Haus abgekauft hatten, war er in einem Anfall von Wut so weit gegangen, von Grace Anwaltskosten einzubehalten, worüber sie sich fürchterlich aufgeregt hatte. Einen kurzen Augenblick lang war sie versucht, Kiera zu sagen, sie könne sich den Scheck sonstwohin stecken. Doch dann siegte der Verstand und sie sagte sich, daß sie tausend Pfund gut gebrauchen könnte, gleichgültig, von wem sie kamen.

»Danke«, murmelte sie mit einem Mindestmaß an Freundlichkeit, während sie Kiera den Scheck aus der Hand riß.

Kiera schloß die Augen und schwankte leicht, und Grace bemerkte, daß ihr Schweißperlen auf der Stirn standen.

»Geht es dir nicht gut?« fragte sie.

Kiera stützte sich am Schreibtisch ab und rieb sich über den dicken Bauch. »Es geht schon«, sagte sie. »Ich hab' mir gestern abend etwas vom Chinesen geholt, und seitdem macht mir mein Magen höllisch zu schaffen. Würde es dir etwas ausmachen, wenn ich mich kurz setze?«

Grace nahm sie am Arm und führte sie zum Sofa zurück. »Setz dich ruhig hin«, sagte sie. »Möchtest du ein Glas Wasser?«

Kiera nickte. Grace ging hinaus ins Vorzimmer, ließ aber die Tür auf.

»Warum schreit sie denn gar nicht?« fragte Phoebe und klang fast enttäuscht. »Ist sie bewußtlos?«

»Nein, du Schlaumeierin. Aber ihr geht's nicht gut. Hol bitte ein Glas Wasser, Xin, und bring es ihr hinein.«

Genau in dem Moment hörten sie einen grellen Schrei aus dem Büro, und alle drei eilten zur Tür. Kiera krümmte sich auf dem Boden.

»Ich glaube, das Baby kommt! Die Fruchtblase ist geplatzt!« kreischte sie. »O Gott, diese Schmerzen! Helft mir doch!«

Grace und Phoebe standen mit offenem Mund wie angewurzelt da, doch Xin reagierte sofort.

»Ich ruf 'nen Krankenwagen«, sagte sie und rannte zum Telefon.

Phoebe ging zurück ins Vorzimmer. »Ich sag' Mungo Bescheid.«

Kiera schrie immer noch vor Schmerzen, und Grace stand nach wie vor stumm in der Tür.

»Na, nun helfen Sie ihr doch!« rief Xin und riß Grace aus ihrer Lähmung. Sie eilte zu ihrer ehemaligen Freundin und half ihr in eine sitzende Position, indem sie sie mit dem Rükken gegen das Sofa lehnte.

»Ist es so besser?« fragte sie.

Tränen traten Kiera aus den fest zusammengepreßten Augen. Sie schaukelte langsam vor und zurück und rieb sich über den dicken Bauch. »Es geht«, sagte sie. »Das dürfte eigentlich noch gar nicht passieren! Das Baby sollte erst nächste Woche kommen. Warum muß das jetzt sein?«

Grace zuckte mit den Schultern. »Es hat wohl einfach beschlossen, etwas früher zu kommen. Was weiß ich.«

Kiera krümmte sich erneut vor Schmerzen. Grace fühlte sich ziemlich unwohl in ihrer Haut. »Müßtest du nicht irgendwie atmen oder so? Du weißt schon, schnauf schnauf, hechel hechel ... so was in der Art«, bemerkte sie zögernd.

»Nein ... das geht so: hu ha, hu ha, hi hi hi«, demonstrierte Xin das korrekte Hecheln.

»Bist du sicher?« fragte Grace.

»Mhm. Hab' meiner Schwester Madaline beim Üben geholfen, als sie unseren Tristram bekam. Natürlich gibt's...«

»Nun hört schon auf damit«, fuhr Kiera sie an, als die Wehe vorüber war. »Und für eine Diskussion über Atemtechniken ist es ohnehin etwas spät, wenn die Frau in den Wehen liegt. Wo ist der verflixte Krankenwagen? Wo ist mein Andrew?«

Xin sah auf sie hinab. »Okay, okay. Nun machen Sie sich mal nicht ins Hemd, ja? Woher zum Henker soll ich wissen, wo ihr dämlicher Andrew ist?« brummte sie und wählte noch einmal die Nummer vom Notdienst.

Grace wollte mit all dem wirklich nichts zu tun haben, doch häßliche Schuldgefühle schlichen sich von hinten an sie heran.

»Äh... möchtest du, daß ich Andrew für dich anrufe?« fragte sie. »Wo steckt er überhaupt?«

Kiera schnaubte. »Er ist im Gericht. Da kannst du ihn nicht erreichen.« Sie fing an zu weinen. »Und er wollte so gern bei der Geburt dabeisein. Um nichts in der Welt wollte er das verpassen, hat er gesagt.«

»Aber ich kann doch eine Nachricht hinterlassen, oder?« fauchte Grace, während sie Xin den Hörer aus der Hand riß. *Ich bitte dich,* dachte sie und war wieder einmal angewidert von ihrer ehemaligen Freundin. *Er wollte bei der Geburt dabeisein?* Das hörte sich wahrlich nicht nach dem chauvinistischen, allesfressenden, ungehobelten, großmauligen, überaus zimperlichen Muttersöhnchen an, das sie mal gekannt und geliebt hatte.

»Ist es schlimm?« fragte sie und versuchte, nicht schadenfroh zu klingen. Sie gab sich wirklich Mühe, Anteilnahme zu zeigen.

»Was glaubst du denn?« schnaufte Kiera und krümmte sich erneut.

Ein paar Minuten später kamen Mungo und Phoebe mit Handtüchern und einer Decke wieder.

»Der Krankenwagen ist unterwegs«, sagte Xin, während Grace und Mungo es schafften, Kiera auf das Sofa zu legen.

»Wann haben die Wehen angefangen?« fragte Mungo sanft. Kiera schien der Anblick dieses riesigen, glatzköpfigen schwarzen Amerikaners zu beunruhigen.

Phoebe beugte sich über sie und sagte: »Das ist Mungo, Kiera. Er wird sich um Sie kümmern.«

»Ist er Arzt?« stöhnte Kiera, obwohl sie so aussah, als wäre ihr das mittlerweile vollkommen egal.

»Nein, aber er hat vor zwölf Jahren auf dem Rücksitz eines Taxis in New York meinen Sohn zur Welt gebracht.«

»Das wußte ich ja gar nicht«, sagte Grace.

»Weiß ich«, erwiderte Phoebe, während Kiera erneut ein Stöhnen von sich gab, das sich schließlich zu einem Schrei steigerte, der Grace zurückschrecken ließ.

»Oooo Gott... Zum Henker mit Andrew und seiner natürlichen Geburt! Schafft mir irgendwelche Medikamente heran... Gebt mir was, irgendwas gegen die Schmerzen!«

»Seit wann haben Sie schon Schmerzen?« wiederholte Mungo seine Frage.

Kiera keuchte. »Seit gestern abend. Ich dachte, es läge am Schweinefleisch süß-sauer mit Reis. Ich wußte nicht...« Der Satz wurde unterbrochen, als erneut eine Wehe einsetzte.

Grace kam sich überflüssig vor. »Sollte sie nicht anders atmen oder so?« fragte sie noch einmal hilflos. Phoebe und Mungo warfen ihr einen vernichtenden Blick zu.

Zwanzig Minuten später war der Krankenwagen noch immer nicht eingetroffen. Xin ging hinaus, um nach ihm Ausschau zu halten. Selbst für Graces unerfahrenen Blick war es offensichtlich, daß Kieras Wehen bereits sehr weit fortgeschritten waren. Mungo versuchte, ihr Mut zu machen. Sie klammerte sich schraubstockartig an Graces Hand und bohrte mit jeder Wehe ihre Fingernägel tiefer hinein. Phoebe, die die ganze Angelegenheit langweilte, saß auf dem Schreibtisch und brachte sich dank der Zeitschrift *Hello!* über das gesellschaftliche Leben der königlichen Familie auf den neuesten Stand.

Ein Aufruhr im Vorzimmer kündigte Xins Rückkehr an, die außer Atem und gefolgt von einem hektischen Sanitäter und einer Krankenschwester ins Büro eilte.

»Es gab einen Unfall, und die Straße war gesperrt. Wir mußten den ganzen verdammten Weg vom Merrion Square bis hierher laufen«, keuchte sie. »Wie geht's der Frau?«

Der Sanitäter und die Schwester lösten Mungo ab, und Phoebe zeigte wieder Interesse.

»Keine Sorge, meine Kleine. Ich bin Mary, die Hebamme«, sagte die Schwester. »Lassen Sie mal sehen, wie's Ihnen geht. Welcher Abstand liegt zwischen den Wehen?«

»Sie kommen ziemlich kurz aufeinander«, sagte Mungo.

»Hmmm. Der Muttermund ist schon vollkommen geöffnet«, sagte Mary. »Zu spät, um Sie jetzt noch zu transportieren. Aber machen Sie sich keine Sorgen. Wir bekommen das Baby hier in Nullkommanichts heraus.«

»Was? Aber ich kann mein Baby doch nicht hier bekommen!« stöhnte Kiera.

»Das Baby sieht das anders, meine Liebe. Es ist schon beinahe alles vorbei, fehlt fast nur noch der Schrei«, sagte Mary sachlich. Kiera stöhnte und fing an zu hecheln. »Und jetzt pressen Sie noch einmal ordentlich! So ist's gut!«

Kiera kniff die Augen zu, und ihr Gesicht lief durch die Anstrengung rot an. Grace merkte, daß sie selbst auch den Atem anhielt, und atmete aus.

»Gutes Mädchen, gutes Mädchen«, ermutigte Mary sie.

»Noch einmal pressen, und dann haben wir schon den Kopf des Babys.«

»Ich kann nicht«, jammerte Kiera. »Ich kann nicht mehr.«

»Komm schon, Kiera«, sagte Grace. »Es ist fast vorbei. Na, komm schon! Noch einmal pressen.«

»Ja«, feuerte auch Xin sie an, die sich über Graces Schulter beugte. »Kommen Sie, Kiera! Na los! Pressen Sie noch mal ordentlich!«

Kiera gehorchte und zermalmte dabei die Knochen von Graces Hand. Grace biß die Zähne zusammen.

»Braves Mädchen!« lobte die Hebamme. »Und jetzt hören Sie auf zu pressen.« Vorsichtig zog sie den Kopf des Babys heraus, und dann kamen auch schon die Schultern, der Oberkörper und schließlich die Beine zum Vorschein. »Sie haben eine niedliche kleine Tochter!«

Kiera strahlte übers ganze Gesicht, fing dann an zu weinen und ließ Graces mitgenommene Hand los. Grace und Mungo grinsten verlegen, umarmten sich, und sie war sich sicher, eine klitzekleine Träne in Mungos Augen gesehen zu haben. Das Baby machte sich schreiend bemerkbar. Xin hüpfte herum, umarmte den verwirrten Sanitäter, und Phoebe widmete sich wieder der Zeitschrift *Hello!*.

Kurz darauf, nachdem die Hebamme die Nabelschnur durchschnitten und Kiera und das Baby notdürftig versorgt hatte, fuhren sie mit dem Krankenwagen zum Maternity Hospital in der Holles Street. Grace und die anderen gingen in die entgegengesetzte Richtung ins Smyth's, um sich nach der Aufregung einen Drink zu genehmigen.

»Ich fass' es nicht, daß ich geholfen hab, das Baby der Geliebten meines Ehemannes auf die Welt zu bringen«, stellte Grace fest, während sie sich in den hinteren Bereich der Bar drängten.

»Wie hast *du* denn geholfen?« höhnte Phoebe.

Grace hielt ihre Hand in die Höhe. Sie war grün und blau, und die Abdrücke von Kieras Fingernägeln waren leuchtend rot zu sehen. »Seht euch das an! Ich hab' blaue Flecken, um es zu beweisen«, sagte sie mürrisch.

Phoebe grinste. »Ich hab' deinen sentimentalen Gesichtsausdruck gesehen, als das Baby auf die Welt kam. Erzähl mir nicht, daß du immer noch sauer auf sie bist.«

»Mehr als nur sauer«, fuhr Grace sie an und versuchte, ihre Verlegenheit zu verbergen.

Phoebe lachte laut auf. »Glaubst du nicht, daß es an der Zeit ist, das Kriegsbeil in Kiera zu begraben?«

»Meinst du nicht eher, *mit* Kiera?«

»Wie du willst, Grace. Aber du benimmst dich wie ein Neidhammel, obwohl du den Mistkerl doch gar nicht mehr haben willst. Warum mußt du deswegen immer noch so grantig sein?«

»Weil ich das Recht dazu habe«, fauchte Grace. »Kümmere dich einfach um deinen eigenen Kram, ja?«

Mungo faßte sie am Arm. »Komm, wir holen die Drinks, Grace.«

Als sie an der Theke standen, sagte er: »Phoebe hat recht, was Kiera angeht.« Grace zuckte mit den Schultern, doch Mungo blieb beharrlich. »Du willst den Typen doch gar nicht mehr. Warum mußt du dann so feindselig sein?«

Grace starrte ihn wütend an. »Hab' ich doch schon gesagt. Weil ich das Recht dazu habe«, wiederholte sie, und dann lächelte sie verschlagen. »Unter uns: Ich genieße es, die betrogene Ehefrau zu spielen.« Mungo grinste, und dann trugen sie die Drinks zu Phoebe und Xin.

Später, als Mungo zurück an die Theke gegangen war, um noch eine Runde zu holen, erzählte Xin: »Diese Kiera hat gesagt, sie will den Wurm nach Ihnen benennen, Grace.«

Phoebe brach in Gelächter aus. Grace sah sie entsetzt an. »Du liebe Güte! Und als nächstes kommt deine teuflische Schwiegermutter an und versucht, dich dazu zu überreden, Patin zu werden.«

»Im Leben nicht!« Grace litt noch immer.

Schweigend hingen die drei Frauen ihren Gedanken nach.

Dann sagte Xin: »Zum Glück ist es kein Junge geworden.«

»Warum?«

Sie grinste, und ihre Zähne wirkten gelb im Kontrast zu ihrem weißen Make-up. »Vielleicht hätte sie sich dann gezwungen gefühlt, den armen kleinen Wurm Mungo zu nennen.«

3. Kapitel

Drei Tage später saß Dermot McEvoy in seinem Büro und arbeitete an der monatlichen Verbrechensstatistik. Eine Aufgabe, die er nicht ausstehen konnte. Er zog die praktische Polizeiarbeit bei weitem vor. Es hatte wirklich seine Nachteile, auf der Karriereleiter nach oben zu steigen.

Das Telefon klingelte, und er nahm ab.

»Eine Miss Dalglish-Stuart möchte zu Ihnen, Sir.«

Dermot fluchte verhalten. Das fehlte ihm gerade noch, daß er seine kostbare Zeit mit der übergeschnappten Poppy verschwenden mußte! Er entdeckte, daß Luke Ryan gerade an der offenstehenden Bürotür vorbeiging, und rief ihn herein. Luke steckte den Kopf ins Büro.

»Poppy Dalglish-Stuart ist unten. Rede mal mit ihr, ja?« sagte er so beiläufig wie möglich.

»Okay«, antwortete Luke und war schon verschwunden, als Dermot wieder aufsah. So wie Dermot diese Poppy Dalglish-Stuart beschrieben hatte, brannte er darauf, sie kennenzulernen.

Doch nicht Poppy Dalglish-Stuart saß in dem Büro für den Publikumsverkehr, als Luke dort eintraf, sondern eine attraktive Frau, die Luke auf Ende zwanzig schätzte. Sie stand auf, als sie ihn sah, streckte ihm den Arm entgegen und begrüßte ihn mit einem festen Händedruck.

»Free Dalglish-Stuart«, sagte sie. Als sie Lukes verwirrten Gesichtsausdruck sah, fügte sie hinzu: »Ich weiß, mein Name klingt wie ein politischer Slogan oder ein T-Shirt-Spruch. Meine Mutter war ein echtes Kind der sechziger Jahre. Es hätte aber noch schlimmer kommen können. Mein Bruder heißt Flüsternder Wind.«

»Du meine Güte«, entfuhr es Luke unweigerlich.

Sie fing an zu lachen, und ihre grünen Augen funkelten. »Er nennt sich jetzt Jack«, sagte sie. »Flüsternder Wind ist für einen Investment-Banker wohl nicht sehr angemessen.«

Luke war sofort von ihr fasziniert. Free Dalglish-Stuart war groß, schlank und hatte sagenhafte Wangenknochen, die durch ihre kurzen rabenschwarzen Haare betont wurden. Sie trug ein schlichtes, tadellos geschnittenes Kostüm und hatte einen Aktenkoffer in der Hand. Er räusperte sich. »Inspector McEvoy ist im Moment leider beschäftigt. Wie kann ich Ihnen helfen?«

»Ich muß mit Ihnen über meine Tante Carenza sprechen«, sagte sie. »Können wir uns irgendwo ungestört unterhalten?«

Luke führte sie in ein leeres Verhörzimmer, und sie setzte sich auf einen der harten Stühle. Er lehnte sich gegen die Tischkante.

»Sie halten meine Mutter vermutlich für total verrückt.« Es war eine Feststellung der wahren, sehr direkten Art der Dalglish-Stuarts.

»Nun ja ...«, begann Luke zögernd.

»Ach, das ist schon in Ordnung. Die meisten schätzen sie so ein. Das braucht Sie nicht in Verlegenheit zu bringen, Sergeant.« Luke öffnete den Mund, um etwas zu sagen, doch kein einziger Laut entwich. Free schien das nicht zu bemerken. »Meine Mutter hat einen gesünderen Verstand als Sie und ich zusammen. Und ob Sie es glauben oder nicht, sie *kann* hellsehen. Wenn sie sagt, daß Tante Carenza umgebracht wurde, dann sollten Sie ihr glauben.«

Luke zuckte mit den Schultern. »Was soll ich sagen? Im Moment müssen wir davon ausgehen, daß Ihre Tante Carenza aus freien Stücken fortgegangen ist. Entweder allein, oder mit jemand anderem.«

»Schwachsinn! Tante Carenza war vernarrt in diesen Fiesling. Sie hätte einen anderen niemals auch nur angeschaut.«

»Warum sollte O'Connell Ihre Tante aber umbringen? Welches Motiv hätte er gehabt?«

Free sah zu ihm auf und schien überrascht, daß er das überhaupt fragen konnte. »Geld, natürlich! Was denn sonst?«

»Aber er braucht doch eigentlich kein Geld.«

»Er braucht immer Geld. Er ist ein gieriger Mistkerl. Mutter meint, daß er eine Geliebte hat. Vielleicht ist das Geld nur eines der Motive, vielleicht kann er sich eine rechtmäßige Scheidung nicht leisten.«

Luke sah sie verwundert an. Der Gedanke war ihm noch nicht gekommen.

»Hat sie irgendeine Ahnung, wer es sein könnte, oder hat sie das nur wieder aus ihren Tarotkarten gelesen?« Er hatte gar nicht die Absicht gehabt, respektlos zu klingen, es rutschte ihm einfach heraus.

Ihr Gesicht verfinsterte sich, und sie fuhr ihn an: »Nun ja, wie ich sehe, hat es keinen Sinn, mit Ihnen zu reden.« Sie stand auf.

»Beruhigen Sie sich«, sagte Luke. »Ich verstehe, was Sie meinen, aber Sie müssen zugeben, daß Tarotkarten kaum als stichhaltige Beweise anzusehen sind.«

»Tut mir leid«, seufzte sie und setzte sich wieder. »Sie haben sicher bemerkt, daß ich meine Mutter gern in Schutz nehme.« Sie wurde rot.

»Wie kommt es, daß Sie bei einer solchen Mutter so ...« Luke kam nicht auf den passenden Ausdruck.

»Daß ich so normal bin?« half sie ihm mit einem Grinsen.

»Nun ... ja.«

»Ich nehme an, Jack und ich haben mehr von unserem Vater geerbt. Meine Mutter faßt sich bestimmt manchmal an den Kopf und jammert: *Was hab' ich nur falsch gemacht?* Aber ich glaube, sie hat sich mittlerweile damit abgefunden, eine Steuerberaterin und einen Investment-Banker zur Welt gebracht zu haben.«

»Inspector McEvoy hat erzählt, daß Ihre Mutter malt.«

»Ja, unter anderem, aber sie hat keinen Sinn fürs Wirtschaftliche, sie hält Geld für vulgär. Zum Glück hat Jack sich um ihr Portfolio gekümmert, bevor es zu spät war, und hat so das Familienvermögen gerettet.«

»Wie groß ist Carenzas eigenes Vermögen?«

»Sie ist stinkreich. Sie war schon immer die Vernünftige. Das Guthaben wächst und gedeiht seit über dreißig Jahren.« Free schwieg für einen Moment, bevor sie hinzufügte: »Es sei denn, der mörderische Doktor hat sich in den vergangenen sechs Jahren ordentlich daran bedient.«

»Sie meinen es wirklich ernst damit, daß Carenza tot ist, nicht wahr?«

»Todernst«, sagte sie.

Nachdem Free Dalglish-Stuart fort war, ging Luke zurück zu Dermots Büro. »Ich möchte noch mal mit O'Connell reden, Dermot. Von seiner Frau gibt es immer noch keine Spur.«

Dermot klopfte mit dem Stift auf die Berichtsliste und sah Luke ein paar Sekunden lang eindringlich an, bevor er antwortete. »Was soll das bringen, noch mal mit ihm zu reden?« fragte er. »Er behauptet, sie habe ihn verlassen. Du hast nur die Vermißtenanzeige von Poppy Dalglish-Stuart und ihren Tarot-Humbug in der Hand.«

Luke seufzte laut vernehmbar. »Nun, zum einen gibt es keine Hinweise darauf, daß Carenza einen Liebhaber hat, mit dem sie durchbrennen könnte. Und zum anderen ist da O'Connells Vergangenheit.«

»Einen Augenblick, Luke. Was soll das heißen, ›O'Connells Vergangenheit‹? Und bevor du wieder auf Poppys Geschwätz zu sprechen kommst, erinnere dich bitte daran, daß ihm offiziell nichts angelastet werden konnte. Außerdem wurde Carenza an dem Samstag morgen, nachdem er nach Cork abgefahren war, von der Putzfrau gesehen. Und überhaupt, woher willst du wissen, daß sie nicht einfach allein weggegangen ist?«

»Eins zu null für dich«, sagte Luke. »Aber trotzdem gehört es zur Routine, noch mal mit dem Ehemann zu reden. Es ist doch bemerkenswert, daß er bisher nicht besonders besorgt zu sein scheint, und dabei ist jetzt schon über eine Woche vergangen.«

Dermot gab einen tiefen Seufzer von sich. »In Ordnung, hör dir an, was er zu sagen hat. Aber ich glaube immer noch, daß sie wahrscheinlich bald wieder auftaucht.«

»Das hoffe ich auch, Dermot, aber langsam fange ich an, es zu bezweifeln. Es gibt bisher auch noch keine Spur ihres Wagens. Das sieht doch nicht allzu gut aus, oder?«

Dermot sah zu seinem Sergeant auf. Dessen plötzliches Interesse an Poppy Dalglish-Stuart verwunderte ihn. »Mann, das alte Weib hat dich wirklich ordentlich in die Mangel genommen«, sagte er. »Nun, ich halte das alles für Zeitverschwendung. Aber schaden kann es wohl auch nicht.«

Grace hatte, von Phoebe angestachelt, die gleiche Idee gehabt. Die beiden Frauen trafen etwa eine halbe Stunde vor

Luke bei der Praxis von Emmet O'Connell ein – Euro-Disney hätte man übrigens auch als Kirmes bezeichnen können, wenn man diesen riesigen Gebäudekomplex eine Praxis nannte. Er bestand aus drei langen, in U-Form angelegten zweistöckigen Gebäuden, in deren Innenhof sich der Parkplatz befand. Die Frauen folgten dem Schild, das sie zum Empfang leitete, der im mittleren Gebäude untergebracht war. Auf dem Weg hinein registrierte Grace verschiedene andere Schilder, die die Patienten zur Frauenklinik, in die Pädiatrie und zur Allgemeinen Chirurgie führten. Links vom Haupteingang befand sich eine fensterlose Tür mit der Aufschrift »Buchhaltung« und gegenüber eine Tür zum »Kinderhort«.

»Wow«, sagte Grace. »Da steckt 'ne Menge Kohle hinter.«

»Hmm«, stimmte Phoebe ihr zu.

Sie gingen zum Empfang. Phoebe lächelte die Empfangsdame an und brachte ihr Anliegen vor, doch der Drachen hinter der Glasscheibe fauchte lediglich: »Ziehen Sie sich eine Nummer, Sie werden aufgerufen.«

Phoebe wiederholte geduldig ihre Bitte, und der Drachen wiederholte die Antwort. Phoebe beugte sich vor und schenkte der Dame ihr strahlendstes Lächeln.

»Hören Sie, Lady, wenn Sie Dr. O'Connell nicht *sofort* Bescheid sagen, stelle ich mich auf diesen Tisch, ziehe all meine Klamotten aus und fange an zu schreien.«

Phoebe hörte nicht eine Sekunde lang auf zu lächeln. Die Frau sah sie entsetzt an, schreckte von der Glasscheibe zurück und griff nach dem Telefonhörer.

Emmet O'Connell erhob sich hinter seinem Schreibtisch, als die Frauen sein Büro betraten. Er stellte das gewohnte falsche Lächeln zur Schau. »Was kann ich für die Damen tun?«

»Wir würden Ihnen gern noch ein paar Fragen zum Verschwinden Ihrer Frau stellen, Doktor«, sagte Grace.

O'Connell neigte den Kopf. »Wie Sie wünschen«, erwiderte er steif.

»Verzeihen Sie, wenn ich das sage, aber Sie scheinen sich keine großen Sorgen um sie zu machen«, begann Grace.

O'Connell stützte die Ellbogen auf den Tisch und preßte die Fingerspitzen gegeneinander.

»Miss de Rossa, meine Frau hat so eine Aktion schon einmal gemacht – mehrere Male, um genau zu sein. Ich denke wirklich, daß es Sie überhaupt nichts angeht, und ich halte es für vollkommene Zeitverschwendung, weiterhin nach ihr zu suchen, wenn sie nicht gefunden werden will.«

Blasierter Mistkerl, dachte Grace.

»Wann hat Ihre Frau so etwas schon mal gemacht?« fragte Phoebe.

O'Connell schüttelte langsam den Kopf. »Zu oft, als daß ich mich genau daran erinnern könnte. Sie ist nicht gerade einer der beständigsten Menschen. Und mit Sicherheit auch keine anständige Frau.« Er sah Grace an. »Ich hatte schon seit geraumer Zeit den Verdacht, daß sich meine Frau einen Liebhaber zugelegt hat, also war ich nicht überrascht, als sie wieder einmal davon lief.«

»Ja, aber wann ist sie das letzte Mal ohne Vorwarnung fortgegangen?« beharrte Phoebe.

Er wandte sich ihr das erste Mal zu und richtete seine Antwort dann an Grace, was Phoebe zur Weißglut brachte.

»Ich denke, das letzte Mal geschah dies vor vier Monaten. Sie kehrte zehn Tage später zurück.«

»Und sie hat nicht gesagt, wo sie gewesen war?« fragte Phoebe.

O'Connell atmete tief ein, gab damit deutlich zu verstehen,

daß seine Geduld auf eine harte Probe gestellt wurde. »Nein, hat sie nicht. Sie weigerte sich.«

»Dann würden wir gern einmal in Ihrem Haus nachschauen, Doktor«, wagte Phoebe zu sagen. »Vielleicht gibt es dort Hinweise darauf, wo sich Ihre Frau aufhalten könnte.«

Grace dachte, O'Connell würde an die Decke gehen, aber er schaffte es gerade noch, sich zu beherrschen.

»Wie können Sie es wagen?« Er kochte vor Wut. »Für wen, zum Teufel, halten Sie sich eigentlich? Glauben Sie wirklich, ich würde ein paar schäbige Privatdetektive in *meinem* Haus herumschnüffeln lassen, nur weil irgendein geistesgestörtes altes Weib lächerliche Anschuldigungen erhebt?«

»Warum nicht? Was haben Sie denn zu verbergen?« fragte Grace.

O'Connell stand auf und schritt zur Tür. »Sie gehen jetzt lieber«, knurrte er und hielt die Tür auf. »Und ich werde bei der Polizei Anzeige gegen Sie erstatten – wegen Ihres unverschämten Verhaltens.«

Grace sah zu Phoebe und zuckte mit den Schultern. Als sie an der Tür an ihm vorbeigingen, lächelte Grace ihn an und sagte: »Vielen Dank, Doktor, Sie haben uns wirklich sehr geholfen.«

Auf der Fahrt zurück zur Baggot Street fragte Phoebe: »Was hältst du von ihm?«

»Ich glaube, wenn ich Carenza wäre, hätte ich mich schon lange vom Acker gemacht. Der Mann ist unausstehlich.«

»Wenn auch sehr attraktiv«, bemerkte Phoebe. »Ich frage mich, ob er sie tatsächlich ermordet haben könnte. Es kommt mir seltsam vor, daß es keine Spur von ihrem Auto gibt.«

»Ja, aber ich glaube nicht, daß das wichtig ist«, sagte Grace. »Wenn jemand wild entschlossen ist, kann er auf Jahre spurlos verschwinden.«

»Wie sollen wir sie dann finden?« fragte Phoebe.

»Nun, wir haben die Fähren ohne Erfolg überprüft. Wenn sie das Land verlassen hat, dann nicht auf diesem Weg. Und ihr Auto steht an keinem Flughafen. Also sollten wir es vielleicht mit einem Aufruf in der Presse versuchen. Ich werde mit Poppy darüber reden.«

»Sie wird es für Zeitverschwendung halten. Sie ist wirklich davon überzeugt, daß O'Connell seine Frau beseitigt hat«, sagte Phoebe. »Ich glaube sogar, daß sie fast etwas enttäuscht wäre, falls wir Carenza lebend fänden.«

[illegible]

Graecus [illegible]
modernes Abwar[illegible]
gleich[illegible]
Graecus [illegible]
ruhen [illegible]
gendaten [illegible]
worden war.

Sie [illegible]
Öffnung war ent[illegible]
ein Bild [illegible]
zwischen [illegible]

[illegible] ausgestellt [illegible]
[illegible] sorgfältig [illegible]
[illegible]
[illegible]

[illegible]
[illegible]
[illegible]
[illegible] war [illegible]
[illegible]
[illegible] sich auf eine [illegible]
[illegible]
[illegible]

4. Kapitel

Grace klingelte bei Luke Ryan Sturm. Es war sieben Uhr morgens. Zwanzig Minuten zuvor war sie von Pattie Doyle geweckt worden. Pattie war eine ehemalige Kollegin, die von Graces Interesse an Carenza O'Connell wußte und sie angerufen hatte, um ihr mitzuteilen, daß Carenza von einem morgendlichen Jogger im Wald von Ballycoyle tot aufgefunden worden war.

Sie hörte Luke auf der anderen Seite der Tür fluchen. Offenbar war er durch die Wohnung gehastet, um dem Lärm ein Ende zu bereiten, und dabei mit der Zehe gegen irgend etwas gestoßen.

»Einen wunderschönen guten Morgen, Sergeant!« rief Grace mit unanständig guter Laune für diese Tageszeit. Sie drängte sich an ihm vorbei und ging in die Küche, wo sie erst einmal Wasser aufsetzte.

Grace war seit ein paar Monaten mit Luke Ryan liiert. Zuerst nur zögerlich, da sie enttäuscht darüber gewesen war, daß er ursprünglich die im Büro vorherrschende Meinung geteilt hatte, sie wäre bestechlich gewesen. Außerdem war sie wirklich nicht besonders begeistert gewesen von dem Gedanken, sich auf eine Beziehung einzulassen, nachdem ihre Ehe gescheitert war. Aber sie mußte zugeben, daß Luke auf unkonventionelle Weise sehr attraktiv war, und sie fand ihn witzig und umgänglich. Auch wenn sie nicht wußte, ob er die Liebe ihres Lebens war, genoß sie doch die Tatsache, daß es jemanden gab, der sie für begehrenswert und sexy hielt. Außerdem war sie mit einem Partner nun keine gesellschaftliche Außenseiterin mehr und führte abgesehen von Pub-Besuchen noch ein anderes halbwegs normales Privatleben.

»Mußt du zu dieser Tageszeit so verflixt munter sein?« murrte er. »Was willst du?«

»Nun, ich bin froh, daß du dich so freust, mich zu sehen«, erwiderte sie.

Er seufzte und gab ihr einen Kuß auf die Nasenspitze.

»Ich freue mich, dich zu sehen. Gut so?« fragte er.

»Ja. Ich dachte mir, es interessiert dich, daß Carenza O'Connell aufgetaucht ist.«

»Wo?«

Grace folgte Luke ins Schlafzimmer und setzte sich aufs Bettende, während er sich anzog. »Ein morgendlicher Jogger fand sie vor etwa einer halben Stunde im Wald von Ballycoyle.«

»Tot?«

»Tot«, bestätigte Grace ernst. »Scheint, als hätte Poppy recht gehabt.«

Luke sah sie im Spiegel argwöhnisch an, während er sich kämmte. »Woher weißt du das?«

»Ein Informant, der anonym bleiben wird«, antwortete sie mit einer gewissen Selbstgefälligkeit. Pattie Doyle arbeitete bei der Kriminaltechnik, und weder Luke Ryan noch Dermot McEvoy wußten, daß sie Grace schon einmal mit Informationen ausgeholfen hatte. Sie stand felsenfest zu dem Motto: Frauen müssen gegen den gemeinsamen Feind zusammenhalten.

»Und woher hat dieser Informant seine Information?«

»Kein Kommentar.« Grace grinste ihn an.

»Und was glaubt dieser Informant, wie lange Carenza O'Connell bereits dort gelegen hat?«

Grace zuckte mit den Schultern. »Weiß ich noch nicht. Ich bin geradewegs hierher gekommen, um dich abzuholen.«

»Wohin abzuholen?«

Sie lächelte ihn zuckersüß an. »Komm schon, Luke. Tu nicht so. Du weißt, daß ich für Poppy arbeite, und sie hat uns schon vor Tagen erzählt, Carenza sei tot.«

»Hör mal, Grace. Du weißt genau, daß du nicht mitkommen kannst. Das kann mich meinen Job kosten!«

»Ach Luke ...«

Auf der Fahrt zum Tatort erzählte er ihr von seiner Unterhaltung mit Free Dalglish-Stuart.

»Der Name des armen Mädchens klingt wie ein T-Shirt-Slogan«, grinste Grace, der es unangenehm war, daß sie etwas eifersüchtig wurde, als Luke die jüngere Frau so begeistert beschrieb.

»Dermot wird keine ruhige Minute mehr haben, wenn Poppy das mit Carenza erfährt.«

»Free ist ebenso überzeugt davon wie ihre Mutter, daß O'Connell ein Mörder ist«, sagte Luke. »Und sie ist eine vollkommen normale, vernünftige Lady. Ich muß sagen, daß ihre Meinung Poppys Geschwätz eine Menge Glaubwürdigkeit verleiht.«

»Ach ja?« brummte Grace kurz angebunden.

Im Wald von Ballycoyle war es an diesem Wintermorgen kalt und grau. Das Tor zum Park war geöffnet, aber von den uniformierten Beamten, die schon am Tatort waren, mit einer Absperrung versehen worden. Dermot fuhr mit seinem Wagen vor, gerade als Grace und Luke aus ihrem Auto stiegen. Sie warteten auf ihn.

»Schon gut, Ryan, ich kann auf das ›Siehste‹ gut verzichten!«

Luke deutete mit einer übertriebenen Geste auf seine Brust. »Ich würde doch niemals ...«, sagte er, als Dermots Blick auf Grace fiel.

»Und du komm ja nicht auf den Gedanken, hinter die Absperrung zu gehen, Grace«, sagte Dermot.

Nun sagte Grace: »Ich würde doch niemals ...«

Die Kriminaltechniker hatten bereits ein Schutzdach über der Leiche errichtet. Carenza O'Connell lag auf dem Rükken, vollständig bekleidet, hatte die Augen geöffnet und wirkte überrascht. Ihr Gesicht war geschwollen, und an der Seite des Schädels klaffte eine offene Wunde. Das ärmellose rosafarbene, seidene Oberteil offenbarte häßliche violette Flecken an ihrem rechten Arm. Klein und jämmerlich wirkte sie im Tod. Sie war sehr dünn.

Sean Gill, der diensthabende Arzt, schloß gerade seine Tasche.

»Ihr braucht mich gar nicht nach der Todesursache zu fragen. Ich bin nur hier, um sie für tot zu erklären«, nahm er Lukes Frage vorweg, während er zurück zum Pfad ging.

»Danke sehr«, rief Luke hinter ihm her. »Wer ist dem denn heute morgen auf den Schlips getreten?«

»Keine Ahnung«, antwortete Pattie Doyle. »Ich glaube, er hatte sich zu einer Runde Golf angemeldet oder so. Wir sind hier fertig. Falls ihr euch mal alles angucken wollt? Hallo, Grace. Was führt dich denn hierher?«

Grace zuckte innerlich zusammen. Patties schauspielerische Fähigkeiten ließen sehr zu wünschen übrig. Sie hoffte, daß Dermot ihren armseligen Versuch, überrascht zu klingen, nicht gehört hatte.

»Hi, Pattie, ich bin einfach nur mitgefahren«, erwiderte sie matt.

Luke sah die beiden Frauen wissend an und fragte dann: »Wurde eine Waffe gefunden?«

Pattie schüttelte den Kopf. »Nein, aber das Suchteam macht sich gerade erst an die Arbeit. Vielleicht stöbern Sie ja etwas auf.« Sie fing an, ihre Tasche zu packen. »Ach, übrigens, Dr. Gill hat gesagt, die Hypostase läßt darauf schließen, daß sie woanders ermordet und dann hierher gebracht wurde. Und aufgrund des Verwesungszustandes geht er davon aus, daß sie wahrscheinlich schon seit mindestens sechs Tagen tot ist.« Sie legte die letzte Asservatentüte in ihren Koffer.

»Das wäre dann Samstag oder Sonntag«, stellte Luke fest, während er sich über Carenza O'Connells leblosen Körper beugte. Um ihren Hals herum waren blaue Flecken zu sehen, doch außer ihnen, der Hypostase – der fahlen Hautfarbe, die nach dem Tod durch das Absinken des Bluts in tiefer gelegene Teile des Körpers entsteht – und der Wunde an der Seite ihres Schädels wies sie keine weiteren Verletzungen auf.

»Schau dir das mal an, Dermot. Sieht aus, als wäre sie erwürgt worden«, sagte Luke. Er sprach mit Dermot, sah aber hinüber zu Grace, die in Hörweite jenseits der Absperrung stand.

»Der Mörder hat keine großen Anstrengungen unternommen, um die Leiche zu verstecken, oder?« bemerkte Grace. »Man sollte denken, daß er sie etwas weiter weg vom Pfad abgelegt hätte. So ist es fast, als hätte er gewollt, daß sie gefunden wird.«

Dermot nickte nachdenklich. »Hmm ... falls es ein Mann war. Vielleicht war der Täter nicht in der Lage, das Opfer noch weiter zu tragen. Vielleicht war es eine Frau.«

»Könnte sein«, sagte Grace. »Obwohl die Leiche womöglich hierher gebracht wurde, gerade weil sie bisher nicht gefunden wurde. Vielleicht wollte der Täter wirklich, daß sie gefunden wird.«

»Könnte sein«, sagte Dermot. »Mal sehen, was Leo Yentob uns zu sagen hat. Luke, laß den Suchtrupp noch weiter in den Wald hinein gehen, die sollen herausfinden, ob das Opfer eventuell ursprünglich noch weiter drin oder ganz woanders versteckt wurde. Und dann kannst du dem Ehemann die Nachricht überbringen.«

Luke machte sich auf den Weg, und Grace ging zusammen mit Dermot zurück zu den Wagen.

»Ist das Auto von Carenza O'Connell gefunden worden?« fragte sie.

»Nein, noch nicht«, antwortete er.

»Wirst du O'Connell verhaften?«

»Ich werde mit ihm reden, aber ich halte es für etwas voreilig, ihn zu verhaften«, sagte er. Dann dämmerte es ihm allmählich. »O Mist! Das wird ein gefundenes Fressen für Poppy Dalglish-Stuart.«

»Weiß sie es schon?«

»Nein. Ich wollte jetzt zu ihr fahren«, sagte er. »Ich nehme an, du hängst dich an meine Fersen, um auch mit Poppy zu reden, oder?«

Grace grinste ihren ehemaligen Chef an. »Du hast es erfaßt«, sagte sie.

Als sie dort ankamen, mußten sie warten, bis Poppy aufgestanden war. Compton führte sie in ihr Empfangszimmer auf der Rückseite des Hauses.

»Dies sieht schon eher nach ihr aus«, sagte Grace, als sie allein waren. Die Bemerkung bezog sich auf das Durcheinander in dem Raum. Im Gegensatz zu der imposanten Empfangshalle und dem Speiseraum war Poppys privates Empfangszimmer recht schäbig und eindeutig vom Stil der möblierten Studentenzimmer der sechziger Jahre beeinflußt. Ein klobiges, überladenes Sofa stand vor einem großen marmornen Kamin, in dem ein Brikettfeuer vorbereitet worden war. Auf dem Sofa, dem Fußboden und dem abgewetzten Teppich vor dem Kamin lagen lauter Kissen. Zwei riesige zottelige Hunde lümmelten sich schlafend auf dem Sofa und auf einem nicht dazu passenden Sessel. Grace bemerkte, daß ein Bein des Sessels fehlte und die Ecke mit einem Buch abgestützt wurde. Der Hund auf dem Sessel öffnete ein Auge, war von dem Besuch nicht beeindruckt und schlief weiter. Die Vorhänge waren zurückgezogen, doch der düstere Tag brachte nur wenig Licht in den schäbigen Raum. Grace ging hinüber zu einem kleinen Tisch am Kamin und schaltete eine Lampe an.

Dermot schlenderte mit den Händen in den Taschen zu dem Büfett, das von Staub bedeckt war. Jede Menge Bücher stapelten sich darauf. Flüchtig las er die Titel. Ein Zigarettenstummel in einem Aschenbecher fiel ihm ins Auge, und er schnüffelte daran. Dann sah er zu Grace.

»Alte Laster wird man nur schwer los«, sagte er.

Die Tür ging auf, und Poppy rauschte herein. »Inspector, wie komme ich zu der Ehre?« fragte sie. Als sie Graces Gesichtsausdruck sah, wußte sie es.

»Sie haben sie gefunden«, stellte sie fest.

Dermot nickte. »Leider ja, Poppy. Es tut mir sehr leid.«

»Haben Sie Emmet schon verhaftet?« fragte sie sachlich. »Haben Sie das Schwein angeklagt?«

»Nein, Poppy. Die vorläufigen Erkenntnisse vom Tatort deuten darauf hin, daß sie Samstag oder Sonntag starb, und er hat ein Alibi für das gesamte Wochenende. Wir haben keine Hinweise, die ihn mit der Tat in Verbindung bringen.«

Poppy schnaubte verächtlich. »Sie nehmen ja wohl auch nicht an, daß er es selbst getan hat, oder?«

»Nun, die Rechtsmediziner werden vielleicht noch etwas

entdecken«, sagte Dermot. »Ich werde Sie darüber auf dem laufenden halten, was die Ermittlungen ergeben.«

»Ich hoffe, Sie erledigen Ihre Arbeit in diesem Fall besser als bei Anabell«, fuhr Poppy ihn an.

»Bleiben Sie fair, Poppy. Sie war bereits tot und begraben, als Sie zu mir kamen.«

Poppy schritt hinüber zum Kamin und bückte sich, um die Zeitung und die Feueranzünder anzufachen. Die gelben und blauen Flammen tanzten umher und züngelten an den Briketts. Die Hunde rekelten sich, und der größere der beiden drehte sich um. Poppy beugte sich über ihn und kraulte seinen grauen, zotteligen Bauch.

»Arme, dumme Carenza«, sagte sie wie zu sich selbst. »Selbst wenn ich es eigenhändig tun muß, ich werde beweisen, daß dieses Schwein meine Schwester umgebracht hat. Und wenn es das letzte ist, was ich tue.«

Dermot sagte knapp: »Wie Sie wünschen. Ich melde mich.« Er wandte sich zur Tür.

Grace blieb zurück, und als er sich umdrehte, um zu sehen, ob sie ihm folgte, sagte Poppy: »Grace und ich haben noch etwas zu bereden.«

Nachdem er gegangen war, scheuchte Poppy den Hund vom Sofa und setzte sich vor das mittlerweile lodernde Feuer. Sie klopfte auf den Platz neben sich und lud Grace ein, sich ebenfalls zu setzen. Die Flammen des Feuers wärmten und erhellten das Zimmer. Compton kam mit einem Tablett hereingewatschelt, auf dem sich Tee und heiße Muffins befanden.

»Es tut mir leid wegen Carenza«, sagte Grace aufrichtig.

Poppy nickte. »Danke, meine Liebe.«

»Worüber wollten Sie mit mir reden?«

Poppy seufzte. »Was glauben Sie denn? Sie sollen Beweise gegen meinen Schwager sammeln.«

Grace wollte Poppy gerade an die Polizei verweisen, erinnerte sich dann aber an Phoebes dringliche Warnung, keine Arbeit abzulehnen. »Wir tun, was wir können«, versprach sie. »Aber Sie wissen, daß er ein Alibi hat.«

Poppy verzog das Gesicht. »Sind Sie sich da sicher?«

»Ich habe es selbst überprüft. Er war auf einem Ärztekongreß in Cork. Zweihundert Zeugen haben ihn am Nachmittag gesehen, und später hielt er nach dem Galadiner eine Rede. Und die Empfangsdame erinnert sich daran, daß er sich nach der Tiefgarage erkundigte. Als ich mit ihr telefonierte, erzählte sie mir, daß der Zugang zu den Autos nachts verschlossen ist.«

»Und was ist mit dem Sonntag?«

»Er war den ganzen Tag im Konferenzsaal und am Abend wieder bei einem offiziellen Essen. Der Computerausdruck bestätigt, daß sein Auto die Tiefgarage erst um sechs Uhr am Montag morgen verlassen hat.«

Poppy schnaubte verächtlich. »Wie bequem. Was soll ihn davon abgehalten haben, ein Auto gemietet und nachts hierher gefahren zu sein? Sein Alibi erscheint mir zu perfekt.«

»Da stimme ich Ihnen zu«, sagte Grace. »Doch Mungo hat bereits daran gedacht und die Autovermietungen in der Gegend von Cork überprüft.«

»Und?« drängte Poppy.

»Leider ohne Erfolg.«

Grace fiel plötzlich ein, daß sie Luke ohne Auto am Tatort zurückgelassen hatte und er keine Möglichkeit hatte, zurück zur Harcourt Terrace zu kommen. »O mein Gott, ich muß los«, sagte sie. »Ich rufe Sie bald an. Und machen Sie sich keine Sorgen. Wenn O'Connell schuldig ist, dann nageln wir ihn fest.«

»Das bezweifle ich nicht, meine Liebe«, sagte Poppy. »Ich zähle sogar darauf.«

Luke saß nicht im Wald von Ballycoyle fest, sondern hatte sich von Jack Mulloy mitnehmen lassen, um den Ehemann über Carenzas Tod in Kenntnis zu setzen.

Er war von der Reaktion des Witwers ziemlich überrascht. O'Connell starrte Luke ein paar Sekunden lang an, bevor er aufstöhnte: »O Gott, meine arme, arme Carenza!« Er sackte auf die unterste Stufe der Treppe und verbarg das Gesicht in den Händen. Luke stand schweigend daneben und wollte gerade etwas sagen, als O'Connell aufschaute und fragte: »Was ist geschehen?«

»Bitte?«

O'Connell zog die Stirn in Falten. »Hat Carenzas Liebhaber sie umgebracht?«

»Wir können bisher nicht bestätigen, daß Ihre Frau einen Liebhaber hatte, und, wenn es der Fall war, ob der Liebhaber sie umgebracht hat.«

O'Connell starrte ihn finster an. »Meine Frau hat mir schließlich geschrieben, daß sie einen Liebhaber hat, mit dem sie fortgeht. Was wollen Sie denn noch?«

»Ihre Frau wurde getötet, Doktor. Und im Moment haben wir noch keinen Verdächtigen.« Er machte eine Pause. »Ihre Leiche wurde vor etwa zwei Stunden von einem Jogger im Wald von Ballycoyle gefunden.«

O'Connells Gesicht war wie erstarrt, und er lehnte sich gegen den Endpfosten des Geländers. »O Gott. Aber wer könnte das getan haben?«

»Sie müssen Ihre Frau noch offiziell identifizieren. Wann können Sie zur Leichenhalle kommen?«

O'Connell schien nicht zuzuhören. »Wer war es?« wiederholte er.

Luke sah zu Boden. »Unsere Ermittlungen stehen noch ganz am Anfang, Doktor O'Connell. Es würde uns helfen, wenn Sie uns von dem letzten Mal erzählen könnten, als Sie

Ihre Frau sahen, und von den Umständen, die womöglich zu ihrem Verschwinden geführt haben.«

»Ich fühle mich schuldig. Vielleicht hätte ich sie für vermißt erklären sollen, aber das kam mir nicht in den Sinn. Carenza litt an Depressionen. Sie hatte mitunter das Verlangen, vor allem wegzulaufen. Sie hat eine Nachricht hinterlassen, in der stand, sie hätte mich wegen eines anderen verlassen. So etwas hatte sie noch nie zuvor gesagt. Deshalb dachte ich, daß sie dieses Mal für immer fortgegangen sei.« Seine Stimme verlor sich, während er Luke flehend ansah, so als wartete er auf eine Art Absolution.

»Ich glaube nicht, daß das etwas geändert hätte. Es sieht so aus, als sei sie gestorben, kurz nachdem sie verschwand. Was haben Sie auf dem Kongreß in Cork getan?«

»Getan?« fragte O'Connell.

»Nun, haben Sie selbst gesprochen oder waren Sie nur Zuhörer?«

»Ich habe am Samstag einen Vortrag und bei dem Galadiner eine Rede gehalten. Am Sonntag hab' ich noch einen Vortrag gehalten. Ich fuhr am Samstag hier weg und kam am Montag morgen wieder.«

»Haben Sie Ihre Frau zwischen Samstag und Sonntag abend angerufen?«

»Ich hab's versucht, aber sie hatte den Anrufbeantworter angestellt. Das tat sie mitunter, wenn ihr nicht danach war, mit jemandem zu reden. Aber wahrscheinlich war sie zu dem Zeitpunkt schon fort.«

»Sie wissen also nicht genau, wann Ihre Frau verschwand? Sie könnte jederzeit zwischen Samstag und Montag verschwunden sein?«

O'Connell dachte einen Augenblick lang nach. »Ja, da haben Sie wohl recht.«

Keiner von beiden sagte etwas, bis Luke das Schweigen

brach. »Könnten Sie uns eine Liste mit den Schmuckstücken Ihrer Frau anfertigen? Es besteht immer noch die Möglichkeit, daß sie fortgelockt und im Rahmen eines Einbruchs ermordet wurde.«

O'Connell nickte und ging zu einem Sekretär. Nachdem er einige Unterlagen durchgewühlt hatte, reichte er Luke eine getippte Liste.

»Das ist eine Aufstellung, die uns die Versicherung machen ließ.«

Luke steckte die Liste ein. »Danke. Wann könnten Sie zur Leichenhalle kommen und Ihre Frau offiziell identifizieren?« O'Connell antwortete nicht. »Doktor O'Connell?«

Er sah auf und zuckte mit den Schultern. »Ich gehe nach der Sprechstunde hin«, sagte er.

»Ich denke, unter den gegebenen Umständen, Doktor, werden Ihre Patienten nicht erwarten ...«

O'Connell unterbrach ihn schroff. Er schien seine Gefühle wieder vollkommen unter Kontrolle zu haben. »Unsinn, das Leben muß weitergehen. Die Patienten verlassen sich auf mich, Sergeant.«

Es überraschte Luke überhaupt nicht, daß O'Connell in aller Seelenruhe zur Arbeit ging, nachdem er gerade erfahren hatte, daß seine Frau auf brutale Weise ermordet worden war. Er war tatsächlich kalt wie eine Hundeschnauze – oder vielleicht wie eine *schuldige* Hundeschnauze. Doch genau betrachtet war O'Connells Reaktion nicht die eines schuldigen Mannes, denn würde der nicht Trauer vortäuschen, um den Verdacht von sich abzulenken?

»Wir müßten Ihr Haus und Ihren Garten durchsuchen, Doktor. Bisher wissen wir noch nicht, wo Ihre Frau getötet wurde, und vielleicht finden wir irgendeinen Hinweis.«

O'Connell nickte und murmelte: »Gut, gut. Tun Sie, was immer notwendig ist.«

Luke sah Grace erst wieder, als er am Abend bei ihr in der Baggot Street vorbeikam.

»Herzlichen Dank, Grace«, sagte er eisig, als sie ihn hereinließ. »Du hättest mir auch sagen können, daß du nicht warten wolltest.«

»Wo bist du gewesen?« fragte sie mit unschuldigem Tonfall. »Ich wollte dich abholen, aber du warst schon weg.«

»Angriff ist die beste Verteidigung, wie?« erwiderte er. »Na los, gib's schon zu. Du hast mich vollkommen vergessen.«

»Na ja, vergessen nicht gerade«, sagte sie. »Wie hat O'Connell denn reagiert, als du ihm von Carenza erzählt hast?«

»Er schien am Boden zerstört zu sein.«

»Das meinst du nicht im Ernst?«

Er nickte heftig. »Doch, er wäre fast zusammengebrochen, als ich ihm die Nachricht überbrachte. Entweder ist er ein sehr guter Schauspieler, oder er war aufrichtig schockiert.«

»Und was meinst du?« fragte Grace.

Luke zuckte mit den Schultern. »Ich bin voreingenommen, ich mag den Mann nicht. Ich werde das Gefühl nicht los, daß er sich verstellt hat.«

»Mhm«, stimmte Grace zu, »da bin ich ganz deiner Meinung.«

»Leo Yentob hat gesagt, das Opfer habe auf der Seite gelegen, bevor es woanders hingebracht wurde, und allein durch den Schlag auf die Seite ihres Schädels wäre sie schon tot gewesen, ohne daß der Mörder sie noch erwürgt hat. ›Hieb- und stichfest‹ nannte er das Vorgehen«, sagte Luke.

Grace war erleichtert, da er inzwischen nicht mehr so verärgert zu sein schien. Sie erwähnte nicht, daß Pattie Doyle noch einmal angerufen hatte, um ihr zu erzählen, daß bei der Obduktion Fasern entdeckt wurden, die darauf hindeuteten, daß das Opfer auf einem Teppich gelegen hatte, und daß man Spuren von Motoröl gefunden hatte. Zudem deutete auch die Tatsache, daß sie mit angezogenen Beinen auf der rechten Seite liegend gefunden wurde, darauf hin, daß sie im Kofferraum eines Autos versteckt worden war, bis der Mörder sich ihrer im Wald entledigt hatte.

»Wir haben das Haus durchsucht. Die Jungs haben Blut auf dem Boden der Garage sichergestellt. Es sieht also so aus, als sei sie dort ermordet und dann weggeschafft worden.«

Grace nickte.

»Wie hat Poppy es aufgenommen?« fragte Luke.

»Sie hat es erwartet.«

»Was wirst du jetzt tun? Hast du im Moment irgendwelche anderen Fälle zu bearbeiten?«

»Poppy möchte, daß wir Beweise gegen O'Connell beschaffen. Ist der fehlende Schmuck schon aufgetaucht?«

Luke schüttelte den Kopf. »Nein, noch nicht. Aber wir haben die Liste an die Antiquitätenläden verteilt. Vielleicht bringt das etwas. Tja, hättest du Lust, irgendwo eine Kleinigkeit zu essen?«

»Gleich«, sagte Grace ungeduldig. »Sag mir erst, was die Befragung der Nachbarn ergeben hat.«

Luke runzelte die Stirn. »Ich sollte dir das eigentlich nicht erzählen, aber was soll's. Ein paar Nachbarn haben von einem Gelegenheitsarbeiter namens Paddy Moran berichtet. Anscheinend hatte Carenza ihn unter ihre Fittiche genommen.«

»Hat er ein Alibi?«

Luke zuckte mit den Achseln. »Wir haben ihn noch nicht gefunden, also wissen wir es nicht.«

»Ich glaube, Poppy hat recht, was O'Connell angeht, auch wenn er ein Alibi hat. Sie ist wirklich davon überzeugt, daß er mit dem Mord an Carenza zu tun hat«, sagte Grace.

»Free ebenfalls. Sie geht davon aus, daß er dringend Carenzas Geld braucht«, sagte Luke. »Obwohl Dermot von der Theorie nichts hält.«

»Ich glaube, er ist Poppy gegenüber wegen der Sache mit Anabell voreingenommen«, sagte Grace.

»Deswegen und wegen ihres Humbugs mit den Tarotkarten.«

»Und was hältst du von der ganzen Sache?« fragte sie.

»Ich bin allem gegenüber offen. Obwohl Free recht hat, falls O'Connell wirklich so dringend Geld braucht, besonders wenn man an Poppys Theorie über die Sache mit Anabell denkt.«

Schweigend saßen sie beieinander und wälzten in Gedanken das Problem hin und her.

»Weiß man mit Sicherheit, daß O'Connell knapp bei Kasse ist?« fragte Grace.

»Free ist jedenfalls der Ansicht«, sagte Luke. »Sie meint, daß er weit über seine Verhältnisse lebt.«

»Außer Frees Ansichten hast du also keine richtigen Beweise?« meinte Grace bissig.

Luke schien ihren Tonfall nicht zu bemerken. »Nun, eigentlich nicht, aber Free ist auch davon überzeugt, daß er eine Geliebte hat...« Luke redete weiter, doch Grace hörte nicht mehr zu. Allmählich ärgerte sie sich darüber, daß Luke ständig die liebenswürdige Free Dalglish-Stuart erwähnte. Ihr mitgenommenes Selbstvertrauen vertrug das nicht. Sie verkrampfte sich innerlich. Als Luke schließlich schwieg, herrschte eine unangenehme Atmosphäre.

»Was ist los?« fragte er.

Sie schüttelte den Kopf. »Nichts.«

»Sollen wir jetzt etwas essen gehen?« fragte er erneut.

Sie zuckte mit den Schultern. »Wenn du willst«, murrte sie, während sie ihn wütend anstarrte.

Luke war irritiert. Graces rasante Stimmungswechsel waren eine ihrer Eigenschaften, die ihn am wenigsten ansprach. Und so sehr er sich auch von ihr angezogen fühlte, so fragte er sich doch allmählich, warum er sich mit ihr abgab.

»Ach, zum Henker«, sagte er aufgebracht. »Was ist denn jetzt schon wieder mit dir los? Kommst du nun mit oder nicht?«

»Warum nimmst du denn nicht deine liebe Free mit?« fuhr sie ihn an.

Luke schüttelte ratlos den Kopf. »Free mitnehmen?« fragte er. »Warum sollte ich?«

Grace sagte nichts mehr. Sie kam sich allmählich albern vor. Schließlich ging er zur Tür und warf ergeben die Hände in die Luft. »Na gut. Dann geh' ich eben allein.«

Als die Tür zuknallte und Grace seine Schritte auf der Treppe hörte, verfluchte sie sich dafür, daß sie so empfindlich war. Sie spielte mit dem Gedanken, ihm nachzulaufen, doch ihre Unsicherheit siegte. Sie ließ ihn gehen und entschied sich statt dessen lieber dafür, sich allein und elend zu fühlen.

5. Kapitel

Der Suchtrupp fand die Mordwaffe im Wald von Ballycoyle. Es handelte sich um einen großen Zimmermannshammer, und die Gewebe-, Knochen- und Blutspuren am Kopf des Hammers stimmten mit denen von Carenza O'Connell überein. Es gelang Pattie Doyle außerdem, Teile des Abdrucks eines Handballens und eines Daumens am Stiel sicherzustellen, die bisher jedoch noch niemandem zugeordnet werden konnten.

Dermot wollte gerade zu einem späten Mittagessen aufbrechen, als in der Zentrale ein Anruf von einem gewissen Sydney Smith einging, der im Stadtzentrum einen Antiquitätenladen besaß. Dermot rief Luke zu sich, und zusammen machten sie sich auf den Weg.

Der Laden befand sich in einer kleinen Seitenstraße der Capel Street im Zentrum, in der fünf oder sechs benachbarte Geschäfte mit Antiquitäten, Schmuck und Trödel handelten. Eine altmodische Klingel läutete, als sie den Laden betraten, und hinter der Theke stand eine gepflegte junge Frau, die gerade ein Silbertablett polierte.

Dermot hielt ihr kurz seinen Dienstausweis unter die Nase. »Ich würde gern mit Sydney Smith sprechen.«

Die junge Frau lächelte. »Ich bin Sydnie Smith.«

»Oh!« sagte Dermot überrascht. »Sie haben vorhin bei uns wegen der Schmuckstücke angerufen.«

»Ja.« Sie bückte sich hinter der Theke und tauchte einen Augenblick später wieder mit einer Tüte von Quinnsworth auf, in der es heftig klimperte. »Ein junger Mann kam heute morgen damit zu mir, und ich hab' ihm gesagt, er soll nach dem Mittagessen wiederkommen, damit ich die Sachen in der Zwischenzeit schätzen kann.« Sie verstummte.

Luke öffnete die Tüte und holte einen goldenen Armreif heraus.

»Der hat achtzehn Karat, und hier ist eine Gravur«, sagte Sydnie Smith, während sie den Reif herumdrehte, den Luke noch immer festhielt. Er konnte ihr Parfum riechen. Der Armreif trug die Gravur *Carenza. Dein dich ewig liebender E.* Luke gab ihn Dermot. »Wer hat das gebracht, sagten Sie?«

»Ein junger Mann«, antwortete Sydnie. »Er sollte das angeblich für seine Oma verkaufen. Wenn ich irgendwelche Zweifel hab, behalte ich das Zeug für gewöhnlich hier, bis ich weiß, ob es sauber ist. Er kam mir harmlos vor, wenn auch ... na ja, ein bißchen langsam, wenn Sie verstehen, was ich meine. Und das meiste davon ist gutes Zeug. Sehen Sie sich nur mal die Diamantohrringe an.« Sie holte ein Paar Stecker aus der Tüte, deren Diamanten in Platin eingesetzt waren, und hielt sie ihnen in der offenen Hand entgegen.

»Könnte dieser Gelegenheitsarbeiter gewesen sein, dieser Paddy Moran«, sagte Luke.

Dermot nickte. »Vielleicht. Was sagten Sie, wann kommt der Mann wieder?«

Sydnie Smith sah auf die Uhr. »In etwa zehn Minuten.«

»Können wir außer Sichtweite irgendwo warten?« fragte Luke.

Sydnie führte sie ins Hinterzimmer, von wo aus sie das Geschäft durch einen Perlenvorhang beobachten konnten.

Etwa zwanzig Minuten später klingelte die Türglocke erneut. Ein schmuddeliger junger Mann in Jeans und Anorak betrat das Geschäft und schlenderte hinüber zum Ladentisch.

»Haben Sie sich die Sachen angeguckt, die ich Ihnen gegeben habe?«

Sydnie sah zum Vorhang und nickte. Die beiden Polizisten betraten den Raum.

»Paddy Moran?« fragte Luke.

»Mhm«, bestätigte der Mann lächelnd. »Was wollen Sie?«

»Paddy Moran, ich verhafte Sie wegen Diebstahls und des Verdachts des Mordes. Ich muß Sie darauf hinweisen, daß Sie zum gegenwärtigen Zeitpunkt nichts sagen müssen, aber alles was Sie sagen, kann gegen Sie verwandt werden.«

Paddy wirkte wie ein verfolgtes Kaninchen. »Was?« jammerte er. »Ich hab' nix geklaut.«

Sie nahmen den Schmuck mit und verfrachteten den jungen Mann ins Auto. Paddy ergab sich widerstandslos seinem Schicksal.

Auf dem Revier an der Harcourt Terrace verglich Dermot die Schmuckstücke mit der Liste von O'Connell. Es war alles da – außer einer Diamantbrosche in Form einer Weizengarbe.

Bevor sie mit der Befragung begannen, sagte Dermot zu Luke: »Wir holen lieber den für ihn zuständigen Sozialarbeiter dazu. Er ist vielleicht nicht vernehmungsfähig, und ich will kein Risiko eingehen.«

Paddys Sozialarbeiterin, Alison Munroe, traf etwa zwanzig Minuten später ein, und Dermot nahm sie beiseite.

»Danke, daß Sie gekommen sind, Miss Munroe. Was können Sie mir über den Mann sagen? Ist er je gewalttätig gewesen?«

»Paddy? Noch nie. Worum geht es? Was wird ihm vorgeworfen?« fragte sie mit besorgtem Blick.

»Er hat versucht, ein paar Schmuckstücke zu verkaufen, die einem Mordopfer gestohlen wurden.«

»Was hat er Ihnen erzählt?«

»Noch nichts. Wir wollten auf Sie warten.«

»Das ist sehr nett von Ihnen«, sagte Alison Munroe. »Ich kann mir nicht vorstellen, daß er mit so einer Sache zu tun hat. Er ist vollkommen harmlos, obwohl ich Ihnen sagen muß, daß er sehr beeinflußbar ist. Er könnte Verbrechen gestehen, nur um sich mit Ihnen gut zu stellen. Das hat er schon mal gemacht.«

Zusammen gingen sie zum Verhörzimmer, in dem Luke und Paddy warteten. Als sie den Raum betraten, sprang Paddy auf. »Alison! Ich hab' nix getan.« Flehend sah er sie an, während er nervös mit den Händen herumfingerte.

»Schon gut, Paddy. Setzen Sie sich hier hin.« Sie führte ihn zum Tisch. »Die Beamten wollen Ihnen ein paar Fragen stellen. Beantworten Sie sie einfach, und sagen Sie die Wahrheit.«

»Sie wissen, daß ich nie lüge, Alison«, erwiderte er scheinbar verletzt. Er ließ sich auf den Stuhl plumpsen.

Dermot setzte sich ihm gegenüber. »Also, Paddy«, sagte er zu dem nervösen jungen Mann, »wollen Sie uns irgend etwas erzählen?« Paddy schaute auf seine Schuhe hinab. »Woher haben Sie den Schmuck, Paddy?« Paddy murmelte etwas vor sich hin.

»Wie bitte?«

»Hab' ich gefunden.«

»Wo?«

»Hinten im Garten von Mrs. O'Connell.«

»Sind Sie sicher, daß Sie ihn Mrs. O'Connell nicht weggenommen haben, nachdem Sie sie ermordeten, Paddy? Und was haben Sie mit dem Rest gemacht? Ein sehr wertvolles Stück fehlt noch.«

»Ich würde nie ... *Was?*« Gerade war ihm erst klar geworden, was die Polizisten gesagt hatten. »Was soll das heißen ... ermordet? Ich hab' niemanden ermordet.«

Luke beugte sich zu ihm hinunter und stützte sich mit den Händen auf dem Tisch ab. »Kommen Sie, Paddy, wir wissen, daß solche Unfälle passieren können. Sie wollten sie nicht schlagen, aber dann gerieten Sie in Panik. Stimmt's?«

Paddy zuckte nervös mit den Schultern. »Ich würd' das nie tun«, sagte er nur immer wieder.

Alison Munroe mischte sich ein. »Wir besorgen Ihnen am besten einen Anwalt, Paddy.« Sie wandte sich an Dermot. »Sie sollten aufhören, bis ich Paddy einen Rechtsbeistand besorgt habe.« Sie schüttelte den Kopf. »Das ganze ist verrückt. Paddy würde keiner Fliege etwas zuleide tun.«

Jemand klopfte an der Tür, woraufhin Luke nach draußen ging und wenige Augenblicke später zurückkehrte. »Kann ich dich kurz sprechen, Dermot?«

Dermot stand auf, und das Verhör wurde unterbrochen, um Alison Munroe Gelegenheit zu geben, einen Anwalt für Paddy zu finden.

Draußen brachte Luke seinen Vorgesetzten auf den neuesten Stand. »Der Daumenabdruck auf dem Hammer stimmt hundertprozentig mit dem von Paddy überein.«

Dermot sah ihn erstaunt an. »Na gut, dann verschwenden wir am besten keine Zeit. Bring Alison Munroe dazu, den Pflichtverteidiger zu nehmen. Wir wollen das Verhör so schnell wie möglich über die Bühne bringen.«

Michael Kent, der Pflichtverteidiger, traf etwa eine Stunde später ein. Als sie alle wieder im Verhörzimmer saßen, sagte Dermot: »Sind Sie sich darüber im klaren, Paddy, daß Sie noch immer unter Eid stehen?«

Paddy sah Kent an, der ihm zunickte, und sagte dann: »Ja.«

Luke legte den Hammer in der Plastiktüte vor Paddy auf den Tisch und sagte nichts.

»Paddy, wir haben Mrs. O'Connell gefunden.«

»Ich weiß.«

»Wo waren Sie von letzten Samstag gegen Mittag bis zum Montag morgen?« fragte Luke. Er nahm den Hammer in die Hand und setzte sich auf die Tischkante. Der Hammer befand sich genau in Paddys Blickfeld. Er schaute ihn an, reagierte aber nicht.

»Weiß nich ... Ich glaub', ich war im Wohnheim.«

»Das glauben Sie? Hat Sie dort jemand gesehen?«

»Wahrscheinlich. Mister Halloran müßte mich gesehen haben.«

»Jack Halloran, der Aufseher«, erklärte Alison Munroe.

Luke hielt immer noch den Hammer in der rechten Hand. Er knallte ihn geräuschvoll vor Paddy auf den Tisch. »Wann haben Sie sie im Wald abgeladen, und was haben Sie mit dem Auto gemacht?«

Paddy Moran sah hilfesuchend zu seinem Verteidiger. Als Kent nickte, sagte er: »Ich hab' Mrs. O'Connell nicht ermordet, und ich hab' den Schmuck im Garten gefunden, wie ich schon gesagt hab'.«

Dermot sah Luke an. Luke sagte: »Ihre Fingerabdrücke waren auf der Mordwaffe, Paddy. Wie erklären Sie sich das?«

»Weiß nich ... Weiß nur, daß ich sie nich umgebracht hab. Sie war gut zu mir. Sie war nett und gut zu mir, warum sollte ich sie umbringen?« Er knallte mit der Faust auf den Tisch, um seiner Aussage Nachdruck zu verleihen, und verpaßte dabei um Haaresbreite den Stiel des Hammers, der auf dem Tisch bebte.

Dermot wartete, bis er sich etwas beruhigt hatte. »Hören Sie, Paddy, solche Unfälle passieren schon mal. War es ein

Unfall? Das nennt man Totschlag und ist nicht so schlimm wie Mord. Wenn Sie uns erzählen, was an dem Abend, an dem Sie zu Mrs. O'Connells Haus gingen, genau geschehen ist, können wir beurteilen, ob es ein Unfall war oder nicht.« Sein Tonfall war einschmeichelnd und sanft – die Nummer mit dem guten Bullen und dem bösen Bullen.

Paddy saß mit geschlossenen Augen und geballten Fäusten da. »Ich war zu der Zeit nich bei ihr. Ich hab' sie nich umgebracht. Ich war letzte Woche nich mal in der Nähe des Hauses. Wie oft soll ich Ihnen das denn noch sagen?« murmelte er.

»Wie kommen dann Ihre Fingerabdrücke auf diesen Hammer?« fragte Luke, während er gleichzeitig die Mordwaffe auf Paddy zuschob. »Mit diesem Hammer haben Sie immer und immer wieder auf Mrs. O'Connells Kopf eingeschlagen. Dann, als sie zu Boden ging, haben Sie ihr die Hände um den Hals gelegt und so lange zugedrückt, bis sie tot war.« Lukes Gesicht war nur wenige Zentimeter von Paddys entfernt. Er untermalte seine Anschuldigungen, indem er immer wieder mit der Hand auf den Tisch schlug. Der Beschuldigte starrte wie gebannt darauf und rutschte auf seinem Stuhl immer weiter hinunter. »Dann haben Sie sie im Kofferraum ihres Autos in den Wald von Ballycoyle gefahren und ihre Leiche dort abgeladen.«

»Könnte ich gar nicht. Ich kann nicht Auto fahren.«

Luke sah Dermot an. Dermot nahm den Hammer in die Hand und hielt ihn Paddy Moran unter die Nase. »Haben Sie diesen Hammer schon einmal gesehen?«

Paddy zuckte mit den Schultern. »Is doch nur ein Hammer. Weiß nich.«

»Sehen Sie ihn sich genau an, Paddy! Es ist wichtig.«

Paddy nahm Dermot zögernd den Hammer ab und betrachtete ihn. »Sieht 'n bißchen so aus wie der, den Dr.

O'Connell in seinem Schuppen hat. Ja, sehen Sie, hier am Ende vom Stiel is Klebeband drumgewickelt.«

»Haben Sie den jemals benutzt?«

Paddy zuckte mit den Schultern. »Denke schon, weiß nich. Manchmal mußte ich 'nen Zaun reparieren oder so. Vielleicht hab' ich den benutzt, ich weiß es nich.«

»Das bringt uns nicht weiter«, stellte Luke fest. »Hören Sie, Paddy, mit diesem Hammer wurde Mrs. O'Connell umgebracht. Sie sagen, Sie haben sie nicht getötet. Wenn das wahr ist, wie kommen dann Ihre Fingerabdrücke auf den Stiel?«

Paddy sackte noch weiter auf seinem Stuhl zusammen und sagte nichts.

»Ich denke, dies wäre ein geeigneter Moment, um eine Pause zu machen, meine Herren«, sagte Kent. »Ich würde gern unter vier Augen mit meinem Mandanten reden.«

Dermot erhob sich. »Ich werde Tee bringen lassen.« Er und Luke verließen das Zimmer.

»Was meinst du?« fragte er Luke.

Luke verzog ratlos das Gesicht. »Keine Ahnung. Ich lass' einen der Jungs sein Alibi beim Aufseher überprüfen und auch, ob er jemals einen Führerschein hatte. Wenn er keinen hat, beweist das zwar noch nicht, daß er nicht fahren kann, aber dann wird die Verteidigung dies sicher anführen.«

»Mein Instinkt sagt mir, daß er nicht unser Mann ist. Ich weiß nicht genau warum, aber ich glaube einfach nicht, daß er clever genug ist, um eine Leiche und ein Auto verschwinden zu lassen. Ich frage mich, ob Poppy nicht doch in bezug auf O'Connell recht haben könnte«, sagte Dermot.

Luke war von Dermots plötzlichem Stimmungswandel überrascht. »Du hast deine Meinung anscheinend geändert.«

Dermot blieb stehen und sah Luke an. »Wie oft warst du schon in der Lage, auf die Minute genau die Zeit anzugeben, zu der du irgendwo weggefahren bist, und darüber hinaus sogar noch einen Computerausdruck zu haben, mit dem du das beweisen kannst?«

»Nachdem ich ihm von Carenzas Tod berichtet hatte, ging er seelenruhig zur Arbeit und meinte, das Leben müsse weitergehen. Kannst du dir das vorstellen?« fragte Luke.

»Ich weiß, aber daß er ein blöder Hund ist, beweist leider noch nicht, daß er ein Mörder ist«, sagte Dermot.

Schweigend standen sie beieinander. »Und wenn er einen Komplizen hat, und die beiden zusammen Paddy alles in die Schuhe schieben wollen?« überlegte Luke dann laut. »Es wäre einfach, seine Abdrücke auf den Hammer zu bekommen, indem sie ihn irgendwo einen Nagel hineinschlagen lassen.«

»Vielleicht, aber wer sollte der Komplize sein?«

»Vielleicht eine Frau?«

»Könnte sein ... Vielleicht hat O'Connell Drummond unter Druck gesetzt.«

»Womit?« fragte Luke. »Er müßte schon etwas ziemlich Heftiges gegen Drummond in der Hand haben, um ihn einen Mord begehen zu lassen.«

»Vielleicht ist genau das der Punkt. Poppy hat angedeutet, daß Drummond mit Anabells Tod zu tun hatte, weißt du noch?« fragte Dermot, während sie zusammen über den Flur zur Abteilung der Kripo gingen. »Laß O'Connell bewachen. Mal sehen, was dabei herauskommt. Und ich werde mich wohl mal mit Drummond unterhalten.«

»Was machen wir mit Paddy?«

»Ich denke, wir sollten Anklage erheben. Mit seinen Fingerabdrücken auf der Waffe liegt genug vor, und es könnte O'Connell aus der Reserve locken.«

»Glaubst du noch, daß auch nur die geringste Möglichkeit besteht, daß Paddy es getan hat?«

»Nein, eigentlich nicht«, antwortete Dermot.

»Ist es dann nicht ein bißchen übertrieben, ihn des Mordes anzuklagen? Der dreht bestimmt vollkommen durch.«

Dermot sah verzweifelt zur Decke. »Was für ein gutes Herz du doch hast! Okay, wir klagen ihn wegen des Schmuckdiebstahls an. O'Connell braucht nur zu erfahren, daß wir Anklage gegen Paddy erhoben haben, er muß ja nicht wissen, welche. Soll er seine eigenen Schlüsse ziehen.«

6. Kapitel

Der Morgen, an dem Carenza O'Connell beerdigt wurde, begann grau, stürmisch und winterkalt. Grace und Phoebe mußten von der Straße zu der kleinen Steinkirche durch sintflutartigen Regen rennen. Carenza sollte auf dem Friedhof der Grangetown Church of Ireland bestattet werden.

Sie nahmen hinten in der Kirche Platz und beobachteten die eintreffenden Trauergäste.

»Ein Wunder, daß O'Connell nicht wartet, bis die Sprechstunde vorbei ist«, tuschelte Grace zynisch.

»Wahrscheinlich ist die Sprechstunde schon vorbei«, erwiderte Phoebe.

Getragene Orgelmusik erklang, und die Bänke füllten sich mit schwarz gekleideten Trauergästen. Carenzas Sarg stand vor dem Altar, bedeckt mit Kränzen, und an jeder Ecke befand sich ein großer Messingkerzenständer. Grace sah Luke hereinkommen. Er hatte keinen Regenschirm, und seine Haare waren naß. Seit ihrer Überreaktion hatte sie ihn nicht mehr gesehen. Nun schaute er zu ihr hin – und genau durch sie hindurch.

»Was ist denn mit dem los?« fragte Phoebe.

»Ich glaube, ich habe ihn verärgert«, erwiderte Grace mit einem Anflug von Bedauern.

»Dann mußt du die Wogen glätten«, befand Phoebe. »Er

ist zu süß, als daß man ihn einfach fallenlassen sollte, und außerdem wirst du mit Angeboten ja nicht gerade überhäuft, oder?«

»Herzlichen Dank. Ich wisch' nur schnell den Staub vom Regal, dann kannst du dich zu mir gesellen. Außerdem ist es zu spät. Ich glaube, er hat's auf Free abgesehen.«

»Free was?« fragte Phoebe, doch dann wurde ihr klar, was ihre Partnerin meinte. »Ach so. Verstehe.«

»Ich frage mich, ob Poppy mit ihrer Familie kommen wird.« Grace sah über die Schulter zurück zum Eingang und beobachtete die Gäste, die aus dem Regen hereineilten, ihre Regenschirme ausschüttelten und sie zusammenklappten.

»Das hoffe ich doch«, sagte Phoebe. »Es würde das Ganze etwas beleben.« Phoebe stieß Grace an und fragte flüsternd: »Siehst du den Mann da in der dritten Reihe, der zweite von außen?« Grace spähte nach vorn, und ihr Blick fiel auf einen grauhaarigen Mann, der stocksteif neben einer korpulenten Frau von Ende Fünfzig saß.

»Ja ... Was ist mit ihm?« fragte sie argwöhnisch.

»Das ist ein Exkunde von mir.«

Grace war wie vom Blitz getroffen. Der vornehm aussehende Herr war ihr nur zu gut bekannt. Phoebe bemerkte ihren verdutzten Gesichtsausdruck und fragte: »Was ist denn los? Du siehst aus, als hättest du ein Gespenst gesehen.«

»Das ist mein Vater«, antwortete Grace mit erstickter Stimme.

Phoebe verzog das Gesicht. »Hoppla!« sagte sie. »Ich wußte nicht, daß er Carenza und Emmet O'Connell kennt.«

»Tja, das Leben ist voller Überraschungen, nicht wahr?« zischte Grace. »Ich wußte auch nicht, daß mein Vater mit Prostituierten verkehrt.« Schweigend zürnte sie eine Weile vor sich hin. »Dieser Heuchler mit seiner verflixten doppelten Moral!«

»Psst«, sagte Phoebe. »Da kommt der Witwer.«

Emmet O'Connell erschien in Begleitung von Brian Drummond und einer Frau, die sie für dessen Gattin hielten.

Cassie Drummond war groß, schlank und mindestens fünfzehn Jahre jünger als ihr Mann. Sie hatte lange blonde Haare, die anscheinend nicht gefärbt waren und die sie zu einem Dutt aufgetürmt hatte, wodurch sie größer wirkte als Drummond. Sie trug ein schlichtes, aber sehr teuer aussehendes, anthrazitfarbenes Kostüm und schritt mit der Anmut einer Tänzerin durch den Gang.

Kurz darauf hatten Emmet O'Connell und die Drummonds ihre Plätze vorn in der ersten Reihe eingenommen, und der Pfarrer begann mit dem Gottesdienst, doch von den Dalglish-Stuarts war immer noch nichts zu sehen.

Erst als der Pfarrer die Predigt bereits zur Hälfte gehalten hatte, betraten Poppy Dalglish-Stuart und ihre Familie geräuschvoll die Kirche. Sie rauschte durch den Mittelgang wie ein Schiff unter vollen Segeln, bekleidet mit einem knöchellangen schwarzen Seiden-Kaftan und einem Turban. Die schlampige Frau, die in der vergangenen Woche in der Detektei erschienen war, hatte sich vollkommen verwandelt. Der luxuriöse Stoff raschelte, als sie an allen vorbeiging, und die Absätze klapperten auf dem Steinfußboden. Ein Ende des Turbans – kirschrot und mit einem Diamantclip festgehalten – flatterte an der Seite heraus. Grace erkannte Poppy kaum wieder. Jack wirkte in einem klassischen dunklen Anzug wesentlich gedämpfter, aber seine Schwester mit ihrem elfenbeinfarbigen Teint, den hohen Wangenknochen und dem tiefschwarzem Haar sah in ihrem schwarzen Armani-Kostüm und mit den hohen Pfennigabsätzen umwerfend aus. Ihre Absätze klapperten im Rhythmus mit denen ihrer Mutter. Eine hübsche Frau, bei der es sich um Jacks Gattin handeln mußte, folgte ihnen mit zwei goldhaarigen

Mädchen von etwa sechs Jahren, die wie Zwillinge aussahen. Der Regenguß hatte anscheinend aufgehört, denn sie waren alle trocken.

Der Pfarrer hielt mitten im Satz inne und wartete, bis die Neuankömmlinge ihre Plätze direkt hinter Emmet O'Connell eingenommen hatten. Der hatte sich umgedreht, um zu erfahren, was der Aufruhr zu bedeuten hatte, und als er sah, daß Poppy und ihre Brut ihm die Schau stahlen, lief sein Gesicht vor Wut rot an.

Der Pfarrer fuhr mit der Predigt fort, und als er zum Ende kam und dem Mitgefühl der Trauergäste für Emmet O'Connell Ausdruck verlieh, dröhnte plötzlich Poppys Stimme durch die Kirche:

»So eine Heuchelei! Sparen Sie sich Ihr Mitgefühl. Dieser Mistkerl hat sie umgebracht.« Sie zog das Wort *Mist-keeaal* in die Länge, wies mit ausgestrecktem Arm theatralisch auf den Mann ihrer verstorbenen Schwester und sah in jeder Hinsicht aus wie der Sensenmann in Frauenkleidern.

O'Connell sprang auf. »Schämst du dich denn überhaupt nicht? Du solltest zumindest dem Andenken deiner Schwester Respekt entgegenbringen.«

»Du Mörder, du! Doppelmörder!« schrie Poppy. O'Connell griff nach ihrem ausgestreckten Arm und versuchte, sie ans Ende der Bank zu zerren. Jack stand auf und befreite den Arm seiner Mutter aus O'Connells Umklammerung. Er drückte ihn so zurück, daß O'Connell sich setzen mußte, wenn er sich nicht das Handgelenk brechen lassen wollte.

»Setz dich hin, und halt den Mund. Und komm ja nicht noch einmal auf die Idee, meine Mutter anzurühren«, sagte er mit drohender Stimme. Er war einen guten halben Kopf größer als O'Connell, der seinerseits schon ungefähr einsachtzig groß war.

Poppy drehte sich zu ihrem Sohn um und lächelte. Die

übrigen Familienmitglieder standen auf. »Wir werden diese Farce nicht mitmachen«, sagte sie. »Kommt.« Die kleine Gruppe verließ die Kirche mit demselben Aufruhr, mit dem sie sie betreten hatte, und ließ den Pfarrer und die anderen Trauergäste mit offenen Mündern und staunenden Blicken zurück.

O'Connell sammelte sich, rückte seine Krawatte zurecht und strich sich übers Haar. Er stand auf und wandte sich den Gästen zu. »Ich entschuldige mich für das Verhalten meiner Schwägerin.« Er drehte sich zum Pfarrer um. »Vielleicht sollten wir nun fortfahren.«

Phoebe und Grace warteten das Ende des Gottesdienstes nicht ab, sondern schlichen hinaus und gingen den Dalglish-Stuarts nach.

Poppy blieb stehen und wartete auf die beiden Frauen.

»Was hielten Sie von der Veranstaltung?« fragte sie.

»Interessant«, sagte Phoebe. »Sehr dramatisch. Von zehn möglichen Punkten gebe ich Ihnen zehn für den Stil.«

Poppy stellte Free und Jack vor, und sie gaben sich alle die Hand. »Wann werden sie diesen widerlichen Kerl verhaften?« Poppy sah zur Kirchentür, durch die nun die Trauergemeinde strömte, um angeführt vom Pfarrer über den Friedhof auf die andere Seite des Gebäudes zu gehen. Grace folgte ihrem Blick.

»Wie Sie wissen, hat O'Connell leider ein Alibi für die Zeit des Mordes an Ihrer Schwester.«

»Der wird jemand anderen angeheuert haben, um die Drecksarbeit für ihn zu erledigen«, mischte sich Free ein. »Mutter, erzähl ihnen von der Frau.«

Poppy nickte. »Meine Schwester hat mir vor sechs Monaten erzählt, sie hätte den Verdacht, daß Emmet eine Affäre hat.«

Phoebe sah Grace an. »Dann beruhte Ihre Aussage also

nicht nur auf Tarotkarten oder Spekulationen«, sagte Grace. »Waren Sie überrascht? Haben Sie eine Ahnung, wer diese Frau sein könnte?«

»Natürlich war ich nicht im geringsten überrascht. Ich hab' Ihnen doch gesagt, daß Emmet zu Treue unfähig ist. Meine Schwester liebte ihn, seit sie fünfzehn Jahre alt war, und ließ nie etwas auf ihn kommen, selbst als er sie sitzenließ und Anabell heiratete.« Poppy lachte zynisch. »O ja! Emmet O'Connell war immer auf seinen eigenen Vorteil aus. Wenn er auf einer Party mit jemandem sprach, schaute er sich gleichzeitig immer um, ob da nicht noch jemand war, mit dem es sich eher lohnte zu reden. Er ließ mich mehr als einmal mitten im Satz stehen. Anabell hatte mehr Geld als Carenza, daher die Abfuhr für Carenza. Aber Anabell war auch dumm. Gott schütze ihre arme, gepeinigte Seele.«

»Wie reagierte Carenza auf Ihren Verdacht gegenüber Emmet?« wollte Phoebe wissen.

»Sie war zu sehr von Emmets Aufmerksamkeiten beeindruckt«, sagte Free. »Er spielte den armen Witwer, der Carenza neues Licht in sein Leben bringen ließ. Welch ein Witz!«

»Und natürlich erbte er so einiges von Anabell«, fügte Poppy hinzu.

»Etwa zweihunderttausend«, sagte Free. »Aber das wanderte in seine Superklinik und ging für seinen verschwenderischen Lebensstil drauf. Ich denke, wenn Sie einen Blick auf seine Konten werfen könnten, würden Sie sehen, daß er Carenzas Geld dringend braucht.«

»Aber eines verstehe ich nicht. Wenn sie ihn so sehr liebte, warum hat er sie dann nicht einfach darum bitten können?« fragte Grace.

Poppy seufzte. »Das hat er getan. Carenza hat nach ihrer

Hochzeit fast fünf Jahre lang nicht mit mir geredet. Dann, vor etwa einem Jahr, kam sie zu mir. Zuerst wußte ich nicht warum, aber ich spürte, daß sie Probleme hatte.«

»O'Connell sagte, sie habe psychische Probleme gehabt«, sagte Grace. Free verzog verächtlich das Gesicht.

»Das kann ich mir gut vorstellen. In den Jahren, in denen sie mit diesem Dreckskerl verheiratet war, wurde sie zu einem nervlichen Wrack. Emmet hatte sie vollkommen zugrunde gerichtet. Sie hatte kein Selbstvertrauen mehr, und er nahm ihr alle Kraft. Wenn er sagte ›Spring!‹, dann fragte sie nur ›Wie hoch?‹«

Der Regen hatte wieder eingesetzt. »Kommen Sie, wir setzen uns in den Daimler ins Trockene«, sagte Poppy, woraufhin sie alle hinten in dem geräumigen Oldtimer Platz nahmen – bis auf Jack, der mit seiner Familie bereits in seinem eigenen Wagen saß. Grace bemerkte fasziniert eine Sprechverbindung, die durch die gläserne Trennwand nach vorn führte, wo ein uniformierter Compton von Kissen erhöht auf dem Fahrersitz saß. Es hätte sie nicht überrascht, wenn er Klötze unter seinen Schuhen befestigt gehabt hätte, damit seine kurzen Beine an die Pedalen reichten.

Poppy fuhr fort: »Wie schon gesagt, Carenza kam vor sechs Monaten sehr bekümmert zu mir. Sie hatte den Verdacht, daß Emmet eine Affäre hatte. Ich war erstaunt. Nicht weil ich es bezweifelte, sondern weil sie so lange gebraucht hatte, um die Wahrheit herauszufinden.«

»Wissen Sie mit Sicherheit, daß er eine andere hatte?« fragte Phoebe nach.

Poppy sah gen Himmel. »Natürlich! Er hatte auch während seiner gesamte Ehe mit Anabell eine Geliebte. Wie oft soll ich Ihnen das denn noch sagen? Warum sollte er alte Gewohnheiten ablegen?«

»O'Connell hat behauptet, sie sei schon früher hin und

wieder allein fortgegangen. Hat sie Ihnen davon etwas erzählt?«

Poppy schüttelte den Kopf. »Nein. Aber schließlich hatten wir ja auch fünf Jahre lang keinen Kontakt.«

»Ich weiß, aber er sagte, sie sei vor vier Monaten weggegangen, ohne ihm eine Nachricht zu hinterlassen«, sagte Grace.

»Sie war mit mir unterwegs«, sagte Free. »Wir sind nach London gefahren, um uns ein paar Aufführungen anzusehen. Ich dachte, es würde ihr guttun.«

»Was ist mit seiner Geliebten? Hatte Carenza irgendeine Ahnung, wen er vögelte?« fragte Phoebe.

»Überhaupt keine, aber sie war vollkommen am Boden zerstört«, sagte Poppy. »Natürlich hat sie ihn zur Rede gestellt, aber er hat es geleugnet. Die dumme Frau glaubte, was sie glauben wollte, und schwebte im siebten Himmel, denn sie war überzeugt, daß sie sich alles nur eingebildet hatte. Auf alle Fälle erzählte er ihr vor einem Monat, er bräuchte mehr Geld für die Praxis. Sie wollte es ihm geben, aber dann hörte sie mit an, wie er am Telefon mit seiner Geliebten sprach, und kam schließlich zu mir.«

»Was haben Sie zu ihr gesagt?«

»Ich habe ihr geraten, die Scheidung einzureichen, und ich hab ihr gesagt, daß es schon seit Jahren so geht.« Poppy Dalglish-Stuart wischte sich eine Krokodilsträne von der Wange. »Danach habe ich sie nicht mehr gesehen.«

Die Trauergäste kamen wieder zurück, und Grace erblickte ihre Mutter. »Entschuldigen Sie, Poppy, ich muß kurz mit jemandem reden.« Sie stieg aus der Limousine und eilte ihrer Mutter nach, die am Friedhofstor wartete.

Sie umarmten sich. »Schatz, wie schön, dich zu sehen«, sagte Alice de Rossa. »Aber was machst du hier?«

»Das könnte ich dich auch fragen«, sagte Grace. »Ich wußte gar nicht, daß du Carenza O'Connell kanntest.«

Alice de Rossa schüttelte ihren perfekt frisierten Kopf. »Ich nicht. Dein Vater kennt Emmet O'Connell beruflich. Aber wie geht es dir? Kathleen hat mir erzählt, daß du fast Andrews und Kieras Baby zur Welt gebracht hast.«

»Fast«, bestätigte Grace bitter. »Hast du es schon gesehen?«

»Ich hab' sie zusammen mit Kathleen besucht. Sie ist so eine kleine Süße! Weißt du, Liebes, du solltest wirklich Frieden schließen. Benimm dich wie eine Erwachsene. Was geschehen ist, ist geschehen, und wenn du weiterhin so einen Groll gegen sie hegst, wirst du nur ganz verbittert.«

Grace war sprachlos. Sie hatte erwartet, daß ihre Mutter auf ihrer Seite stand, und nicht, daß sie sich mit dem Feind verbündete. Die Verräterin sah ihr die Enttäuschung an.

»Hör zu, Schatz, ich weiß, du erwartest von mir, daß ich Andrew und Kiera aus dem Weg gehe, aber du mußt auch daran denken, daß Andrews Mutter und ich schon befreundet waren, bevor du überhaupt geboren wurdest. All diese Feindseligkeiten sind überaus unangenehm.«

»Tja, das tut mir leid, Mutter. Ich wollte deine gesellschaftlichen Kontakte nicht durcheinanderbringen«, fuhr Grace sie an.

Entweder bemerkte Alice de Rossa den Sarkasmus in Graces Tonfall nicht, oder sie überhörte ihn lieber. »Danke, mein Schatz. Was die Taufe angeht, so ...«

Alice de Rossa plauderte weiter, doch Grace hörte nicht mehr zu. Sie sah ihren Vater den Weg entlang auf sie zukommen. Er hielt kurz inne, als er sie sah, ging dann weiter und stellte sich hinter seine Frau.

»Hallo, Grace. Was machst du hier?« fragte er.

Alice drehte sich um und lächelte. »Ich hab' ihr gerade erzählt ...«

Paul de Rossa ignorierte seine Frau. »Ich wußte nicht, daß

du Carenza O'Connell kanntest«, sagte er spröde zu seiner Tochter.

»Tja, ist das Leben nicht voller Überraschungen?« parierte sie. »Und voller Zufälle? Das habe ich gerade vorhin noch zu meiner Partnerin gesagt.«

Paul de Rossa runzelte die Stirn. »Wovon redest du, Grace?«

Sie spielte mit dem Gedanken, ihn wegen seiner Bekanntschaft mit Phoebe Lamplighter zur Rede zu stellen, nur um ihn mal so richtig in Verlegenheit zu bringen. Doch dann sah sie ihre Mutter, die ergeben zu ihrem geliebten Ehemann hochblickte, und besann sich eines Besseren. »Ach nichts«, sagte sie. »Seit wann kennst du die O'Connells schon?«

»Seit ein paar Jahren. Ich kenne ihn beruflich. Anständiger Kerl. Warum fragst du?«

»Rein berufliches Interesse«, sagte Grace. »Seine Schwägerin ist unsere Klientin.«

»Wirklich?« Er klang überrascht. »Hat sie ihre Schmusekatze verloren?«

»Nein, ihre Schwester«, sagte Grace und verbiß sich, ihm zu sagen, daß er sich gefälligst nicht so herablassend benehmen sollte.

»Arme Carenza! Eine merkwürdige Frau. Bei allem, was man so hört, war sie wohl ziemlich neurotisch.«

Grace entdeckte über seine Schulter hinweg Phoebe, die gerade aus dem Daimler stieg. »Ach, da ist ja meine Partnerin«, sagte sie. »Ihr müßt sie unbedingt kennenlernen.« Sie winkte Phoebe herbei. Phoebe zögerte, aber Graces Eltern hatten sich bereits herumgedreht.

»Mummy, Daddy, das ist meine Partnerin, Miss Phoebe Lamplighter«, sagte Grace und beobachtete dabei feindselig den Gesichtsausdruck ihres Vaters, der jedoch zu ihrer Enttäuschung nicht einmal mit der Wimper zuckte.

Alice lächelte Phoebe an. »Es freut mich sehr, Sie kennenzulernen«, sagte sie überschwenglich.

Paul de Rossa räusperte sich und gab ihr förmlich die Hand. »Angenehm, Miss Lamplighter«, sagte er. »Freut mich, Sie kennenzulernen. Wie geht es Ihnen?«

Phoebe stieg – für sie so gar nicht typisch – die Röte ins Gesicht. »Mir geht's gut, danke«, murmelte sie. »Ich warte im Wagen auf dich«, sagte sie dann zu Grace und trat eilig den Rückzug an.

»Reizende Frau.« Alice de Rossa lächelte zu ihrem Mann auf, um ihn zu einer billigenden Bemerkung über die Geschäftspartnerin ihrer Tochter zu bewegen.

»In der Tat«, sagte er. »Reizend. Sollen wir gehen, Alice?« Er wandte sich ab, und Alice umarmte Grace noch einmal.

»Kapsel dich nicht so ab, mein Schatz«, sagte sie zu ihr. »Komm bald mal wieder bei uns vorbei.«

Grace gab ihr das leere Versprechen, sie demnächst zu besuchen, und ging dann Phoebe hinterher.

»Du elendes Miststück!« wütete Phoebe, als sie kurz darauf im Wagen saßen. »*Du* bist doch diejenige, die mir immer wieder sagt, ich soll mein altes Leben hinter mir lassen! Wie konntest du das nur tun?«

»Mensch, wenn ich gewußt hätte, daß du so empfindlich bist, hätte ich das nicht getan.« Schweigend warteten sie darauf, daß sich der Stau auf dem Friedhofsweg auflöste. »Wie oft war er bei dir?« fragte Grace und versuchte, keine Miene zu verziehen.

»Kümmere dich um deinen eigenen Kram«, fuhr Phoebe sie an.

»Bitte, bitte, erzähl mir, daß er vollkommen abartige Vorlieben hatte!« Grace krümmte sich plötzlich vor Lachen.

»Ach, du kannst mich mal!«

Im Rückspiegel erblickte Grace nun Luke, der den Pfad

entlangkam. Sie faßte den Entschluß, die Wogen etwas zu glätten, und stieg aus dem Auto. Als er sie sah, blieb er stehen.

»Hallo«, sagte sie schüchtern. »Wie geht's?«

Mit den Händen in den Taschen sah er auf sie herab. Nach einem Augenblick fragte er: »Laufe ich Gefahr, daß mir der Kopf abgerissen wird?« Zu ihrer großen Erleichterung lächelte er sie verschmitzt an.

Sie lächelte zurück und schüttelte den Kopf. »Nein.«

»Was war neulich nur mit dir los?«

Grace zuckte mit den Schultern. »Meine Unsicherheit hat mich etwas aus der Spur gebracht«, sagte sie. »Steht das Angebot mit dem Essen noch?«

»Ich nehme an, ich kann es ohne Bodyguard riskieren«, sagte Luke. »Wir sehen uns also später. Gegen acht?«

Als sie wieder im Büro waren, erzählte Grace Mungo und Xin von der Beerdigung und von Poppys Behauptung, daß Emmet O'Connell pleite sei.

»Wir sollten uns mal O'Connells Kontoauszüge anschauen«, sagte Mungo. »Und diesen Drummond müssen wir auch vernehmen.«

Grace zuckte bei dem Wort *vernehmen* zusammen. Aus dem Mund von Mungo klang das nach elektrischen Sonden, die an unvorstellbare Orte vordrangen.

»Der Meinung bin ich auch«, bestätigte Phoebe. »Grace und ich übernehmen Drummond. Du und Xin, ihr kümmert euch um die Kontoauszüge.«

Mungo blickte sie finster an. »Ich arbeite immer allein«, knurrte er.

»Diesmal nicht, Mungo«, schnauzte Phoebe ihn an. »Xin braucht die Erfahrung. Außerdem kann sie für dich Schmiere stehen.«

»Ja!« rief Xin voller Begeisterung. Mungo knurrte erneut vor sich hin.

»Und wie kommt ihr darauf, daß euch der liebe Onkel Doktor einfach so seine Kontoauszüge zeigt?« höhnte Grace.

Drei Augenpaare sahen sie an.

»O mein Gott«, sagte sie. »Das wär's dann wohl mal wieder.«

[illegible]

Die [illegible]
ch[illegible]
Haus [illegible] die [illegible]
ein [illegible]
öffne[illegible]
gen [illegible]

»Gu[illegible] de[illegible]
und d[illegible]

Cassie [illegible]
[illegible]

»Hab ich [illegible]

Grace lachte [illegible]
[illegible]

Cassie [illegible]

»Wir [illegible]
O'Connell [illegible]

»Ach, ich [illegible]
erwiderte Cassie, [illegible]
zurück [illegible]
[illegible]

Grace und Phoebe [illegible] de[illegible]
[illegible]ng und das [illegible]

7. Kapitel

Die Drummonds wohnten in Grangetown in der Nachbarschaft von den O'Connells, und auch in einem ähnlichen Haus. Das Geräusch der Türklingel wurde drinnen mit einem Gebell beantwortet, und wenige Augenblicke später öffnete Cassie Drummond die Haustür, wobei sie einen riesigen grauen Wolfshund am Halsband festhielt.

»Guten Tag, Mrs. Drummond. Ich bin Grace de Rossa, und dies ist meine Partnerin Phoebe Lamplighter.«

Cassie runzelte kurz die Stirn, lächelte Grace dann aber freundlich an.

»Habe ich Sie nicht vorhin bei der Beerdigung gesehen?«

Grace lächelte zurück. »Stimmt. Wir arbeiten für Poppy Dalglish-Stuart. Ob wir uns wohl kurz mit Ihrem Mann unterhalten könnten?«

Cassie runzelte erneut die Stirn. »Worum geht's?«

»Wir wollen ihm nur ein paar Fragen über Carenza O'Connell stellen, das ist alles«, sagte Phoebe beiläufig.

»Ach, ich verstehe. Nun, Brian ist im Moment nicht da«, erwiderte Cassie, nun wieder lächelnd. »Aber er müßte bald zurück sein. Kommen Sie doch herein, und warten Sie hier. Ich bringe nur schnell den Hund weg.«

Grace und Phoebe sahen zu, wie sie ans Ende des Flures ging und das Ungeheuer durch eine Schwingtür schubste.

»Rechts entlang«, sagte sie dann und zeigte auf eine offene Tür.

Das Wohnzimmer war hell, spießig eingerichtet und voller Topfpflanzen und Vasen mit Schnittblumen. Am anderen Ende des Raumes führte eine Glastür zu einem Wintergarten mit noch mehr Pflanzen.

Cassies aufgeschlossenes, ovales Gesicht war vollkommen ungeschminkt und zeigte einen natürlichen goldenen Teint. Das Beerdigungskostüm hatte sie abgelegt und trug jetzt einen korallenroten Leinenrock und ein weißes T-Shirt. Sie war barfuß.

»Setzen Sie sich doch, bitte. Wie kann ich Ihnen helfen?«

»Es tut mir leid wegen Carenza O'Connell«, sagte Grace.

Cassie nickte. »Ja, es ist schrecklich, einfach schrecklich. Die arme Carenza, sie war so eine liebe Frau.« Grace fiel auf, daß Cassie Drummond *arme Carenza* gesagt hatte und nicht *armer Emmet.*

»Kannten Sie sie gut?«

»Ja, sehr gut. Wir vier sind oft zusammengekommen.«

»Können Sie uns etwas zu ihrem Befinden sagen?« fragte Grace.

Cassie Drummond rümpfte die von Sommersprossen übersäte Nase. »Die Arme, sie litt schrecklich unter ihren schwachen Nerven! Manchmal sagte sie im letzten Moment eine Verabredung ab. Emmet glaubt, daß sie eine Agoraphobie hatte.«

»Wirklich? Kennen Sie Paddy Moran, den Gelegenheitsarbeiter?«

Cassie setzte sich auf die Armlehne des Sofas und streckte ihre langen, goldfarbenen Beine vor sich aus. »Ich *kenne* ihn eigentlich nicht richtig. Ich habe ihn nur ein paarmal in Carenzas Küche Tee trinken gesehen. Warum?«

»Wissen Sie, daß er verhaftet wurde?«

»Ja, das habe ich gehört. Hat er etwa... na, Sie wissen schon?«

»Ich glaube, er wurde nur des Diebstahls angeklagt«, sagte Phoebe. Sie stand auf und ging zur Tür des Wintergartens. »Sind Sie die Gärtnerin in der Familie?«

Cassie lächelte stolz. »Ja, ich würde den ganzen Tag damit verbringen, wenn ich könnte.«

»Kannten Sie Anabell O'Connell?« fragte Grace.

Cassie schien der plötzliche Themawechsel zu verblüffen. »Nicht so gut, wie ich Carenza kenne... kannte. Ich habe sie vielleicht zweimal getroffen, als ich noch in der Praxis arbeitete.«

»Haben Sie dort Ihren Mann kennengelernt?«

»Ja, ich war ein paar Jahre bei ihm als Sprechstundenhilfe tätig. Brian und ich haben geheiratet, kurz bevor er und Emmet die Praxis kauften.«

»Nachdem Anabell gestorben war?« fragte Grace.

Cassie sah sie mißtrauisch an. »Was hat das mit dem Mord an Carenza zu tun?«

»Ach, nichts Bestimmtes«, erwiderte Grace nach einem Augenblick. »Anabell war eine Patientin Ihres Mannes, nicht wahr?«

»Stimmt. Aber was hat Anabell mit all dem zu tun?« wiederholte Cassie.

Grace drehte sich zu ihr um und lächelte sie einnehmend an. »Überhaupt nichts, Mrs. Drummond. Übrigens, war Ihr Mann in der Nacht zu Hause, als Carenza O'Connell ermordet wurde?«

»Du meine Güte, Sie reden nicht lang um den heißen Brei herum, oder?« Doch Cassie lächelte und schien nicht eingeschnappt zu sein. Grace war vielmehr der Ansicht, daß sie recht verletzlich aussah. »Ich kann mich nicht daran erinnern, ob Brian zu Hause war oder nicht. Was für ein Wochentag war das?«

»Ein Samstag. Der zehnte«, sagte Phoebe.

Cassie dachte einen Augenblick lang nach. »Mal sehen ... Samstag, der zehnte ... Nein, er wird bei einem Treffen des Lions Club gewesen sein.«

»Und um wieviel Uhr kam er nach Hause?«

»Gegen zwei, glaube ich. Ich war schon im Bett.«

»War das üblich?«

»Üblich?« Fragend sah Cassie Grace an.

»Nun, um welche Uhrzeit kehrt er für gewöhnlich von den Lions-Treffen zurück?« fragte Phoebe.

Cassie zuckte mit den Schultern. »Keine Ahnung, elf, zwölf, zu keiner bestimmten Zeit. Warum?«

Grace beachtete die Frage nicht. »Wissen Sie, ob Emmet O'Connell seiner Frau treu war? Hat er Ihres Wissens eine Geliebte?«

»Woher zum Teufel soll ich das wissen? Carenza war meine Freundin, er würde sich in dem Fall wohl kaum mir anvertrauen. Fragen Sie Brian.«

»Nun, hat Carenza sich Ihnen anvertraut, hat Sie Ihnen gegenüber jemals erwähnt, daß sie den Verdacht hegt, daß Emmet sie betrügt?«

»Nie«, antwortete Cassie bestimmt.

Phoebe versuchte es mit einer anderen Taktik. »Mögen Sie Emmet O'Connell?«

»Ja, in der Tat. Er war mir gegenüber immer nett. Ich weiß, daß ihn einige Leute nicht besonders charmant finden, doch ich kann nur für mich selbst reden. Möchten Sie einen Tee?«

Grace wollte gerade ablehnen, als sie draußen einen Wagen vorfahren hörten. Cassie sah zum Fenster und glitt von der Armlehne herunter.

»Da ist Brian ja«, sagte sie und ging zur Glastür. Drummond kam herein, und Cassie gab ihm einen Kuß.

»Miss de Rossa und Miss Lamplighter möchten dir ein paar Fragen stellen, Schatz«, sagte sie.

Drummond wirkte einen Augenblick lang besorgt, lächelte dann gezwungen und löste sich aus Cassies Umarmung.

»Schön. Würden Sie mit in mein Arbeitszimmer kommen?«

Die beiden Frauen folgten ihm in ein kleines, gemütliches Zimmer neben dem Wohnzimmer. Es roch nach Pfeife. Auf einem dunklen Holztisch lagen lauter in Leder gebundene Bücher. Eines war geöffnet, und Grace bemerkte, daß es sich um Briefmarkenalben handelte.

»Sie sammeln Briefmarken?« fragte sie in dem Versuch, Drummond etwas aus der Reserve zu locken. »Hab' ich als Kind auch gemacht, wenn auch etwas bescheidener.«

Drummond ging zum Schreibtisch, nahm ein dünnes Album vom Stapel und schlug es auf. »Dies war mein erstes Album«, sagte er stolz. »Ich habe mit elf Jahren angefangen, und seitdem ist es meine Leidenschaft geblieben. Sammeln Sie immer noch?«

Grace schüttelte den Kopf. »Nein, mir fehlt die Zeit dazu.«

»Wenn wir die Motivation haben, Miss de Rossa, finden wir auch die Zeit für das, was wir tun wollen«, belehrte er sie wichtigtuerisch.

Der kleine, geschniegelte und muskulöse Mann mit der sonnengebräunten Haut sah aus, als würde er mit Hanteln trainieren. Von nahem betrachtet war er etwas größer, als er bei der Beerdigung von Carenza gewirkt hatte.

Grace betrachtete noch immer das Album. Drummond fühlte sich sichtlich unwohl und wartete darauf, daß sie etwas sagte. Nach einer Minute brach er das Schweigen.

»Emmet hat mir erzählt, daß Sie für Poppy Dalglish-Stuart arbeiten«, sagte er.

»Ja, sie hat uns gebeten, den Mord an ihrer Schwester aufzuklären«, sagte Phoebe.

»Grauenhafte Sache. Der arme Emmet. Aber wie kann ich Ihnen helfen?«

»Wie lange kennen Sie Emmet O'Connell bereits, Doktor?«

Drummond sah zur Decke, als versuchte er, sich zu erinnern. »Seit dem Medizinstudium, etwa dreißig Jahre, nehme ich an.«

»Und seit wann sind Sie Geschäftspartner?«

»Seit fünfzehn Jahren. Emmet kam ein Jahr nach mir in die Praxis. Als unser ehemaliger Chef vor sechs Jahren in den Ruhestand ging, haben wir die Praxis gekauft.«

»Sie ist sehr beeindruckend«, sagte Grace.

Drummond lächelte sie an. »Danke. Wir versuchen in der Technologie auf dem neuesten Stand der Dinge zu bleiben. Wir haben alles auf Computer umgestellt, und die neue Spezialklinik entstand, kurz nachdem wir alles übernommen hatten«, erzählte er begeistert. »Wir haben eine Schwangerenberatungsstelle, die Frauenklinik sowie eine Kinderklinik.«

»Das hat mit Sicherheit eine Kleinigkeit gekostet.«

»Ja, in der Tat! Es ist die modernste Klinik im Land«, prahlte Drummond. »Wir haben ein Diagnose-Programm auf unseren PCs laufen, und unsere Patienten werden automatisch benachrichtigt, wenn wieder eine Untersuchung fällig ist.«

»Das mit Anabell O'Connell war eine traurige Geschichte«, warf Phoebe unvermittelt ein. »Wie lange war sie schon in Ihrer Behandlung?« Sie hatte das Gefühl, Drummond sei leicht zusammengeschreckt.

»Ach, eine ganze Zeitlang«, antwortete Drummond unverbindlich.

»Warum hat ihr Mann sie nicht behandelt? Scheint etwas albern zu sein, Sie zu rufen, wenn er doch vor Ort ist?« beharrte Phoebe.

»Nun, manchmal hat er sie natürlich behandelt«, sagte der Arzt, der sich bei dem Thema allmählich unwohl zu fühlen schien.

»Wer hatte ihre letzte Krankheit diagnostiziert?« fragte Grace.

Drummonds Körpersprache war sehr auffällig. »Daran erinnere ich mich nicht.«

»War sie in Ihrer Behandlung, als sie starb?« wollte Phoebe nun wissen.

»Natürlich. Ich habe die Sterbeurkunde ausgestellt.«

Grace sah einen Schweißfilm auf Drummonds Oberlippe glitzern. »Sie starb an Herzversagen.«

»Waren Sie bei ihr, als sie starb?«

»Nein, aber Emmet. Er rief mich an, doch ich schaffte es nicht mehr rechtzeitig. Er versuchte es mit einer Herzmassage und allem möglichen.« *Darauf wette ich,* dachte Grace. »Aber es nutzte nichts, ihr Herz war vergrößert, die Muskeln geschwächt. Der arme Emmet. Er war am Boden zerstört.«

Grace konnte den Ausdruck »am Boden zerstört« nicht mit Emmet O'Connell in Einklang bringen, gleichgültig was Luke Ryan gesagt hatte.

»Kennen Sie Poppy Dalglish-Stuart gut?« fragte sie.

»Nicht besonders. Doch gut genug, um zu wissen, daß sie ziemlich verrückt ist, vollkommen durchgeknallt.« Er versuchte zu lächeln, als er das sagte, doch die Anspannung ließ seine Gesichtszüge erstarren, und das Lächeln wurde zu einer Grimasse.

»Wußten Sie, daß sie nach Anabells Tod Anzeige erstattet hatte?« fragte Grace ihn geradeheraus.

Drummond mußte schlucken. »Ja, das hatte ich gehört. Reiner Unsinn. Wie ich schon sagte, die Frau ist ziemlich verrückt.«

»Sie hat behauptet, daß Doktor O'Connell seine Frau mit übertriebener Eile hatte einäschern lassen und daß sie vom Tod ihrer Cousine erst nach deren Bestattung erfahren hatte.«

Drummond schwitzte mittlerweile sehr stark. Er räusperte sich. »Davon weiß ich nichts, Miss de Rossa. Aber ich glaube, daß Poppy Dalglish-Stuart und die O'Connells nicht besonders gut miteinander auskamen.« Er tupfte sich mit einem großen Baumwolltaschentuch die Stirn ab. »Ich habe den Eindruck, daß sie eine gehässige Frau in den Wechseljahren ist, die nur Ärger machen will.«

»Vielleicht«, sagte Grace lächelnd. »Wie ich gehört habe, sind Sie im Lions Club sehr engagiert.«

Drummond legte das Album wieder zurück neben den Stapel Bücher. »Ich tue, was ich kann. Cassie und ich kommen vielen gesellschaftlichen Verpflichtungen nach, aber die Praxis fordert mich auch sehr.«

»Ja, mit Sicherheit. Sagen Sie, waren Sie am Samstag, dem zehnten, bei einem Treffen des Lions Club?«

Brian Drummond stand noch immer mit dem Rücken zu Grace und stapelte die Alben neu. Er versteifte sich erneut und drehte sich dann langsam um.

»Ähm ... ich bin nicht sicher«, stammelte er. Grace ließ das folgende Schweigen im Raum stehen und blickte Drummond eisern an. Nach einem Moment sagte er: »Nun, ja, vielleicht.«

»Wann kamen Sie nach dem Treffen nach Hause?« hakte Grace nach.

Drummond hustete und räusperte sich dann. »Äh ... das Treffen war gegen halb zwölf zu Ende.«

»Ich habe nicht gefragt, wann das Treffen zu Ende war, Doktor Drummond. Ich wollte wissen, wann Sie hierher zurückkehrten«, sagte Grace scharf.

Drummond wurde sehr unruhig. »Ich erinnere mich nicht daran.«

Grace seufzte und sah Phoebe bedeutungsschwer an. Drummond beobachtete sie nervös. »Haben Sie ein Problem mit Ihrem Erinnerungsvermögen, Doktor?« fragte Grace.

»Wie bitte?« stammelte er.

Sie lehnte sich gegen den Tisch und verschränkte die Arme. »Nun ... Sie konnten sich nicht *erinnern*, wer Anabell O'Connells letzte Krankheit diagnostizierte. Sie können sich nicht *erinnern*, wann Sie an einem bestimmten Abend, der weniger als zwei Wochen zurückliegt, nach Hause kamen.«

»Was wollen Sie damit andeuten?« Drummonds Gesicht war puterrot.

Grace hob unschuldig die Hände. »Ich? Ich will gar nichts andeuten.« Sie betonte das Wort *andeuten*. »Ich versuche lediglich, herauszufinden, um welche Uhrzeit Sie am Samstag, den zehnten November nach Hause kamen, also in der Nacht, in der Carenza O'Connell der Schädel eingeschlagen wurde.«

Drummond tupfte sich erneut die Stirn mit dem weißen Taschentuch ab. »Ich glaube, ich ... Ich glaube, vielleicht ... Vielleicht sollten Sie jetzt lieber gehen. Ja! Verlassen Sie mein Haus«, stotterte Drummond. »Wie können Sie es wagen, solch wilde Anschuldigungen zu erheben ...«

»Bitte, Doktor«, sagte Grace. »Bitte, beruhigen Sie sich. Wir erheben überhaupt keine Anschuldigungen. Wir versuchen lediglich, die Tatsachen herauszufinden.«

»Sie müssen meine Kollegin entschuldigen, Doktor«, fügte Phoebe hastig hinzu. »Manchmal vergißt sie, daß sie nicht mehr bei der Polizei ist. Wir wollen uns nur ein Bild davon machen, was in der Nacht des Todes von Carenza O'Connell geschehen ist. Ein vollständiges Bild. Sie werden also verstehen, wenn wir von jedem ihrer näheren Bekannten wissen müssen, wo er sich aufgehalten hat, und wenn es nur darum geht, ihn als Täter auszuschließen.«

Das schien Drummond ein wenig zu besänftigen. Er wischte sich noch einmal über die Stirn. »Nun gut. Wenn Sie es so ausdrücken«, sagte er. Er wandte sich wieder an Grace. »Wie lautete Ihre Frage doch gleich?«

»Ich hatte gefragt, wann Sie an dem Samstag abend nach Ihrem Lions-Treffen nach Hause gekommen sind.«

Drummond runzelte die Stirn. »Das muß vor Mitternacht gewesen sein.«

»Sind Sie sicher?« fragte Grace nach.

Drummond schluckte und nickte dann. »Ja, ich bin sicher.«

»Merkwürdig. Denn Ihre Frau war der Ansicht, Sie wären erst nach zwei Uhr zurückgekommen.«

Drummond schluckte erneut, erholte sich aber schnell. »Sie irrt sich. Ich ging gegen zwei Uhr nach oben ins Bett, aber ich kam bereits kurz nach Mitternacht nach Hause.«

»Danke, Doktor«, sagte Grace. »Sie waren uns eine große Hilfe.« Drummond wischte sich noch einmal über die Stirn und schien sich etwas zu entspannen.

»Wann haben Sie Carenza O'Connell das letztemal gesehen?« fragte Phoebe plötzlich. Drummond schreckte zusammen. Als Grace sich bei ihm bedankte, war er davon ausgegangen, daß sie mit ihm fertig waren.

»Warum fragen Sie?« wollte er vorsichtig wissen.

»Ich frage mich nur, ob Sie vielleicht bemerkt haben, in

welchem Gemütszustand sie sich befand. Wissen Sie, ob sie einen Liebhaber hatte?«

Er schüttelte heftig den Kopf. »Ich weiß nicht, ob sie einen Liebhaber hatte oder nicht. Emmet glaubte, daß sie einen hatte.«

»Ja«, hakte Phoebe nach. »Aber wann haben Sie sie zum letztenmal gesehen?«

Drummond war wieder sehr nervös. Sein Gesicht glich einer Roten Beete.

»Ich glaube, ich sah sie an dem Samstag abend«, stammelte er. »Ich hatte vergessen, daß Emmet nach Cork gefahren war, und wollte ihn etwas fragen.«

»Also an dem Abend, als sie starb?« fragte Grace mit einem raschen Blick zu Phoebe. »Warum haben Sie das nicht vorher gesagt?«

»Was glauben Sie denn?« fuhr Drummond sie an. »Ich wollte nicht zum Sündenbock gestempelt werden. Aber sie lebte und war wohlauf, als ich sie zum letztenmal sah.«

»Um wieviel Uhr war das?«

»Weiß ich nicht.«

»*Nach* Ihrem Lions-Treffen?«

Drummond schüttelte den Kopf. »Nein, davor. Es muß gegen sieben gewesen sein. Ich fuhr auf meinem Weg zum Treffen dort vorbei.«

»War sie allein?« fragte Grace.

»Soweit ich weiß, ja«, murmelte Drummond. »Sie war aber in guter Verfassung. Sie schien nicht durcheinander oder wegen irgendwas verängstigt zu sein.«

»Hat sich die Polizei schon mit Ihnen unterhalten?« fragte Grace.

Drummond schüttelte den Kopf. »Noch nicht, aber ich erwarte Inspector McEvoy morgen. Er rief mich in der Klinik an, um mir zu sagen, daß er mich befragen will.«

»Haben Sie Carenza O'Connell ermordet?« stieß Grace hervor. Drummond drehte sich ruckartig zu ihr um. Jegliche Farbe wich aus seinem Gesicht, und seine Hände fingen an zu zittern. Er schluckte ein paarmal schwer und sah ihr dann direkt in die Augen.

»Nein, habe ich nicht«, behauptete er nachdrücklich.

* * *

In der Zwischenzeit saßen Mungo und Xin im Wagen auf der Straße etwas entfernt von der Einfahrt zu Emmet O'Connells Haus und warteten darauf, daß er zur nachmittäglichen Sprechstunde aufbrach. Mungo hatte Jack Mulloy und einen anderen Polizisten in einem unauffälligen Opel Astra entdeckt.

»Scheint, als würden die Leute von der Harcourt Terrace O'Connell observieren«, sagte er. »Hoffentlich fahren sie ihm nach, sonst können wir nicht rein.«

Xin wühlte in ihrer Tasche und holte eine Tüte Fruchtgummi heraus. »Wollen Sie welche?« fragte sie und hielt Mungo die Tüte hin. Er nahm sich eine Handvoll heraus.

»Was glauben Sie, wann der Mann rauskommt?« fragte Xin. Sie konnte es kaum abwarten, ins Haus zu gelangen.

»Er müßte eigentlich schon weg sein. Ich hab' mich in der Klinik erkundigt, sein Dienst fängt bald an«, sagte Mungo gerade, als die Haustür aufging und O'Connell mit einer Aktentasche in der Hand zu seinem Wagen trat. Der silberne BMW rauschte durch das Tor, und Mungo sah ihn im Rückspiegel die Straße entlang fahren, bis er verschwand. Das Polizeiauto folgte ihm in diskretem Abstand.

»Also komm«, sagte er zu Xin, und das ungleiche Paar eilte rasch über die Straße und die Auffahrt hinauf. Auf Mungos beharrliches Drängen hin hatte sie ihre knallgrüne Hose und das orangefarbene Oberteil gegen schwarze Leggings und einen schwarzen Pullover eingetauscht.

Hinter dem Haus holte Mungo einen Satz Dietriche hervor und öffnete damit im Handumdrehen die Verandatür.

»Keine Alarmanlage«, sagte er zu Xin, als er auf einen gelben Kasten an der Wand über seinem Kopf zeigte. »Das ist eine Attrappe ... Dieser hinterhältige Mistkerl!«

Sie fingen mit dem naheliegendsten Ort, dem Arbeitszimmer, an. Mungo öffnete die Schubladen eines antiken Sekretärs, durchsuchte den Inhalt und legte alles wieder so hinein, wie er es vorgefunden hatte.

»Geh nach oben an irgendein Fenster und beobachte die Straße«, sagte er zu Xin. Sie hatte gerade O'Connells Computer eingeschaltet und schaute die Dateien durch.

»Was ist hiermit?« fragte sie eingeschnappt. »Seine Banksachen sind wahrscheinlich im PC.«

»Ab nach oben!« bellte Mungo sie an. »Wenn uns O'Connell hier erwischt, können wir uns ebensogut gleich die Kugel geben.«

Ernüchtert begab sich Xin zur Treppe. Auf dem Weg dorthin entdeckte sie auf der Fensterbank im Flur einen Stapel geöffneter Briefe. Sie nahm ihn mit nach oben ins vordere Schlafzimmer und stellte sich hinter den Vorhang, von wo aus sie einen guten Blick auf die Straße vor dem Tor hatte.

In der obersten Schublade fand Mungo einen Ordner mit Kontoauszügen. Ohne sie zu lesen, kopierte er sie mit einem Handkopierer und legte sie dann sorgfältig wieder zurück.

Mit Computern kannte er sich nicht gut aus, also rannte er nach oben, um die Expertin Xin zu holen. Obwohl er es nur ungern zugab – in bezug auf den Computer war er froh, daß sie mit dabei war.

Sie hätte sich fast in die Hosen gemacht, als er plötzlich

hinter ihr stand. Der riesige Kerl war so leichtfüßig, daß sie ihn nicht hatte kommen hören.

»Mein Gott, Mungo! Lassen Sie den Scheiß!« kreischte sie und faßte sich ans Herz.

»Ich dachte, Ninjas müssen lautlos auf Reispapier gehen können, ohne irgendwelche Spuren zu hinterlassen«, frotzelte er spöttisch. »Und ich dachte auch, diese dämlichen Ninjas verfügten über einen sechsten Sinn und hätten ein Gehör wie ein Vampir!«

»Ich hab' mich auf was anderes konzentriert«, antwortete sie starrköpfig. »Gucken Sie sich das mal an.« Sie gab ihm einen Brief. Mungo hielt das Papier an das matte Licht, das zum Fenster hereindrang. Er war von O'Connells Versicherungsagenten und bezog sich auf Formulare für den Antrag auf Schadensersatz, die er angefordert hatte. Mungo kopierte den Brief ebenfalls.

»Was sind das für Briefe?« Er zeigte auf den kleinen Stapel auf der Fensterbank. »Sehen aus wie Beileidskarten«, antwortete sie und griff nach dem Stapel. »Sind Sie unten fertig?«

Mungo nickte und klopfte auf seine Tasche. »Ja, ich hab' die Banksachen kopiert. Ich möchte, daß du noch einen Blick auf seine Computerdateien wirfst.«

Sie gingen die Treppe hinunter, und gerade als Xin die Briefe dorthin zurücklegte, wo sie sie gefunden hatte, hörten sie ein Auto auf der Auffahrt vorfahren. Die beiden Scheinwerfer leuchteten durch die Glasscheibe der Haustür.

»Scheiße!« zischte Mungo. »Da kommt jemand.« Er packte Xin am Arm und zog sie zur Rückseite des Hauses. »Was zum Henker macht der jetzt schon wieder zu Hause?«

Im Arbeitszimmer schaltete Xin den Computer aus, und Mungo schaffte es gerade noch, lautlos die Verandatür zu schließen, als das Licht vom Flur durch die offene Tür des Arbeitszimmers drang und Emmet O'Connell hereinkam.

Sie krochen durch das Gebüsch hinter dem Haus und kletterten über den Zaun in den Garten des angrenzenden Grundstücks. Während sie sich vollkommen geräuschlos durch die Büsche schlugen, war Mungo ungemein beeindruckt von Xin. Ihre Fähigkeiten mit dem Reispapier mußte er sich noch einmal durch den Kopf gehen lassen.

»Schauen Sie mal da!« flüsterte sie und zeigte auf einen Wintergarten auf der Rückseite des benachbarten Hauses. Er war von dem Licht des angrenzenden Zimmers erleuchtet. Drinnen war eindeutig Cassie Drummond zu erkennen, die gerade mit Grace und Phoebe sprach. Dann trat auch Brian Drummond durch die geöffnete Tür in den Wintergarten.

»Da hol' mich doch ...« murmelte Mungo.

»Wer?« fragte die Ninja.

Grace und Phoebe waren mehr als überrascht, als sie Mungo und Xin bei ihrem Auto warten sahen. Sie hatten sich schließlich von einem sehr nervösen Brian und einer plötzlich kühlen Cassie Drummond verabschiedet.

»Wo ist euer Wagen?« fragte Phoebe.

»Wir haben ihn drüben stehen lassen. O'Connell kam zurück, und wir mußten 'ne Fliege machen«, erklärte Mungo. »Wußtet ihr, daß das Grundstück der O'Connells hinten an das der Drummonds angrenzt?«

»Im Ernst?« fragte Grace.

Mungo nickte. »Also, was hatten die Drummonds zu erzählen?«

»Er war ziemlich durcheinander«, berichtete Grace. »Er rückt offensichtlich nicht mit der ganzen Wahrheit heraus. Obwohl er zugibt, Carenza an dem Abend, als sie starb, noch gesehen zu haben.«

»Das gibt's ja nicht!« rief Mungo.

»Er behauptet, es wäre früh am Abend gewesen«, fügte

Phoebe hinzu. »Ach übrigens, Grace – was hältst du von Cassie?«

»Hat nicht besonders viel Grips«, sagte sie. »Und du?«

»Stimmt, ein bißchen naiv ist sie, aber ich glaube, sie ist aufrichtig ... Richtig süß eigentlich.«

»Glauben Sie, daß Drummond vielleicht was mit Carenza hatte?« überlegte Xin. »Ich meine, der brauchte doch nur über den Zaun zu hüpfen.«

»Glaub' ich kaum«, spottete Phoebe. »Ich nehme an, Cassie hat ihn schon abgenutzt. Warum sollte er sich eine Geliebte nehmen?«

»Nun, er kam mir schon wie ein ziemlich unglücklicher Mann vor«, sagte Grace. »Hast du ihm das abgenommen, als er behauptete, er hätte Carenza nicht ermordet?«

»Und du?«

Grace zuckte mit den Schultern. »Welches Motiv sollte er haben?«

»Was ist mit O'Connell? Wenn Poppy recht hat, was Anabells Todesumstände angeht, dann könnte er Drummond damit erpressen und ihn gezwungen haben, Carenza umzubringen«, sagte Mungo.

»Wie denn? Drummond käme dem Bluff doch sofort auf die Spur. Denn O'Connell müßte sich selbst belasten, um mit dem Finger auf Drummond zeigen zu können«, wandte Grace ein.

»Ich weiß nicht ... Nach dem, was ihr bisher über O'Connell gesagt habt, würde ich sagen, daß Drummond ihn bewundert. Ich glaube, er hätte zuviel Angst vor ihm, um sich zu weigern«, sagte Mungo.

Grace lachte verächtlich. »Ach komm! Wir reden hier über Mord. Ich halte Drummond nicht für so dumm. Ich frage mich, wie hoch O'Connell seine Frau wohl versichert hatte.«

»Keine Ahnung. Aber ich glaube, Mungo könnte in bezug auf Drummond recht haben«, sagte Phoebe. »Also wenn O'Connell seinen Partner zum Beispiel davon überzeugt hat, daß Carenzas Geld für die Rettung der Klinik unbedingt nötig ist, und ihm klar gemacht hat, daß er wegen des Mordes an Anabell schon den Hals in der Schlinge hat, dann wäre es nicht besonders schwer, ihn unter Druck zu setzen.«

»Aber wissen wir denn überhaupt, ob die Klinik Geld braucht?« fragte Grace.

Mungo zog die aufgerollten Fotokopien aus der Tasche und las sie mit Hilfe seiner Taschenlampe. Schließlich schüttelte er den Kopf. »Nix. Das hier ist nur von seinem Privatkonto, und da hat er zweitausend Pfund Guthaben.«

»Ist das das einzige, was ihr dort gefunden habt?« wollte Phoebe wissen.

»Ja. Wir werden uns mal in der Klinik umsehen müssen.«

»O Scheiße!« stöhnte die Expolizistin. »Nicht schon wieder.«

Mungo fing an zu lachen. »Reg dich ab, Grace. Und vertrau mir, ich bin Profi.«

Während sie zu Mungos Wagen zurückfuhren, sagte Phoebe plötzlich: »Glaubt ihr, wir sollten Emmet O'Connell beschatten?«

»Nicht nötig«, behauptete Xin. »Harcourt Terrace ist schon dabei.«

»Das ist praktisch«, sagte Grace. »Zumindest sparen wir uns so ein paar schlaflose Nächte.«

»Und Poppy spart ein paar Mäuse«, ergänzte Phoebe trokken.

Sie kehrten spontan auf einen Drink im Smyth's ein. Grace entdeckte Dermot, der allein an der Theke saß und die Abendzeitung las. Sie ließ die anderen zurück und ging zu ihm.

»Hallo, fremder Mann«, sagte sie und setzte sich auf den Hocker neben ihm. »Ganz allein?«

»Nicht mehr«, erwiderte er, nachdem er von seiner Zeitung aufgeschaut hatte. »Willst du was trinken?«

»Nein, danke, ich hab' da drüben was stehen«, sagte sie und zeigte auf die anderen. »Ich wollte nur wissen, ob ihr irgendwelche bahnbrechenden Erkenntnisse im Fall Carenza O'Connell habt.«

»Nichts, was du bahnbrechende Erkenntnisse nennen würdest«, sagte er. »Und ihr?«

»Was hältst du von Drummond?«

»Ich werde ihn morgen vernehmen. Warum?«

»Aus keinem bestimmten Grund«, antwortete sie. »Erhebt ihr Anklage gegen den Gelegenheitsarbeiter?«

»Nicht wegen Mordes. Er hat ein Alibi. Wir haben ihn aber wegen des Schmuckdiebstahls angeklagt.« Dermot blickte auf sein Bier hinunter.

»Glaubst du, daß O'Connell mit der Sache zu tun hat?« fragte Grace.

Dermot seufzte. »Keine Ahnung. Da bin ich total unschlüssig. Ich meine, er hat ein wasserdichtes Alibi und so. Aber er ist der Ehemann, und du kennst ja die Statistik über die Verwicklung von Familienangehörigen bei solchen Geschichten, aber ... ach, du weißt schon.« Grace nickte. Sie wußte nur zu gut, was er meinte. Mangelnde Beweise gegen die instinktiv zum Hauptverdächtigen erklärte Person war ein Fluch.

»Luke Ryan ist davon überzeugt, daß O'Connell Teil eines Täter-Teams ist«, sagte Dermot plötzlich. »Aber bisher haben wir keinen Mittäter.«

»Was ist mit Drummond?« fragte Grace zögerlich.

»Was soll mit ihm sein? Warum kommst du immer wieder auf ihn zu sprechen?« wollte Dermot wissen. »Was hat er damit zu tun?«

»Poppy...« setzte Grace an, doch er unterbrach sie sofort.

»Komm schon, Grace. Ich suche nach richtigen Beweisen und nicht nach dem Geschwätz von Poppy Dalglish-Stuart.«

»Ich hatte nicht vor, irgendwas über Poppy in bezug auf Drummond zu sagen, du Schlaumeier!« fuhr sie ihn an. »Ich wollte nur sagen, daß Poppy ebenfalls von mehreren Tätern ausgeht, das ist alles. Ich denke, Drummond könnte etwas damit zu tun haben. Aber rede mit ihm, und mach dir selbst ein Bild.«

»Wann hast du mit ihm gesprochen?«

»Vor einer Stunde«, sagte sie. »Er ist wegen irgendwas sehr nervös. Und er hat mir erzählt, daß er Carenza am Abend ihres Todes gesehen hat.«

Dermot sah sie erstaunt an. »Wirklich?«

»Ja. Aber er sagte, sie sei in guter Verfassung gewesen, als er sie verließ.«

»Tja, das muß er wohl sagen, oder?« fragte Dermot.

»Könntet ihr nicht mal einen Blick auf O'Connells Kontoauszüge für die Klinik werfen? Poppy geht davon aus, daß er dringend Geld braucht. Wenn sie recht hat, habt ihr zumindest ein Motiv.« Grace hegte die schwache Hoffnung, daß Mungo und Xin keinen weiteren Einbruch riskieren müßten, wenn Dermot die Bankinformationen über die Klinik zu sehen bekam.

»Ich nehme an, das läßt sich machen«, sagte Dermot. »Ich rede morgen mit O'Malley darüber. Aber selbst wenn Poppy recht hat, dann haben wir nur ein in Frage kommendes Motiv und noch keine Beweise.« Er kippte den Rest seines Bieres hinunter. »Bist du sicher, daß du nichts trinken willst?« fragte er und gab dem Barkeeper mit dem erhobenen Glas ein Zeichen.

»Nein, danke«, sagte sie. »Aber wie gern würde ich Mäuschen spielen, wenn morgen Carenzas Testament eröffnet wird! Du nicht auch?« Dermot nickte. Da tippte ihr jemand auf die Schulter. Es war Phoebe, die Grace ihr Glas gab.

»Willst du deinen Drink haben?« fragte sie. »Wir gehen jetzt was essen.«

»O Gott, essen!« sagte Grace und sah auf die Uhr. »Vor einer Stunde hätte ich Luke treffen sollen.«

Luke Ryan wartete nicht mehr in der Baggot Street auf Grace, aber das hatte sie auch nicht erwartet. Sie war wütend auf sich, weil sie die Zeit vergessen hatte. Wie er sich wohl fühlte, nachdem sie ihn in so kurzer Zeit zweimal versetzt hatte? Sie versuchte, ihn anzurufen, erreichte aber nur den Anrufbeantworter. So sehr sie es auch verabscheute, mit Maschinen zu reden, so zwang sie sich doch, eine versöhnliche Nachricht zu hinterlassen.

Dann machte sich plötzlich ihr Hunger heftig bemerkbar, und sie stöberte im Kühlschrank nach etwas Eßbarem. Doch sie fand nur einen abgelaufenen Magerjoghurt und eine offene Packung mit Schinken, der an den Rändern bereits ranzig und grünlich schimmerte. War wohl nichts. Wieder einmal Pizza. Sie gab telefonisch ihre Bestellung durch und setzte sich vor den Fernseher, während sie wartete.

Als es zwanzig Minuten später klingelte, schnappte sie sich ihr Portemonnaie und rannte hinunter an die Haustür.

Nicht der Pizzabote, sondern Andrew stand mit der Pizzaschachtel vor der Tür. Sie war sprachlos.

»Ich hab' den Mann schon bezahlt«, sagte er. Grace sah ihn weiterhin baff an. »Kann ich reinkommen?«

Er ging an ihr vorbei die Treppe hinauf. »Ich hoffe, es macht dir nichts aus, wenn ich einfach so vorbeikomme?« redete er weiter. »Aber ich mußte dich unbedingt sehen. Um dir für neulich zu danken. Ich bin dir wirklich sehr dankbar.«

»Neulich?«

»Das Baby ...«

»Ach, das Baby. Schon gut«, murmelte sie. »Was hätte ich denn sonst tun sollen?«

Vor der Wohnung blieb er auf der Schwelle stehen, um sie vorbeizulassen, und sie erhaschte den vertrauten Duft seines Aftershaves. Er folgte ihr ins Wohnzimmer.

»Könntest du Gläser holen?« fragte er, während er eine Flasche Rotwein in die Höhe hielt, die sie vorher nicht bemerkt hatte. »Wir sollten auf das Baby anstoßen.«

»Äh... na gut«, erwiderte sie ohne große Begeisterung und ging immer noch etwas verdutzt in die Küche. Andrew war der letzte Mensch, den zu sehen sie erwartet hätte. Er folgte ihr und lehnte sich mit den Händen in der Tasche an die Wand.

»Nett hast du's hier«, sagte er, während sie in einer Küchenschublade nach einem Korkenzieher suchte. Sie fühlte sich unwohl, und das Gefühl verstärkte sich, als er sich hinter sie stellte, mit einer Hand um ihre Taille langte und mit der anderen den Korkenzieher hinten aus der Schublade holte. Er küßte sie in den Nacken. Grace drehte sich ruckartig herum, doch seine Arme hielten sie nun umschlungen.

»Was machst du da?« wollte sie wissen, doch er lächelte nur und küßte sich auf die Fingerspitze, die er ihr anschließend auf die Lippen legte. Ein unangenehmes Schweigen herrschte. Grace wußte nicht, wohin sie schauen sollte. Sie legte die Hände auf seinen Brustkorb, um ihn wegzudrücken. Doch sein Griff festigte sich nur, während er seinen Körper gegen ihren preßte.

»Du hast mir gefehlt, Grace«, sagte er leise, beugte seinen Kopf hinunter und küßte sie auf den Mund.

Sie drehte ihren Kopf weg. »Hör auf damit, Andrew. Was soll das?«

Sie spürte seinen heißen Atem auf ihrem Gesicht.

»Bitte, Grace ... Du weißt, was ich für dich empfinde. Und du weißt, daß du mich noch immer willst.«

»Nein, ich will dich nicht«, sagte sie, schüttelte den Kopf und drückte stärker, um sich aus seinem Griff zu befreien. »Bitte, hör auf damit.«

Er neigte erneut seinen Kopf, vergrub sein Gesicht in ihrem Nacken und versuchte, an ihrem Ohr zu knabbern.

»Ich liebe dich noch immer, Gracie«, hauchte er mit der Stimme des kleinen Jungen, die ihr immer so auf die Nerven gegangen war. »Und ich weiß, daß du mich noch willst.«

Grace war sehr wütend. »Was ist mit Kiera? Wie kannst du so was nur tun? Sie hat gerade dein Kind zur Welt gebracht, zum Henker noch mal!«

Er ließ die Arme fallen und gab sie frei. »Ich weiß«, sagte er, den Blick zu Boden gerichtet. »Aber das mit Kiera war ein Fehler. Heute abend, als ich allein unten saß, während sie es stillte ...«

»*Es*?« unterbrach Grace ihn. »Hat *es* denn noch keinen Namen?«

Andrew sah sie verwirrt an und schien sich über die Unterbrechung zu ärgern. »Nun, äh ... wir haben uns dazu entschieden, sie Caitlin zu nennen, nach meiner Mutter. Jedenfalls«, fuhr er fort, »wurde mir plötzlich klar, wie sehr du mir fehlst.«

Grace kannte Andrew nur zu gut, und wie üblich lag er vollkommen daneben. »Ach, ich verstehe«, sagte sie lächelnd. »Du fühlst dich vernachlässigt.«

»Was meinst du damit?«

»Du weißt sehr wohl, was ich meine. Kiera hat jetzt ein Baby, um das sie sich kümmern muß.«

»Ja, ja«, sagte er ungeduldig. »Das weiß ich, und ich stehe auch zu ihr, aber ...«

»Na, das ist ja toll von dir, Andrew«, zischte Grace. »Ganz toll, verdammt.« Er wollte etwas sagen, doch sie brauste auf: »Meinst du nicht, daß es ein kleines bißchen zu spät dafür ist, mich zu vermissen?«

»Ach, komm schon, Grace. Kiera ist nicht die erste Frau, die ein Kind zur Welt bringt, verdammt. Sie müßte ja nicht so viel Aufhebens drum machen.«

Grace schüttelte den Kopf. »Du kannst es nicht ausstehen, wenn du mal nicht im Zentrum des Universums stehst, nicht wahr? Ich fand, es paßte überhaupt nicht zu dir, als Kiera erzählte, daß du unbedingt bei der Geburt dabeisein wolltest. Ich kann mir dich beim besten Willen nicht als den modernen Ehemann vorstellen. Beim Windelnwechseln. Bis zum Hals in Baby-Kaka. Was ist denn aus deinem schwachsinnigen Spruch ›Du weißt doch, ich wollte schon immer Kinder haben‹ geworden?«

Er starrte sie an. Sein Gesichtsausdruck verriet, daß er immer noch keine Ahnung hatte, wovon sie redete. »Du bist ein armseliger Hund. Du kommst noch nicht mal auf die Idee, dein eigenes Kind beim Namen zu nennen.« Nachdem sie in Fahrt gekommen war, konnte Grace nicht mehr aufhören. »Wenn hier irgend jemand einen Fehler gemacht hat, dann Kiera, die Arme, die sich auf dich eingelassen hat! Wenn du mich fragst, dann kannst du dich nicht mit der Tatsache abfinden, daß sie nun zu sehr mit deinem Baby beschäftigt ist, um dich weiterhin so zu verwöhnen, wie du dein ganzes bisheriges nutzloses Leben lang verwöhnt worden bist.«

Er griff erneut nach ihr, doch sie wich zur Seite aus. »Bitte, Grace, wie kannst du das nur sagen? Du weißt doch, daß das nicht wahr ist. Ich wollte immer nur dich. Kiera hat *mich* verführt! Mir war nicht klar, was ich dafür aufgab. Ich wußte es nicht zu schätzen, was wir zusammen hatten.«

»Ach, ich bitte dich!« spottete sie. »Unsere Ehe war nie der große Knüller. Meine Mutter und deine waren begeisterter davon als wir.«

»Wie kannst du das nur sagen?« fragte er traurig und kopfschüttelnd. Dann lächelte er matt. »Aber ich weiß, daß du irgendwann zur Besinnung kommen und verstehen wirst, daß wir füreinander geschaffen sind.«

»Mein Gott ... Du klingst allmählich wie deine verflixte Mutter!« Sie mußte das Lachen unterdrücken. Nicht weil sie die Situation so besonders witzig fand, sondern weil ihr das alles so unwirklich vorkam. »*Du* solltest zur Besinnung kommen, Andrew«, brachte sie nur noch hervor.

Er langte noch einmal nach ihr, doch sie wich zurück. Er war ihr ungeheuer.

»Geh bitte, Andrew ... Und hör gut zu: *Ich will dich nicht, verdammt.* Krieg das in deinen Schädel rein. Geh nach Hause, und leg dich in das Bett, daß du dir gemacht hast.«

»Du weißt wirklich, wie man einem Mann dort Schmerzen zufügt, wo es richtig weh tut, Grace«, sagte er verbittert, und nachdem er zusammengesammelt hatte, was von seiner Würde noch übrig war, stürmte er hinaus.

Sobald die Haustür zugeknallt war, entkorkte Grace die Weinflasche und machte es sich mit ihrer Pizza gemütlich. Sie grinste in sich hinein. Plötzlich schien ihr Selbstbewußtsein wieder um etliches gewachsen zu sein.

8. Kapitel

»Den roten und den grünen, oder den blauen und den roten?« flüsterte Xin.

»Schneid den roten und den grünen durch«, sagte Mungo. »Und nimm deinen Fuß aus meinem Ohr, verflixt.«

»Ach, hör'n Sie auf zu nörgeln«, fuhr die Ninja ihn an, während sie den roten und den grünen Draht im Kasten der Alarmanlage durchknipste. »Und jetzt?«

»Das war's«, sagte er und half ihr von seinen Schultern herunter. Sie schlichen auf die Rückseite der Klinik und blieben bei einer Tür stehen, deren obere Hälfte aus einer Glasscheibe bestand. Mungo nahm sie genau unter die Lupe und befestigte einen Saugnapf in der Mitte der Scheibe.

»Halt mal die Taschenlampe«, sagte er zu Xin und gab sie ihr. Dann schnitt er an der Kante der Scheibe entlang und mied dabei den silbernen Kontaktstreifen des Alarms, der am Rahmen befestigt war. Als er fertig war, klopfte er behutsam gegen das Glas und löste die Scheibe in einem Stück mit dem Saugnapf heraus.

»Gut«, sagte er zufrieden, bevor sie durch die Öffnung kletterten. »Spring über die Matte, darunter ist wahrscheinlich auch ein Kontakt.«

»Woher wissen Sie das alles?« fragte Xin, als sie drinnen waren. Mungo warf ihr nur einen vielsagenden Blick zu.

»Sie waren früher ein Spion, oder?« hakte sie nach, doch er antwortete nicht. Das Schloß des Büros der Buchhaltung stellte kein Problem dar, und schon bald sah Xin die Computerdateien durch. »Die haben noch nicht mal 'n Paßwort für diese dämliche Kiste«, brummte sie abschätzig. »Jeder Idiot könnte da reinkommen.«

Nachdem sie etwa zehn Minuten herumgesucht hatte, sagte sie: »Ich glaub', das hier ist es.«

Mungo sah ihr über die Schulter und las, was er auf dem Bildschirm sah. »Die stehen ziemlich nah am Abgrund«, sagte er dann.

»Näher als Sie denken«, erwiderte sie. »Das ist erst die erste Seite. Hier, gucken Sie sich das mal an.« Sie scrollte hinunter, und Mungo pfiff staunend.

»Mhm, fünfundachtzigtausend in den Miesen kann man wohl als Geldproblem bezeichnen«, sagte er. »Kannst du das ausdrucken?«

»Ist der Papst Italiener?«

»Nein, Pole.«

»Ach, Sie wissen schon, was ich meine«, sagte sie verunsichert. Sie drückte die entsprechende Taste für den Druckbefehl, und der Drucker ratterte los. Der Lärm ließ sie beide zusammenfahren.

»Gott! Was macht der denn für 'n Krach?«

Gerade als die letzten Zeilen der Seite gedruckt wurden, drang ein Lichtschein durch die Jalousien.

»Scheiße! Das sind wahrscheinlich die Bullen«, flüsterte Mungo und spähte durch die Jalousien. Ein Streifenwagen war vor dem Tor stehengeblieben. Zwei Polizisten saßen darin.

»Ich glaub' nicht, daß wir den Alarm ausgelöst haben. Kann nur ein Routinebesuch sein. Ist das Teil bald fertig?« fragte er drängend. Der Krach hörte unvermittelt auf. Xin stellte den Computer aus und schnappte sich den Ausdruck. Mungo stand noch immer am Fenster.

»Die steigen aus«, sagte er. »Mist, die kommen rein!«

»Was machen wir jetzt?« fragte Xin, während sie sich neben dem Fenster duckte. Das Blaulicht des Streifenwagens blinkte immer wieder auf. Die beiden Beamten schlenderten auf den Parkplatz. Xin und Mungo hörten, daß an der Eingangstür gerüttelt wurde und daß dann jemand an der Seite des Gebäudes entlangging.

»Wir sitzen wirklich in der Patsche, wenn sie die Hintertür entdecken«, bemerkte Xin trocken.

»Dann sollten wir hier nicht länger herumhängen, du dummes Huhn«, antwortete er und öffnete das Fenster.

»Löst das nicht den Alarm aus?« Sie hielt ihn am Arm zurück.

»Nur auf dem Revier. Wir haben die Drähte zur Alarmanlage hier doch durchtrennt«, sagte er, während er ihr hinaushalf. Sie rannten, vorsichtig, aber schnell, vorn an der Klinik entlang zum Tor. Gerade als sie ihren Wagen erreichten, deuteten laute Stimmen darauf hin, daß der Einbruch bemerkt worden war. Mungo fuhr rückwärts die Straße entlang, um nicht an dem Polizeiauto vorbeifahren zu müssen, und bog in die erste Seitenstraße ab, die sie erreichten.

»Sie sollten wissen, daß ich mich strikt dagegen verwehre, dummes Huhn genannt zu werden«, verkündete Xin plötzlich mit grimmigem Gesichtsausdruck und verschränkten Armen.

Er tätschelte ihr das Bein.

»War nur so eine Metapher, du Superweib. Du warst großartig«, sagte er, und sie strahlte in der Dunkelheit vor sich hin.

Grace hörte sie um kurz nach ein Uhr heimkommen und ging ihnen entgegen. »Wie lief's?« fragte sie besorgt.

»Null Problemo«, sagte Xin lässig. »Wir haben den Bankkram. Die sind gute achtzigtausend in den Miesen.« Sie gab Grace den Ausdruck. Grace überflog rasch die Zahlen. »Euch hat doch niemand gesehen, oder?«

Xin legte Grace den Arm um die Schulter und zwinkerte Mungo verschwörerisch zu. »Natürlich nicht. Wir sind doch Profis.«

Grace sah die beiden argwöhnisch an. »Das behauptet ihr immer wieder. Aber wieso beruhigt mich das gar nicht?«

9. Kapitel

Emmet O'Connell wartete voller Ungeduld darauf, daß Walter Arrowsmith mit der Eröffnung von Carenzas Testament begann. Es war halb vier, und Arrowsmith hatte sie für drei Uhr bestellt. Emmet konnte Unpünktlichkeit nicht ausstehen und war überzeugt davon, daß Poppy absichtlich zu spät kam. Er rutschte auf seinem Stuhl hin und her. Free Dalglish-Stuart und Jack samt seiner Horde hatten bereits Platz genommen, ebenso wie Brian und Cassie Drummond, die Arrowsmith ebenfalls gebeten hatte, zu kommen.

»Walter, ich finde wirklich, wir sollten anfangen. Wenn die Schwester meiner verstorbenen Frau nicht den Anstand besitzt, rechtzeitig zu erscheinen, braucht uns das noch lange nicht alle in Zeitnot zu bringen.«

Arrowsmith zog seine goldene Taschenuhr hervor. Er konnte O'Connell nicht ausstehen. Arrowsmith, Wattle, Wattle & Dawber kümmerten sich seit Generationen um die Angelegenheiten der Dalglish-Stuarts, und O'Connell hielt er für einen gierigen Emporkömmling.

»Wir geben Poppy noch ein paar Minuten«, sagte er. An und für sich hatte er nicht die Absicht, ohne sie anzufangen, doch er war ein zuvorkommender Mensch und schaffte es nicht, sich O'Connell gegenüber unhöflich zu verhalten, so sehr er ihn auch verabscheute.

Emmet fragte sich, warum Poppy und ihre Familie überhaupt dazugebeten worden waren. Carenza hatte seines Wissens seit Jahren kein Wort mit ihnen gewechselt. Wahrscheinlich hat sie ihnen ein paar Gnadenpfennige hinterlassen, dachte er insgeheim lächelnd.

Wenige Minuten später ging die Tür auf, und Poppy kam herein. Walter ging ihr entgegen und küßte sie auf die Wange.

»Walter! Wie schön, Sie zu sehen. Wie schade, daß es unter solch schrecklichen Umständen sein muß.«

»In der Tat, meine Liebe, in der Tat«, sagte er. Er führte Poppy zu einem Stuhl vor seinem Schreibtisch, und sie setzte sich.

»Sie sehen gut aus, meine Liebe ...«, begann er.

Emmet stand unvermittelt auf.

»Um Himmels willen, Walter, lassen Sie uns doch endlich anfangen!«

Walter sah Emmet kühl an und sortierte bedächtig die Unterlagen auf seinem Schreibtisch.

»Wir haben uns hier versammelt, um die letztwillige Verfügung von Carenza Dalglish-Stuart-O'Connell zu eröffnen. Das Testament ist recht unkompliziert.« Er las aus der vor ihm liegenden Unterlage vor.

»Meiner Schwester Poppy hinterlasse ich die dreireihige Perlenkette unserer Mutter unter der Bedingung, daß sie sie in ihrem Testament Free hinterläßt, ebenso wie meine Diamantbrosche in der Form einer Weizengarbe.«

Emmet sah zu Poppy hinüber und grinste. Das Weib sieht aus wie eine Landstreicherin, dachte er, in ihren schlampigen Klamotten.

»Die Brosche wurde leider noch nicht von der Polizei sichergestellt«, fügte Walter ernst hinzu. »Mir wurde jedoch versichert, daß sie ausgehändigt wird, sobald man sie findet. Der restliche Schmuck wird während des anstehenden Prozesses von der Polizei als Beweismaterial verwahrt, doch ich werde die Verfügung weiterhin so vorlesen, als wäre dies nicht der Fall.« Er machte erneut eine Pause, sah sich unter den Versammelten um, räusperte sich und fuhr dann fort: »Den Zwillingstöchtern meines Neffen Jack, Artemis und Atalanta, vermache ich jeweils den Betrag von zehntausend Pfund, den Jack für sie anlegen und verwalten soll, bis sie fünfzehn Jahre alt sind.« In Jacks Ecke kam Geflüster auf. Walter sprach weiter: »Meiner Nichte Free hinterlasse ich meinen gesamten Schmuck, mit Ausnahme der Stücke, die anderen Parteien zugesprochen werden, und vierhunderttausend Pfund. Im Falle ...«

Emmet schnappte nach Luft.

Walter sah über seine Lesebrille hinweg, hielt für einen Moment inne und fuhr dann fort: »Im Falle ihres Todes wird es an meinen Ehemann Emmet und seinen Partner Brian Drummond zurückfallen.«

Drummond sah kurz zu Emmet O'Connell, der nun etwas zufriedener aussah, bis Walter den Satz beendete: »... damit sie es Krebsorganisationen ihrer Wahl spenden.«

Sowohl Emmet als auch Free waren verblüfft. Drummonds Mund stand vor Überraschung immer noch offen.

Walter las weiter: »Mein restliches Vermögen, insgesamt fünftausend Pfund, und meine übrigen Besitztümer hinterlasse ich meinem lieben Ehemann Emmet.«

Also triumphiert Carenza letztendlich doch über Emmet, dachte Poppy.

Emmet stand hektisch auf. »Fünftausend Pfund! Lassen Sie mich mal sehen.« Er riß Walter das Testament aus der Hand, doch dann spürte er Jacks riesige Hand auf seiner Schulter.

»Setz dich, Onkel. Mr. Arrowsmith ist noch nicht fertig.«

Emmet, der etwas beschämt wirkte, setzte sich mit versteinertem Gesichtsausdruck und hochrotem Kopf wieder hin. Walter zog das Testament über den Tisch wieder zu sich heran und las weiter:

»Cassie Drummond soll als Andenken die tropfenförmigen Perlenohrringe erhalten, die sie immer so bewundert hat.« Kurz darauf war Walter Arrowsmith fertig. Mit gefalteten Händen saß er einen Moment lang schweigend da, bevor er sagte: »Dies ist die letztwillige Verfügung von Carenza Dalglish-Stuart-O'Connell.«

»Nun«, bemerkte Jack, »es wäre doch eine nette Geste, wenn wir im Pub ein Glas auf Tante Carenzas Andenken trinken würden. Begleiten Sie uns, Walter?« Gefolgt von seiner Frau und den Zwillingen ging er zur Tür.

»Danke, aber das sollte wohl der Familie vorbehalten bleiben«, sagte Walter.

Poppy lächelte ihren Schwager an. »Ich bin sicher, du freust dich für Free, Emmet. Denn immerhin hast du meine Schwester ja aus Liebe geheiratet, nicht wahr? Kommst du mit uns?«

Er starrte sie wütend an, riß sich dann zusammen und lächelte eisig. Er stand auf. »Natürlich, es wäre mir eine Freude ...« Er drehte sich um und gab Free einen Kuß auf die Wange. Sie schrak zurück. »... aber ich fürchte, Brian und ich müssen zurück in die Nachmittagssprechstunde, nicht wahr, Brian?«

Drummond schien sich etwas unwohl zu fühlen. »Ach, ja. Ja, natürlich.« Und zu Cassie sagte er: »Nimm du den Wagen, Schätzchen, ich fahre mit Emmet.«

Cassie lächelte ihren Mann freundlich an und streckte die Hand nach dem Autoschlüssel aus. »Gut, ich wollte sowieso noch einkaufen gehen.«

Der Raum leerte sich. Nur Free, Walter und Poppy blieben zurück.

»Emmet sah nicht allzu glücklich aus, oder?« fragte Free.

»Wann hat Carenza dieses Testament aufgesetzt, Walter?« wollte Poppy wissen. Walter ging zur Tür und schloß sie.

»Ihre Schwester kam vor drei Monaten zu mir.« Er setzte sich hinter seinen Schreibtisch. »Sie war ziemlich bestürzt. Sie hat mir anvertraut, daß sie Emmet verdächtigte, eine Affäre zu haben, und deshalb wollte sie ihr Testament ändern. In ihrem vorherigen Testament hatte sie alles ihm vermacht. Jedenfalls war sie von Zweifeln hin und her gerissen, bis ich ihr riet, daß Emmet es nicht verdiente, Begünstigter zu sein, falls er untreu war. Andernfalls wäre ihm ihr Reichtum ohnehin egal.«

»Du liebe Güte, Walter! Wie hat sie darauf reagiert?« rief Poppy aus. »Ich kann mir in den kühnsten Träumen nicht vorstellen, daß es Emmet egal sein könnte, daß er derart schlecht wegkommt.«

Walter legte den Kopf zur Seite. »Meine Einschätzung der Situation schien sie zu beruhigen«, sagte er. Nach einem Moment sah er Poppy über seine Brille hinweg an und fügte hinzu: »Ich hoffe, daß es moralisch vertretbar ist, wie ich gehandelt habe.«

[illegible]

[illegible]

Dein, [illegible]

[illegible]

»Ich [illegible]

[illegible]

Das [illegible]

»Ich [illegible]

[illegible]

[illegible]

Denn [illegible]

[illegible]

[illegible]

10. Kapitel

Dermot wurde am folgenden Tag ins Büro von Superintendent O'Malley bestellt.

»Wie geht's im Mordfall O'Connell voran, Dermot?«

»Ich bin ziemlich sicher, daß der Ehemann damit zu tun hat, Frank, aber bisher haben wir keine Beweise.«

»Ich kann Ihnen nur noch einen Tag für die Observierung geben, die Ergebnisse sind zu dürftig, als daß die hohen Ausgaben dafür gerechtfertigt wären. Es sei denn, Sie erwarten, daß bald etwas dabei herumkommt.«

Das war eine Frage. Dermot hatte damit gerechnet.

»Ich werde mal ein bißchen an seinem Käfig rütteln, sein Haus noch einmal durchsuchen und dieses Mal auch sein Auto.«

»Sind Sie sicher, daß Sie ihn nicht zu Unrecht auf dem Kieker haben? Was ist mit diesem Gelegenheitsarbeiter? Könnte doch sein, daß er sich einfach nur dumm stellt. Außerdem haben Sie seine Fingerabdrücke auf der Tatwaffe.«

Dermot rutschte auf seinem Stuhl hin und her. Er hegte den Verdacht, daß jemand Frank O'Malley gesagt hatte, er solle ihn von O'Connell abziehen. Ich frage mich, ob die dasselbe Parteibuch haben, dachte er verärgert, oder vielleicht kommt die Anweisung von noch höheren Stellen.

»Einer der Bewohner des Wohnheims hat ausgesagt, daß

Moran zur Tatzeit im Heim war, und das bestätigt auch der Aufseher. Außerdem kann er nicht Auto fahren, also hätte er die Leiche nicht in den Wald schaffen und zurückkommen können. Außerdem haben die Kriminaltechniker an keinem seiner Kleidungsstücke irgendwelche Spuren sichergestellt. Ich glaube, jemand hat versucht, ihm die Sache anzuhängen.«

O'Malley verzog den Mund und drehte sich auf seinem Schreibtischstuhl um. Er sah Dermot an.

»Was für ein Motiv hätte O'Connell? Er hat nicht viel geerbt.«

»Ich denke, das war eine große Überraschung für ihn. Er hat mit dem Löwenanteil gerechnet.«

»Was ist mit dieser Dalglish-Stuart? Ihre Anschuldigungen gegen O'Connell könnten nur eine gewiefte Tarnung sein. Ihre Tochter hat bei der Sache schließlich sehr gut abgeschnitten.«

»Kommen Sie, Frank! Dem Anwalt zufolge kannte niemand den Inhalt von Carenza O'Connells Testament, und es wußte auch keiner, daß es geändert worden war. Wo sollte da das Motiv liegen?«

O'Malley stieß einen tiefen Seufzer aus. »In Ordnung, Dermot, aber Sie müssen das Ganze etwas herunterschrauben, wenn Sie nicht bald Ergebnisse vorzeigen können.«

»Wie sieht's mit der Observierung aus?«

»Nur noch vierundzwanzig Stunden.«

Als Dermot wieder in seinem Büro saß, rief er Jack Mulloy zu sich.

»O'Malley gibt uns nur noch vierundzwanzig Stunden für die Observierung von O'Connell, daher will ich ihm ein bißchen stärker zusetzen. Besorg dir einen Durchsuchungsbefehl für sein Haus und seinen Wagen, und stell alles in Windeseile auf den Kopf. Nimm irgendwelche Sachen mit, auch wenn sie irrelevant sind. Wir wollen ihn etwas nervös machen.«

»Okay. Soll ich ihm sagen, daß die Kriminaltechniker bei Paddy Moran herumstöbern?«

»Gute Idee, aber wirke nicht zu überzeugt, und warte, bis er danach fragt. Wo ist Luke Ryan?«

»Er ist im Gericht«, sagte Jack. »Es geht um den bewaffneten Überfall auf die Ballycoyle Credit Union, für den wir Barry Gibbons verhaftet haben. Gibbons ist in Untersuchungshaft, aber die Beweisführung ist abgeschlossen, also wird er zur Verlesung der Anklage dem Circuit Court überstellt werden. Es müßte gegen Mittag zu Ende sein.«

»Okay«, sagte Dermot. »Du übernimmst mit O'Boyle die Durchsuchung. Ich hab' mir drei uniformierte Jungs ausgeliehen, die euch helfen können. Jagt ihm ordentlich Angst ein.«

* * *

Luke langweilte sich wahnsinnig, weil er den ganzen Vormittag am Gericht herumhängen mußte, doch zu seiner großen Erleichterung wurde er kurz vor Mittag aufgerufen. Er hätte keine große Lust gehabt, auch noch den Nachmittag in dieser deprimierenden Umgebung zu verbringen.

Gibbons wurde – wie Luke es vorausgesehen hatte – zur Anklageverlesung dem Circuit Court überstellt, zumal Gibbons mit einer Charlie-Haughey-Maske auf dem Kopf, einer abgesägten Schrotflinte in der Hand und mit einer Sporttasche verhaftet worden war, in der sich fünfzehntausend Pfund befanden, deren Herkunft er nicht erklären konnte. Als Luke ging, sah er Free Dalglish-Stuart vor sich die Treppe hinabgehen. Er beeilte sich, um sie einzuholen.

»Hallo! Ich glaube, Glückwünsche sind angebracht«, sagte er.

Free blieb stehen und sah sich um. Sie lächelte, als sie ihn erkannte. »Luke, hallo!« Es war ein eiskalter Tag, doch sie schien mit ihrem dunkelgrünen Kaschmir-Mantel, der ihr fast bis zu den Knöcheln ging, den schwarzen Lederstiefeln und Handschuhen warm und kuschelig eingepackt zu sein. Ihr Haar glitzerte durch die feuchte Luft in der Sonne. »Was machen Sie denn hier? Oder ist das eine dumme Frage? Sie kommen wahrscheinlich oft hierher.«

»Kann man wohl sagen«, bestätigte er. »Ich wollte gerade etwas essen gehen, begleiten Sie mich?«

Free sah auf die Uhr. »Okay. Piekfein oder fettiger Imbiß?«

»Wie wär's mit dem Pub da drüben?« Luke zeigte auf das Pig and Kettle. »Ich weiß, es sieht so aus, als wimmelte es da von Bakterien, aber das Essen ist wirklich gut.«

»Wenn Sie das Risiko eingehen, dann tue ich es auch«, sagte sie. Sie warf ihm ein Lächeln zu, das ein gefrorenes Fischfilet in Windeseile aufgetaut hätte.

Als sie am Tisch saßen und auf das Essen warteten, fragte Luke: »Wie hat Emmet O'Connell auf Ihr Glück reagiert?«

»Ich bin mir gar nicht so sicher, ob das ein Glück ist«, erwiderte sie stirnrunzelnd. »Der Mann macht mir Angst. Ich hab das Gefühl, ich bin die nächste auf seiner Abschußliste!«

Luke sah sie erstaunt an. »Hat er Ihnen irgendwie gedroht?«

»Nein, nein. Nicht direkt. Es ist nur die Art, wie er mich ansieht. Wußten Sie, daß er das Testament anfechten will?«

Das war Luke neu. »Nein, aber es überrascht mich nicht. Ich nehme an, Carenzas kleine Überraschung hat ihn umgehauen.«

»Da war er nicht der einzige! Mutter hat sich den ganzen Abend darüber amüsiert.« Sie aßen für eine Weile schweigend weiter. Plötzlich schaute Free auf und sagte: »Ich weiß, daß er es war. Ich weiß es ganz einfach. Und Anabell hat er auch auf dem Gewissen. Bitte, lassen Sie ihn nicht damit durchkommen.«

»Unter uns: Ich glaube auch, daß er es getan hat – oder es zumindest von jemandem erledigen ließ. Aber wenn er eine Geliebte haben sollte, dann war er seit der Beerdigung nicht in ihrer Nähe. Haben Sie irgendeine Ahnung, wer das sein könnte?«

Free sah überrascht aus und schüttelte den Kopf. »Absolut keine«, sagte sie.

»Wie nahe stehen er und Drummond sich? Wenn er O'Connell gedeckt hat, als Anabell starb, was spricht dann dagegen, daß er auch mit dieser Sache zu tun zu hat?«

»Hat er ein Alibi?« fragte sie.

»Ein sehr wackeliges. Er gibt zu, Carenza noch gegen sieben Uhr an dem Abend, an dem sie starb, gesehen zu haben. Er war bei einem Treffen, das gegen halb zwölf zu Ende war.«

Free zuckte mit den Schultern. »Ich kann mir nicht vorstellen, daß er der Typ dazu ist, jemandem den Schädel einzuschlagen. Wenn er Emmet bei der Sache mit Anabell gedeckt hat, dann wohl nur, weil er keinen Grund für eine Obduktion sah und Emmet in bezug auf die Todesursache einfach geglaubt hat. Ihm wird die Bedeutung all dessen vielleicht erst jetzt bewußt.«

»Könnte sein«, sagte Luke. Er schaute in sein Glas.

Free mochte diesen großen Kriminalbeamten mit seinen wuscheligen Haaren. Er hatte etwas besonders Nettes an sich. Sie fragte sich, ob er wohl eine Beziehung hatte. Dich würde ich nicht von der Bettkante stoßen! dachte sie. »Wußten Sie, daß neulich nachts in die Klinik eingebrochen wurde?« fragte sie plötzlich.

»Ja, aber es wurde nichts gestohlen. Wahrscheinlich hat die Polizeistreife die Leute bei der Arbeit gestört. Waren wohl Jugendliche, die Medikamente klauen wollten. Ich bezweifle, daß es mit Carenza zu tun hat.«

Free fiel ein, daß sie um halb zwei einen Termin mit einem Kunden hatte. Sie sah auf die Uhr. Es war 13.35 Uhr.

»O Mist. Ich hätte schon vor zehn Minuten gehen müssen«, sagte sie und trank rasch ihr Glas aus. »Vielen Dank fürs Essen.«

»War mir ein Vergnügen«, sagte Luke und erhob sich. »Ich melde mich.«

Das hoffe ich doch, dachte sie.

Luke sah ihr nach, während sie in Richtung Ha'penny Bridge davonging, rief dann Dermot auf dem Revier an und erzählte ihm, daß er noch einmal mit Drummond reden würde.

»Gut«, sagte Dermot. »Setz ihn ein bißchen unter Druck. O'Malley gibt uns nur noch vierundzwanzig Stunden für die Observierung von O'Connell. Jack Mulloy ist gerade dort und nimmt sein Haus auseinander. Wurde Gibbons zur Verlesung der Anklage überstellt?«

»Ja«, sagte Luke. »Nicht einmal Andrew Dillon konnte ihn rausreißen, als Giles Wheelan die Charlie-Haughey-Maske vorlegte!«

»Gut. Ich gebe Pattie Doyle einen Durchsuchungsbefehl für Drummonds Wagen mit. Ruf mich an, sobald sie fertig ist.«

Pattie Doyle nahm das Auto von Drummond auseinander, fand aber nichts. Und Brian Drummond blieb bei seiner Geschichte, daß er in der Nacht des Mordes an Carenza O'Connell um zwölf Uhr zu Hause war. Cassie bestätigte seine Aussage ebenfalls.

Bevor Luke ging, sagte er noch: »Vielen Dank für Ihre Hilfe, Mr. Drummond. Wir bleiben in Kontakt.«

»In Kontakt?« fragte Drummond und sah noch beunruhigter aus als ohnehin schon.

»Um Sie wissen zu lassen, wie sich der Fall entwickelt. Bleiben Sie sitzen, ich finde allein hinaus.«

Als Luke die Auffahrt entlangfuhr, sah er im Rückspiegel, daß Drummond ihm vom Fenster aus nachblickte.

Grace saß auf der Treppe vor seinem Haus, als er dort ankam. »Hallo, Fremde«, bemerkte er grinsend.

»Tut mir leid wegen neulich abend«, sagte sie. »Hast du meine Nachricht erhalten?«

Er nickte. »Ja, aber ich befürchte, ich muß dir etwas beichten.«

»Ach ja?«

Luke legte ihr den Arm um die Schulter und führte sie die Treppe hinauf. Als er die Tür aufschloß, sagte er: »Ich habe es auch nicht geschafft!«

»Was?«

»Ich wurde aufgehalten.«

Sie boxte ihn zum Spaß in den Arm. »Das ist eine ziemliche Wischiwaschi-Ausrede«, sagte sie grinsend, obwohl sie versuchte, verärgert auszusehen.

»Ich wurde *wirklich* aufgehalten«, erwiderte er. Er faßte sich ans Herz und sagte voller Inbrunst: »Aber ich werde es wieder gutmachen, Grace, das verspreche ich dir.«

»Das will ich dir auch geraten haben.«

Als sie später in ihrem Lieblingsbistro saßen und sich ein Dutzend Austern teilten, fragte er: »Was hältst du von Drummond?«

»Ich bin mir sicher, daß er irgendwie in die Sache verwikkelt ist«, sagte sie. »Und dann sind da ja auch noch die zwei fehlenden Stunden.«

Luke hielt mit dem Essen inne. »Welche zwei Stunden?« fragte er.

»Sein Alibi«, erklärte Grace. »Er sagt, er wäre um zwölf nach Hause gekommen, aber Cassie hat mir erzählt, daß er erst um zwei da war. Als wir ihn danach fragten, behauptete er, er wäre um zwölf zu Hause gewesen, aber erst um zwei ins Bett gegangen. Warum fragst du ... wußtet ihr das nicht?«

»Nein, davon haben wir nichts gehört«, sagte er. »Cassie hat das Alibi ihres Mannes bestätigt und gesagt, er wäre um zwölf heimgekommen.«

»Und wußtest du, daß die Klinik mit fünfundachtzigtausend Pfund verschuldet ist?« fragte sie.

Luke sah sie entgeistert an.

»Ja ... Aber woher weißt *du* das?« wollte er wissen.

»Frag lieber nicht.«

Der Kellner kam, nahm ihre Teller mit und kehrte wenige Minuten später mit dem Hauptgericht wieder. Grace sah auf Lukes Teller und bereute sofort ihre Wahl. Sie hatte sich pochierten Butt in Zitronensoße bestellt, doch seine Feta-Tortellini in der Tomaten-Basilikum-Sahnesoße sahen wesentlich leckerer aus. Sie langte mit ihrer Gabel hinüber und stibitzte sich einen Happen.

»Der Butt ist sicher gut«, reagierte er gespielt genervt. »Möchtest du gern tauschen?«

»Na ja ... wenn du sicher bist ...«

Sie tauschten die Teller. Da sie nach der Pasta und der Sahnesoße Schuldgefühle wegen der Kalorien hatte, übersprang Grace den Nachtisch und bediente sich mit besserem Gewissen bei Lukes Kiwi-Kumquat-Käsekuchen.

»Warum gehen wir nicht zu Drummond und fühlen ihm mal wegen der fehlenden zwei Stunden auf den Zahn?« fragte sie plötzlich.

»Wir?«

»Nun, ich gehe auf alle Fälle hin«, sagte Grace.

»Jetzt?«

Grace schob sich den letzten Löffel des kaloriengeladenen Käsekuchens in den Mund. »Nein, es ist noch zu früh. Nach dem Kaffee.«

11. Kapitel

Licht drang aus allen Fenstern des Hauses der Drummonds, als sie vor der Tür vorfuhren. Auf das Klingeln reagierte niemand. Luke klopfte mehrmals mit dem schweren Messingtürklopfer, doch noch immer kam keine Antwort.

»Glaubst du, daß alles in Ordnung ist?« fragte Grace plötzlich beunruhigt. Sie drückte den Türknauf hinunter, und die schwere Eingangstür ging auf.

»Dr. Drummond?« rief sie. Nichts. Luke sah sie an, und vorsichtig gingen sie zum Wohnzimmer. Alles wirkte normal. Grace eilte zur Tür des Arbeitszimmers, die halb offen stand, und stieß sie mit der Fußspitze ganz auf. Brian Drummond saß in seinem Schreibtischstuhl und sah an die Decke. Ungewöhnlich an der Szene war nur, daß der Stuhl nach hinten gekippt war. Das erste, was sie von Drummond sahen, waren die Sohlen seiner Schuhe. Der Inhalt seines Schädels war in einem greulichen Muster an der Decke und der hinteren Wand des kleinen Raumes verteilt. Eine abgesägte Schrotflinte hatte er zwischen die Knie geklemmt und hielt sie mit beiden Händen krampfhaft umklammert gegen seinen Bauch. Die Durchschlagskraft des Geschosses war so stark gewesen, daß es durch den Gaumen gedrungen war und ihm den Hinterkopf vollkommen und den Oberkopf zum größten Teil weggerissen hatte.

Grace stockte der Atem, und sie blieb abrupt stehen.

Luke, der ihr in das Zimmer gefolgt war, rannte sie fast um. »Was ist …?« begann er, bevor er ebenfalls den Arzt erblickte. »Mein Gott!« sagte er. »Was für eine Schweinerei.« Er drängte sich an ihr vorbei. »Hat wohl nicht viel Sinn, ihn nach Lebenszeichen zu untersuchen, wenn die Hälfte seines Gehirns an der Wand klebt.«

Grace riß sich zusammen und folgte ihm zu der Leiche. Speichel bildete sich in ihrem Mund, und sie spürte, daß ihr Magen rebellierte. Sie schluckte einmal schwer und richtete ihren Blick auf den Schreibtisch. Ihr fiel auf, daß die Briefmarkenalben alle ordentlich auf einem Tisch in der Ecke des Raumes in ausreichender Entfernung vom Schreibtisch lagen, auf dem sich jetzt nur ein einziger Bogen Schreibpapier befand.

»Da ist der Abschiedsbrief«, sagte sie. Die Schrift war für einen Mediziner außerordentlich gut lesbar.

Nun, da Carenza tot ist, kann ich nicht mehr weiterleben. Es ist meine Schuld, und kein Weg führt daran vorbei. Lloyd's hat mich erledigt. Mir bleibt nichts mehr, für das es sich zu leben lohnt.

»Ist das ein Schuldeingeständnis, was meinst du?«

Luke sah ihr über die Schulter. »Könnte sein«, sagte er.

Grace zog die Stirn in Falten. »Klingt grammatisch etwas falsch, oder? Müßte das nicht heißen ›Lloyds – wer immer das auch sein mag – *haben* mich erledigt‹?«

»Nicht wenn er die Corporation of Lloyd's in London meint, dann wäre es korrekt.«

»Ach so, ja«, sagte sie und kam sich etwas dumm vor. »Aber guck dir das mal an.« Sie zeigte auf Drummonds Hände, die sogar noch im Tod die abgesägte Flinte fest umklammerten.

»Was ist damit?«

»Kataleptische Totenstarre.«

»Was für 'ne Totenstarre?« Grace sah ihn mit einem Blick an, der soviel hieß wie: *Kennst du das etwa nicht*?

»Das kommt sehr selten vor. Ich hab's mal bei einem Selbstmord in Ranalagh gesehen. Leo Yentob hatte mich darauf aufmerksam gemacht. Das ist eigentlich eine verfrühte Totenstarre, die bereits im Moment des Todes auftritt.«

»Ach, wirklich?« sagte Luke. »Was du nicht alles weißt.« Dann, im gleichen Augenblick, kam ihnen beiden Drummonds Frau in den Sinn.

»Cassie Drummond«, sagte Luke nur.

»Gemeinsamer Selbstmord?« fragte Grace. »Wenn du auf dem Revier anrufst und hier unten nachsiehst, gehe ich nach oben.« Sie drehte sich um und eilte aus dem Zimmer, während Luke nach dem Telefonhörer griff.

Im Haus war es gespenstisch leise. Oben standen die Türen alle weit auf, bis auf eine. Grace atmete tief durch, drückte die Klinke hinunter und schloß die Augen, als ob ihr alles Schreckliche, das sich vielleicht in diesem Zimmer befand, nichts anhaben könnte, sofern sie es nur nicht sah. Zögerlich machte sie die Augen auf. Das Badezimmer war leer. Ihr wurde bewußt, daß sie den Atem angehalten hatte, und daher atmete sie langsam aus. Etwas weniger ängstlich überprüfte sie die Schlafzimmer und die angrenzenden Bäder. Gott sei Dank gab es keine Anzeichen von weiteren verstümmelten Leichen. Eine am Abend reichte, besonders auf vollen Magen.

Sie hörte Luke auf der Treppe. »Hier oben ist nichts!« rief sie hinunter.

»Hatte er nicht einen Hund?« fragte Luke, als er das Zimmer betrat. Grace nickte.

Das Geräusch eines Automotors und das Licht von Scheinwerfern näherten sich auf der Auffahrt. Grace sah aus dem Fenster.

»Das ist O'Connell«, sagte sie. »Wir halten ihn lieber auf, bevor er zu Drummond ins Zimmer rennt.«

Sie gingen zur Treppe und kamen gerade unten im Flur an, als sie einen Schlüssel im Schloß hörten.

Cassie Drummond betrat vor O'Connell das Haus. Sie lachte über etwas, das O'Connell gesagt hatte, doch sie hielt abrupt inne, als sie Luke und seinen Gesichtsausdruck sah.

»Ich fürchte, wir haben eine schlechte Nachricht, Mrs. Drummond«, sagte er. Cassie Drummond fing an zu schreien.

Die Polizei traf ein, und Grace hielt sich im Hintergrund, um nicht aufgefordert zu werden, das Haus zu verlassen. Der Hund wurde eingesperrt in der Garage gefunden, zusammen mit dem Stück Lauf, das zu der doppelläufigen Flinte gehörte, die Drummond abgeändert haben mußte, bevor er seinem Leben auf solch dramatische Weise ein Ende setzte.

Viel später, nachdem der Leichnam zur Leichenhalle abtransportiert worden war, sah Grace Luke zusammen mit Emmet O'Connell in die Küche gehen. Sie folgte ihnen.

O'Connell füllte den Wasserkessel und stöpselte ihn ein, bevor er sich an den langen Kiefertisch setzte. Luke lehnte an der Wand.

»Was glauben Sie, warum sich Brian Drummond umgebracht hat?« fragte Grace O'Connell. Er hatte nicht bemerkt, daß sie hinter Luke die Küche betreten hatte, und sein Blick schoß in ihre Richtung, als hätte das Geräusch ihrer Stimme ihn erschreckt.

»Er war sehr besorgt. Und zwar seit Carenza aufgefunden wurde.«

»Was meinte er wohl in seinem Brief damit, wenn er sagt, es war sein Fehler?« Luke beobachtete O'Connells Reaktion genau. Er seufzte und sah zu Boden. Er brauchte eine Zeitlang, bis er antworten konnte.

»Schuld ... Ich glaube, auch wenn ich es beim besten Willen nicht glauben möchte, daß er meine Frau getötet haben könnte.« Er starrte noch immer zu Boden.

Grace sah zu Luke und runzelte die Stirn. *Er ist gut,* verriet ihr Gesichtsausdruck, *er ist sehr gut.*

»Sie erheben eine sehr gravierende Anschuldigung, Doktor. Wie kommen Sie darauf?« fragte Luke.

O'Connell sah zu ihm auf. Er hatte tatsächlich eine Träne im Auge. »Ich weiß es nicht. Vielleicht haben sie eine Affäre gehabt.«

Diese Möglichkeit war noch keinem von beiden in den Sinn gekommen, und bei der Unwahrscheinlichkeit diese Andeutung mußte Grace sich zwingen, nicht lauthals zu lachen.

»Wie bitte? Selbst wenn das der Fall war, warum zum Teufel sollte er sie umbringen?«

O'Connell starrte sie wütend an. »Weil ich weiß, daß er dringend Geld brauchte. Er war als privater Einzelversicherer Mitglied von Lloyd's, wissen Sie.«

»Ja, er schrieb in seinem Abschiedsbrief etwas darüber«, sagte Grace. »Aber was hat das damit zu tun, daß er Carenzas Liebhaber war?«

»Ich verwehre mich gegen Ihren Ton, junge Lady«, fuhr O'Connell sie an. »Was haben Sie hier eigentlich zu suchen? Sie gehören nicht zur Polizei.«

Luke rettete die Situation. »Es tut mir leid, Doktor. Miss de Rossa ist etwas aufgewühlt. Sie hat den Leichnam Ihres Partners gefunden.« Und zu Grace sagte er: »Warum schaust du nicht mal nach Mrs. Drummond und versuchst, sie ein wenig zu beruhigen?«

Grace wollte gerade protestieren, doch Lukes Gesichtsausdruck machte ihr klar, daß sie sich auf dünnem Eis bewegte. Sie gab murmelnd ihr Einverständnis und marschierte aus der Küche. O'Connell war besänftigt, und Luke stellte ihm dieselbe Frage, die ihn ein paar Augenblicke zuvor so verärgert hatte.

»Ich habe keine Beweise dafür, daß sie ein Verhältnis hatten, nur den Verdacht, den Eindruck. Vielsagende Anzeichen, die ich nicht genau belegen kann.«

Luke ließ es darauf beruhen. »Okay, aber falls es so gewesen sein sollte, warum hätte er sie dann umbringen sollen?«

»Sie wissen es vielleicht nicht«, erklärte O'Connell ziemlich herablassend, »aber die Mitglieder von Lloyd's haften mit ihrem Vermögen in vollem Umfang für die Verluste, die durch den Versicherungsschutz entstehen, den sie übernehmen. Der Versicherungsmarkt hat einige sehr schlechte Jahre hinter sich, und ich weiß, daß Drummond beträchtliche Verluste erlitten hat.«

»Es wäre kaum möglich, nichts über die Mitglieder von Lloyd's zu wissen, Doktor«, erwiderte Luke kühl. »Die Zeitungen und Nachrichten waren voll davon. Sind Sie sicher, daß er tatsächlich Geld verloren hat? Hat er Ihnen das anvertraut, oder sind es nur Spekulationen Ihrerseits?«

O'Connell seufzte und sah erneut zu Luke. »Ach, ich spekuliere nicht, Sergeant. Ich glaube, seine Haftungssumme betrug über einhunderttausend Pfund.«

»Und verfügte er über soviel Geld?«

Emmet O'Connell lehnte sich in seinem Stuhl zurück und schlug die Beine übereinander. »Nicht in bar. Sein Vermögenswert würde das decken, was übrigens auch notwendig ist, um überhaupt von Lloyd's aufgenommen zu werden. Vielleicht hat er Carenza getötet, weil er sie um Geld gebeten hat und sie es ihm verweigerte.«

»Das alles erscheint mir sehr spekulativ.«

O'Connell zuckte mit den Schultern. »Fällt Ihnen irgendein anderer Grund dafür ein, warum er sie getötet haben sollte?«

»Nun, wir wissen ja nicht, ob er es getan hat, nicht wahr?« sagte Luke. »Sagen Sie, sind Sie ebenfalls Mitglied von Lloyd's?«

O'Connell lachte freudlos auf. »Ich war noch nie ein Spieler, Sergeant, und ich halte Versicherungsunternehmen für nichts anderes als halbwegs respektable Buchmacher.«

»Hat Brian Drummond Sie um Hilfe gebeten?«

»Nicht direkt.«

»Wie habe ich das zu verstehen?«

O'Connell ging zum Fenster. Er stand mit dem Rücken zu Luke und stützte sich mit den Händen auf die Kante der Spüle. »Er hat etwas angedeutet, doch ich habe seine Andeutungen ignoriert. Vielleicht wäre meine geliebte Carenza noch am Leben, wenn ich ihm Geld geliehen hätte.« Er ließ den Kopf sacken, und seine Schultern bebten, so als weinte er. Luke war nicht davon überzeugt, aber er konnte sein Gesicht nicht sehen.

Nach einer Weile holte O'Connell ein Taschentuch aus seiner Hosentasche und putzte sich geräuschvoll die Nase. »Tut mir leid, Sergeant.« Er räusperte sich. »Welch ein Elend, wirklich.«

»Sie sind heute abend mit Mrs. Drummond ausgegangen?«

O'Connell nickte. »Ja, wir waren im Point Theatre, um die Riverdance-Gruppe zu sehen. Brian verabscheut ... verabscheute irische Musik und jede Art von Tanz, wie übrigens auch Carenza. Cassie und ich gehen oft zusammen zu solchen Veranstaltungen. Ich nehme an, Brian wußte, daß er lange genug allein sein würde, bis wir zurückkämen.«

»Verstehe«, sagte Luke. »Wo können wir Sie erreichen, wenn wir Sie noch einmal sprechen müssen?«

O'Connell legte die Stirn in Falten. »Mich noch einmal sprechen... Weshalb?« Zum erstenmal schien er sich unwohl zu fühlen.

»Aus keinem besonderen Grund, Doktor, aber Sie könnten uns bei unseren Nachforschungen vielleicht noch behilflich sein. Immerhin kannten Sie Brian Drummond besser als jeder andere.«

O'Connell nickte. »Ich bin zu Hause oder in der Klinik. Ich verabschiede mich nur noch von Cassie, bevor ich gehe.« Die beiden Männer gingen über den Flur ins Eßzimmer, in dem Cassie, Grace und eine uniformierte Polizeibeamtin beieinander saßen und redeten.

Cassie kauerte in der Ecke des Sofas, die Knie unter sich gezogen und die Arme verschränkt. Ihre Augen waren geschwollen und die Wangen rot. Sie lächelte O'Connell matt an.

»Ich gehe jetzt, Cassie, wir sehen uns später. Ruf mich an, wenn du irgendwas brauchst«, sagte er. Sie nickte nur.

Als er gegangen war, sagte Grace zu Luke: »Cassie hat uns gerade gesagt, daß sich Brian in letzter Zeit sehr seltsam benommen hat. Würden Sie Sergeant Ryan noch einmal erzählen, was Sie uns gerade erzählt haben?«

Cassie Drummond schniefte und nickte. Sie setzte sich nun aufrecht aufs Sofa und sah Luke direkt in die Augen.

»Brian hat Sie angelogen, als er behauptete, er wäre in der Mordnacht um zwölf Uhr zu Hause gewesen. Er wollte mich glauben lassen, er wäre zu der Zeit schon dagewesen und ich wäre erst aufgewacht, als er ins Bett kam. Aber ich konnte nicht schlafen. Ich bin um halb zwei nach unten gegangen, um mir ein Glas Wasser zu holen, und zu dem Zeitpunkt war er noch nicht da.« Sie fing wieder an zu weinen. »Glauben

Sie, daß er Carenza umgebracht hat? Glauben Sie, daß er wirklich dazu in der Lage gewesen wäre?«

Luke umging die Frage. »Emmet O'Connell berichtete mir, daß sich Ihr Mann in finanziellen Schwierigkeiten befand. Wissen Sie etwas darüber?« fragte er.

»Er war etwas altmodisch, Sergeant, über Geld redete er nie mit mir. Er dachte wohl, ich verstünde nichts davon.«

»Sie hatten also keine Ahnung, daß er Geldprobleme hatte?«

»Ich wußte, daß er irgendwelche Probleme hatte.« Tränen liefen ihr die Wangen hinunter, und sie wischte sie mit dem Handrücken fort. »Aber er wollte sich mir nicht anvertrauen. Das war sehr schmerzhaft. Jetzt verstehe ich, warum. Der arme, arme Brian, er muß so verzweifelt gewesen sein.«

»Scheint so, Mrs. Drummond«, sagte Luke. »Ich befürchte, ich muß Sie um Ihre Erlaubnis bitten, das Haus zu durchsuchen.«

Sie schien nicht zu begreifen, was er zu ihr sagte. »Durchsuchen ... aber warum?«

»Emmet O'Connell ist der Ansicht, daß Ihr Mann und Carenza ein Verhältnis hatten, und daß er sie umgebracht haben könnte.«

»Ja, das hat er mir erzählt. Ich kann es nicht glauben, aber so würde vieles einen Sinn ergeben.«

»Zum Beispiel?« fragte Luke.

Cassie zog die Knie an und umschlang sie mit den Armen. Ihr schien kalt zu sein. »Ach ... er war nervös und unruhig. Eine Frau spürt so etwas. Mitunter roch er nach Seife, wenn er spät nach Hause kam, als hätte er gerade geduscht.« Sie sah mit Tränen in den Augen zu Luke auf. »Ich versuchte mir einzureden, daß ich mich täuschte. Aber welche Chance hätte ich schon gegen Carenza gehabt, sie war so reich.« Sie sah auf den Teppich. »Natürlich wußte ich nicht, daß sie es war.

Ich wäre nie auf die Idee gekommen. Ich hielt sie für meine Freundin.«

»Falls Ihr Mann Carenza getötet hat, gibt es vielleicht Beweise hier im Haus.« Als sie nicht antwortete, fuhr Luke fort: »Wir könnten einen Durchsuchungsbefehl besorgen.«

Cassie seufzte. »Nein, nein ... machen Sie ruhig. Suchen Sie, wo immer Sie wollen.«

Sie stand auf, ging zu einem Büfett und goß sich einen großen Drink ein, den sie in einem Zug austrank. Sie mußte husten.

Geräusche im Flur deuteten darauf hin, daß Dermot eingetroffen war. Er steckte den Kopf zur Tür herein und gab Luke ein Zeichen.

»Gibt es jemanden, der bei Ihnen bleiben könnte?« fragte Grace die Witwe. Durch den Alkohol hatte Cassie Drummond im Gesicht wieder etwas Farbe bekommen.

»Emmet hat meine Mutter angerufen. Sie ist auf dem Weg hierher. Danke«, sagte sie mit zittriger Stimme. Dann fragte sie unvermittelt: »Sind Sie verheiratet, Grace?«

»Ja ...«, sagte Grace, »äh ... das heißt, wir haben uns getrennt.«

»Sie können von Glück sagen«, sagte Cassie.

»Was meinen Sie damit?« Cassie schniefte und fing dann wieder an zu weinen. »Zumindest können Sie Ihren Mann noch sehen. Ich werde meinen nie wiedersehen.«

Sie können von Glück sagen, dachte Grace.

12. Kapitel

Es war nach zwei Uhr, als Luke Grace in der Baggot Street absetzte. Bei der Durchsuchung des Hauses der Drummonds war ein Brief von Lloyd's in London entdeckt worden, in dem Brian Drummond gebeten wurde, seine Haftungssumme von 134 000 Pfund zu begleichen. Außerdem gab es noch ein handschriftliches Dokument in Form eines Vertrages zwischen Drummond und Carenza O'Connell. Carenza erklärte sich darin bereit, Drummond zinslos 150 000 Pfund für einen Zeitraum von zehn Jahren zu leihen. Die Übereinkunft war nicht unterschrieben, war aber auf den Tag eine Woche vor Carenzas Tod datiert. Die Diamantbrosche wurde nicht gefunden.

Bei Phoebe brannte noch Licht, also ging Grace zu ihrer Partnerin, um ihr die neuesten Informationen mitzuteilen.

»Wo zum Teufel bist du gewesen?« fragte Phoebe.

»Brian Drummond hat sich heute abend das Hirn weggepustet. Warum fragst du?« antwortete Grace.

Phoebe sah sie verdutzt an. »Was meinst du damit, er hat sich das Hirn weggepustet?«

»Das meine ich wortwörtlich. Luke und ich haben ihn in seinem Arbeitszimmer gefunden, wo sein Gehirn die Wände runterlief. In seinem Abschiedsbrief deutet er an, daß er Carenza umgebracht hat, aber ich bin mir nicht so sicher.«

»Mein Gott!«

Grace ließ sich auf Phoebes Ledercouch fallen. »Das ist noch nicht alles. O'Connell versucht uns weiszumachen, daß Drummond ein Verhältnis mit Carenza hatte. Kannst du dir das vorstellen? Ich meine, der muß uns für komplett bescheuert halten.«

»Warum? Wer sagt denn, daß Drummond Carenza nicht gevögelt hat? Vielleicht hatte Xin recht, als sie sagte, daß er nur über den Zaun zu springen brauchte«, widersprach Phoebe.

»Ach, komm schon! Du warst doch diejenige, die den Gedanken verworfen hat.« Grace schnaubte verächtlich. »Aber dann ist da noch die Vereinbarung über das Darlehen.«

»Welche Vereinbarung?«

Grace erzählte ihr davon, ebenso wie von der Schuld bei Lloyd's in London.

»Na siehst du«, sagte Phoebe. »Damit ist der Fall für mich klar. Warum sonst sollte sie ihm das ganze Geld zinslos leihen, wenn er sie nicht gebumst hat?«

»Na ja, sie hat ihm ja letztendlich nichts gegeben, oder, du Schlaumeierin?« sagte Grace.

»Okay, vielleicht hat er sie deshalb getötet. Vielleicht wollte er sie dazu bringen, ihm das Geld zu leihen, und hat die Vereinbarung aufgesetzt. Als sie dann nicht unterschreiben wollte, hat er sie in einem Anfall von verzweifelter Wut erschlagen. Er hätte nach dem Lions-Treffen die Zeit dazu gehabt. Auch genug Zeit, um die Leiche wegzuschaffen.«

»Stimmt«, gestand Grace zu. »Und sein Auto ist sauber, also muß er ihren Wagen genommen und ihn hinterher irgendwo beseitigt haben. Poppy wird nicht allzu begeistert sein, wenn ihr Bösewicht aus dem Schneider ist.«

»O Gott! Apropos Bösewicht«, platzte Phoebe plötzlich

heraus. »Deine Eltern hatten einen Unfall... Deshalb hab ich versucht, dich zu finden. Deine Schwester Faith rief vor zwei Stunden an.«

Grace schreckte auf. »Was für einen Unfall? Was ist passiert? Wie geht's ihnen?«

»Weiß ich nicht. Faith hat nur gesagt, daß sie von irgendwo zurück nach Hause fuhren und in einen Unfall verwickelt wurden. Sie sind im St. Vincent's Hospital.«

»Wie schlimm ist es? O Gott, ich muß sofort hin! Wie schwer ist meine Mutter verletzt?«

Phoebe faßte sie am Arm. »Weiß ich nicht, aber ich fahre dich hin. Ich glaube nicht, daß du mit deinem Schuldgefühl im Gepäck da sonst heil ankommst.«

Als sie im Krankenhaus eintrafen, wurde Paul de Rossa gerade operiert, und Alice de Rossa lag mit schweren Medikamenten ruhiggestellt in einem Einzelzimmer. Faith und Grace' ältere Schwester Hope saßen in einem Wartezimmer. Faith sprang auf, als sie Grace sah.

»Grace, wo bist du gewesen?« Sie brach in Tränen aus und fiel Grace um den Hals. Grace umarmte ihre Schwester und sah über die bebenden Schultern von Faith hinweg zu Hope.

»Was ist passiert? Wie geht's Mummy?«

Hope stand auf und kam zu ihnen. »Mummy geht's einigermaßen. Nur leichte Verletzungen. Aber es sieht so aus, als könnte Daddy sich das Rückgrat gebrochen haben.«

»O mein Gott«, stöhnte Grace. »Wie lange ist er schon im OP?«

»Seit etwa einer Stunde. Professor Ambrose operiert ihn. Charles sagt, daß er der beste auf dem Gebiet ist, also...« Sie fing an zu weinen und brachte den Satz nicht zu Ende. Die Tür ging auf. Phoebe kam mit einem Tablett und Kaffeebechern herein.

»Ich dachte, ihr könntet das gebrauchen.« Sie holte einen Flachmann hervor und gab einen Schuß Brandy in den Kaffee. Grace stellte den anderen ihre Partnerin vor.

»Wer saß am Steuer?« fragte Grace nach einer Weile.

»Mummy ... Aber der Unfall war nicht ihre Schuld. Ein betrunkener Autofahrer kam aus einer Seitenstraße geschossen und raste voll in die Beifahrerseite. Daddy war eingeklemmt. Sie mußten ihn mit dem Schneidbrenner herausholen.«

Grace war erleichtert, daß ihre Mutter nicht auf dem Beifahrersitz gesessen hatte, doch dann überkam sie sofort ein reuiges Gefühl. Ihre schlechte Beziehung zu ihrem Vater basierte auf seiner Annahme, daß sie ihn immer enttäuschen würde, und auf Graces dickköpfigen Bemühungen, dem zu entsprechen.

»Ein Seelenklempner würde sich an eurer Beziehung weiden«, hatte Phoebe nur wenige Wochen zuvor zu ihr gesagt. »Meiner Meinung nach suchst du regelrecht nach seiner bedingungslosen Liebe.« Grace hatte dieses, wie sie es nannte, Psychogeschwätz höhnisch abgetan, doch Phoebe war hartnäckig geblieben. »Okay. Warum tust du dann genau das, von dem du weißt, daß es ihm gegen den Strich geht? Ich glaube, du willst ihn prüfen.«

»Tja, dann hat er die Prüfung wohl elendig versiebt, oder?« hatte Grace störrisch geantwortet. Jetzt fühlte sie sich schuldig und unglücklich. Und wenn er fortan gelähmt war? Wenn er starb? Wenn sie darüber nachdachte, mußte sie zugeben, daß Phoebe der Wahrheit näher kam, als sie glaubte. Schon als kleines Kind hatte Grace versucht, die Aufmerksamkeit ihres Vaters auf sich zu lenken, indem sie unglaublich frech gewesen war.

Er hatte in Amerika studiert, als sie geboren wurde, und er hatte sie erst gesehen, als sie vier Monate alt war. Infolgedessen hatte er nie eine engere Verbindung zu ihr aufbauen können. Er war bei der Geburt all seiner anderen Kinder dabeigewesen. Grace spürte ständig seine Unbeholfenheit ihr gegenüber.

Charles Heaslip, Hopes Ehemann, steckte seinen Kopf zur Tür herein. »Paul ist nicht mehr im OP«, sagte er. »Sie bringen ihn jetzt auf die Intensivstation.« Die drei Schwestern atmeten hörbar auf. Er entdeckte Grace. »Hallo, Grace. Du kannst gleich zu deiner Mutter gehen.«

»Wie geht's ihr, Charles?«

Er lächelte. »Sie hatte Glück. Sie leidet hauptsächlich unter dem Schock. Aber ich fürchte, die Prognose von Phillip Ambrose für euren Vater sieht nicht so rosig aus.«

»Du hast doch gesagt, er wäre außer Gefahr«, sagte Grace.

»Ich habe gesagt, er ist nicht mehr im OP«, berichtigte Charles sie. »Aber es besteht die Möglichkeit, daß er querschnittsgelähmt bleibt.«

»O mein Gott!«

Hope stöhnte auf und warf sich ihrem Mann in die Arme. Grace wurde von einer riesigen Furcht und Schuldgefühlen übermannt, als wäre all das irgendwie ihr Fehler. Gott strafte sie. Faith, die vollkommen weiß im Gesicht war, schwankte. Phoebe hielt sie rasch fest.

»Hier, das wird Ihnen guttun.« Sie gab Faith den Flachmann. Faith nahm einen ordentlichen Schluck und reichte Grace die Flasche weiter, die sich auch noch einen genehmigte.

»Wann werden sie Genaueres wissen?« fragte Grace.

Charles zuckte mit den Schultern.

»Schwer zu sagen. Vielleicht in achtundvierzig Stunden. Sobald die Schwellung an der Wirbelsäule etwas zurückgeht.«

Die Tür flog auf, und Charity, das jüngste der vier de Rossa-Mädchen, stürmte herein. »Ich hab' deine Nachricht erhalten«, sagte sie zu Faith. »Was ist passiert? Wie geht's Mummy?« Faith führte sie in eine Ecke und erklärte ihr alles.

»Hat jemand die Jungs erreicht?« fragte Grace, der plötzlich ihre Brüder in den Sinn kamen.

»Ich habe versucht, Eoin über die Hilfsorganisation zu erreichen, aber du weißt ja, wie schwierig es in Bosnien mit den Leitungen ist«, sagte Hope. Das wußte Grace nicht, aber sie konnte es sich vorstellen. Eoin war der älteste und der Lieblingssohn von Paul de Rossa. Er arbeitete für die UN in Bosnien. »Aber Michael ist auf dem Weg. Er nimmt in ein paar Stunden einen Flug von Boston.«

Michael war der Jüngste der Geschwister und Graces Liebling. Wie auch sie war er vielleicht nicht gerade das schwarze Schaf, aber mit Sicherheit in den Augen seines Vaters eher ein Versager. Er hatte auf das Drängen seiner Eltern hin Medizin studiert, war dann aber während des Praktikums ausgeschieden und arbeitete zur Zeit in Boston als Kellner, während er gleichzeitig versuchte, in der Musikbranche, seiner großen Leidenschaft, Fuß zu fassen. Er verdiente nicht besonders viel Geld, war aber weitaus glücklicher, als er es als Arzt je geworden wäre.

»Hört zu, ich glaube, es bringt überhaupt nichts, wenn ihr heute nacht alle hier bleibt«, sagte Charles. »Pauls Zustand ist jetzt stabil, und ihr werdet angerufen, wenn sich irgendwas tut.«

Das war Grace nur recht. Sie verabscheute Krankenhäuser ohnehin, und sie war die erste, die sich zum Gehen wandte. Sie ging noch bei ihrer Mutter vorbei. Alice stand unter dem Einfluß von starken Beruhigungsmitteln, sah aber abgesehen von Prellungen im Gesicht und einer Bandage am rechten

Arm nicht allzu schlimm aus. Grace schlich sich an ihr Bett und gab ihr einen Kuß auf die Stirn. Ihre Mutter regte sich etwas, wachte aber nicht auf.

Die Nachtschwester ließ sie nicht auf die Intensivstation zu ihrem Vater, doch sie warf einen Blick durchs Fenster. Paul de Rossa sah elend aus, war an alle möglichen Monitore und Infusionen angeschlossen. Das Schlimmste war, daß er so hilflos wirkte. Grace war es gewohnt, daß ihr Vater immer die Kontrolle über alles hatte.

Phoebe wartete im Wagen auf sie. »Alles in Ordnung mit dir?« fragte sie, als Grace auf dem Beifahrersitz Platz nahm.

Grace nickte. »Er sah grauenhaft aus. Und wenn er nun gelähmt ist? Wie soll meine Mutter damit fertig werden? Er wird unausstehlich werden.«

»Sie kann ihn immer noch in ein Heim geben«, sagte Phoebe.

Grace zuckte zusammen. »Deine Sensibilität erstaunt mich doch immer wieder, Phoebe«, raunzte sie. »Hast du je daran gedacht, als Seelsorgerin tätig zu werden?«

»Ach, halt den Mund«, erwiderte Phoebe. »Ich sag' doch nur, wie es nun mal ist.« Sie fuhren schweigend weiter. Die Straßen waren frei.

»Morgen früh gehe ich als erstes zu Poppy«, sagte Grace schließlich, als sie in der Baggot Street anhielten. »Ich nehme an, am Horizont ist noch kein neuer Klient aufgetaucht?«

»Mungo hat ein Engagement für den Sicherheitsdienst an Land gezogen«, sagte Phoebe. »Irgend so 'ne Teenager-Band im Point Theatre. Aber das ist auch alles.«

»Wir könnten einen ordentlichen, zeitaufwendigen, teuren Auftrag für eine Observierung gebrauchen, wo bald Weihnachten vor der Tür steht«, überlegte Grace.

Phoebe war der gleichen Meinung. »Mit etwas Glück ist Poppy immer noch besessen von dem Gedanken, daß

O'Connell der Schuldige ist. Wir könnten sie weiter in diese Richtung stupsen. Und komm ja nicht auf die Idee, sie davon abzubringen«, drohte Phoebe.

»Mit der Armut vor Augen werde ich dir sogar helfen, sie zu überzeugen«, sagte die ehemalige Polizistin.

13. Kapitel

Grace träumte von Drummond, und als sie auf seine Leiche hinunterblickte, verwandelte sich sein Gesicht in das ihres Vaters. Sie wachte erschrocken und orientierungslos auf. Xin knallte einen Becher Kaffee auf ihren Nachttisch .

»Tut mir leid wegen Ihrem Alten«, sagte sie. »Phoebe hat mir das von ihm und Ihrer Ma erzählt.«

Grace sah auf die Uhr und richtete sich mühsam auf. Sie war vollkommen kaputt und wollte nur weiterschlafen.

»Mensch, es ist schon nach elf!« Sie stöhnte auf. »Ich muß zu Poppy, und ich muß im Krankenhaus anrufen. Warum habt ihr mich nicht geweckt?« Sie schnappte sich ihren Morgenmantel und schwang die Füße aus dem Bett.

Xin zog die Vorhänge zurück. »Ich hab' vor 'ner Weile im Vincent's angerufen. Ihre Ma ist wach, und ihr geht's gut, aber bei Ihrem Dad hat sich noch nix getan. Er ist nicht mehr auf der Intensivstation, aber die Neurologen wissen noch nicht, ob er wieder gehen können wird.«

»Wie kommt es, daß sie dir die Informationen gegeben haben?« fragte Grace, die genau wußte, wie schwer es war, irgend etwas anderes als »den Umständen entsprechend« aus dem Krankenhauspersonal herauszubekommen.

»Ich hab' mich als Grace de Rossa ausgegeben.«

»Ach«, sagte Grace etwas verstimmt darüber, daß Xin damit durchgekommen war.

»Ich gehe jetzt nach unten«, sagte Xin, »und helfe Mungo dabei, die Rausschmeißer für den Job im Point Theatre zu befragen.«

Grace stand unter der Dusche und ließ das heiße Wasser auf ihre verspannten Schultern prasseln. Die Hitze tat gut, und sie entspannte sich etwas. Nachdem sie sich eilig angezogen hatte, lief sie nach unten und traf auf halbem Weg auf Phoebe.

»Geh bloß nicht ins Vorzimmer«, sagte sie. »Da sind lauter Neandertaler.«

»Hat Xin mir schon erzählt«, erwiderte Grace. »Sollen wir direkt zu Poppy fahren, um ihr die Nachricht zu überbringen?«

Compton öffnete ihnen die Tür und führte sie ins Wohnzimmer. Phoebe, die zuvor noch nicht in dem Haus der Dalglish-Stuarts gewesen war, zeigte sich ebenso verwirrt wie Grace bei ihrem ersten Besuch.

Die zotteligen Hunde sahen aus, als hätten sie sich seit Graces letztem Besuch nicht von der Stelle gerührt und verzierten auch an diesem Tag das Sofa und den Sessel wie riesige Fellkissen. Poppy erhob sich, als sie ins Zimmer geführt wurden.

»Ich nehme an, daß Sie mich über Brian Drummond informieren wollen«, sagte sie.

»Ja, in der Tat. Wann haben Sie davon gehört?« fragte Grace.

»Inspector McEvoy rief mich heute morgen zu unchristlicher Zeit an«, sagte Poppy. »Er versuchte mir weiszumachen, daß sich Drummond das Hirn weggepustet hat. Scheint mir eher, als hätte O'Connell auch ihn umgelegt.«

»Es besteht kein Zweifel, war es Selbstmord, Poppy«, sagte Grace. »Als Luke Ryan und ich ihn fanden, hatte er die Waffe noch in der Hand. Er war übel zugerichtet.«

»Hab' ich dir doch gesagt, Mutter«, sagte Free. Sie hatten sie nicht hereinkommen hören. »Der Inspector hat gesagt, Drummond hätte den Mord an Tante Carenza gestanden. Ist das wahr?«

»Er hat einen Brief hinterlassen«, sagte Grace. »Darin stand, daß Carenzas Tod sein Fehler war. Ich persönlich halte das nicht unbedingt für ein Schuldeingeständnis.«

»Na also!« fuhr Poppy ihre Tochter an. »Ich hab' dir doch gesagt, daß das kein Geständnis ist.«

»Was sollte es denn sonst sein? Wie sollte er denn noch deutlicher werden?« fragte Free erstaunt.

»Nun, wenn ich einen Mord zu gestehen hätte, dann würde ich sagen, ›ich habe Carenza ermordet‹, oder ›ich habe sie umgebracht‹. Ich würde nicht sagen, daß es mein Fehler war. Sie etwa?«

Free zuckte mit den Schultern. »Nicht unbedingt.«

»Ich bin mit Grace einer Meinung. Das hört sich alles nach einem Dritten an. So als hätte er etwas getan, das dafür verantwortlich war oder das jemanden veranlaßt hat, Carenza umzubringen«, sagte Phoebe.

»Ach, kommen Sie!« höhnte Free. »Das ist doch viel zu weit hergeholt. Sie klingen schon wie meine Mutter.«

»Ich gebe ihr jedenfalls recht«, ereiferte sich Poppy. »Es ist so sicher wie das Amen in der Kirche, daß Emmet O'Connell sie in dem Glauben, er würde an ihr Geld rankommen, umgebracht hat. Wenn wir es doch nur beweisen könnten!«

»Ist Ihnen irgendeine Frau eingefallen, die als seine Geliebte in Frage käme?« fragte Grace.

Poppy schüttelte den Kopf.

»Wenn er denn überhaupt noch eine Geliebte hat«, mischte Free sich ein. »Die Polizei hat ihn zwei Wochen lang beschattet und nichts herausgefunden.«

»Das ist ja mal wieder typisch«, brummte Poppy verächtlich, an ihre Tochter gewandt. »Du scherst dich einen Dreck um die Gerechtigkeit. Du bist nur glücklich über deinen kleinen Notgroschen.«

Free wurde vor Wut ganz weiß im Gesicht. Ihre Unterlippe zitterte. »Wie kannst du das nur sagen, Mutter? Du weißt, wie sehr ich Tante Carenza geliebt habe. Ich glaube nur, daß du auf dem Holzweg bist, das ist alles.« Sie drehte sich um und rannte aus dem Zimmer.

»Dummes Mädchen«, knurrte Poppy vor sich hin.

Compton kam zur Tür hereingeschlurft. »Wünschen Sie etwas, Madam?« fragte er.

Poppy schüttelte den Kopf und winkte ab. »Nein, gehen Sie, Compton. Obwohl ... doch, bringen Sie uns eine Kanne heißen Portwein. Wir werden Kriegsrat abhalten.«

Phoebe blinzelte Grace verschlagen zu. Grace fühlte sich nicht wohl in ihrer Haut. Ihr gefiel die Vorstellung nicht, daß sie Poppy ausbeuteten, unabhängig von ihren kämpferischen Worten in der vergangenen Nacht. Doch ihr war klar, daß durch die finanziellen Nöte der Detektei dringender Handlungsbedarf bestand, wie unmoralisch die Sache auch sein mochte.

Compton kehrte mit einem Tablett, einer Kanne und Gläsern zurück. Poppy schenkte den dampfend heißen Portwein ein. Die drei Frauen saßen um den Kamin herum, und nachdem Poppy ihr Glas in einem Zug geleert hatte, sagte sie: »Ich denke, Emmet wird jetzt nicht mehr so vorsichtig sein, ich möchte daher, daß Sie ihn rund um die Uhr beschatten.«

»Das wird teuer, Poppy«, warnte Phoebe sie.

Poppy schnaubte verächtlich. »Es ist mir egal, wie teuer

es wird. Ich möchte nur, daß Sie mir seinen Kopf auf einem Silbertablett servieren.«

Grace fühlte, daß sie rot wurde, doch vielleicht lag das am heißen Portwein. »O'Connell hatte eine Lebensversicherung für Carenza abgeschlossen, müssen Sie wissen«, sagte sie.

Phoebe fuhr fort: »Das ist noch so eine Sache. Wir könnten uns wahrscheinlich in den Computer der Versicherungsgesellschaft hacken und überprüfen, wieviel ihm ausbezahlt wurde. Das könnte ein Motiv sein.«

»Würden Sie das wirklich schaffen?« Poppy klang sehr beeindruckt.

»Natürlich, Poppy. Wir sind Profis«, antwortete Phoebe. Grace knirschte insgeheim mit den Zähnen.

»Wunderbar«, sagte Poppy. »Tun Sie das.«

Als sie draußen waren, zischte Grace: »Wie sollen wir uns in einen Computer hacken, verdammt? Bist du nicht mehr bei Trost? Du hättest den Mund halten sollen, als uns der Job sicher war. Und ich wünschte, du könntest dir den Spruch ›Wir sind Profis‹ abgewöhnen, der geht mir auf die Nerven.«

»Reg dich ab, Grace«, erwiderte Phoebe lächelnd. »Wir haben den Auftrag für die Observierung, oder? Zumindest geht es jetzt für uns weiter. Also, willst du zu deinen Eltern ins Krankenhaus?«

Phoebe setzte Grace ab und fuhr zurück ins Büro, um die erste Schicht für die Observierung von O'Connell zu organisieren.

Und Grace ging zu ihrer Mutter.

Eine vertraute Stimme begrüßte sie, als sie die Tür zu Alices Einzelzimmer öffnete. Kathleen Dillon, die teuflische Schwiegermutter, saß am Bett und ließ sich über irgend etwas aus. Sie sahen zur Tür, als Grace den Kopf hereinsteckte. Es war zu spät für den Rückzug.

Grace eilte zum Bett und umarmte ihre Mutter.

»Wie fühlst du dich?« fragte sie. Ohne große Begeisterung sagte sie dann: »Hallo, Kathleen. Schön, dich zu sehen.«

Kathleen wartete, bis sich Grace von ihrer Mutter gelöst hatte, und hielt ihr dann die Wange hin, woraufhin Grace ihr rasch ein Küßchen gab.

Alice lächelte ihre Tochter tapfer an. »Mir geht's gut, Schatz«, sagte sie. »Aber dein armer Vater hat nicht so viel Glück gehabt, fürchte ich.« Ihre Augen füllten sich mit Tränen.

»Er wird sicher wieder gesund, Mummy«, behauptete Grace in dem Bemühen, zuversichtlich zu klingen. »Professor Ambrose ist der Beste, den es gibt. Wenn jemand Daddy wieder auf die Beine bringt, dann er.«

Alice drückte ihr die Hand. »Danke, mein Schatz. Du bist ja so vernünftig. Ich führe mich auf wie eine alberne alte Frau.«

»Warum hast du mich schon seit Ewigkeiten nicht mehr besucht?« wurde Grace nun von Kathleen gefragt.

»Na ja, du weißt ja wohl warum … unter den gegebenen Umständen fände ich es etwas seltsam.« Ein positiver Aspekt dabei, daß Andrew sie verlassen hatte, war die Tatsache, daß seine Mutter nicht mehr Teil ihres Lebens war, und das erfüllte Grace mit einer gewissen Genugtuung.

»Unsinn!« platzte Kathleen heraus. »Nachdem du praktisch mein Enkelkind zur Welt gebracht hast? Was ist daran seltsam?«

»Ich habe gehört, daß sie das Baby nach dir benennen, Kathleen«, sagte Grace, um rasch das Thema zu wechseln.

»Ja, ja«, sagte die stolze Großmutter. »Obwohl ich glaube, daß es ein enges Rennen zwischen Caitlin und Grace war.«

Grace zuckte innerlich zusammen. »Brauchst du irgendwas, Mummy?« lenkte sie dann ab.

Alice de Rossa lächelte. »Nein, mein Schatz. Daß du hier bist, ist schon genug. Ihr seid alle so gut zu mir, das tröstet doch über den erlittenen Kummer beim Erziehen der Kinder hinweg.«

»Vielleicht könntest du die nette Schwester bitten, uns etwas Tee und Kekse bringen zu lassen«, sagte Kathleen.

»Sicher«, antwortete Grace. »Dann geh' ich auch gleich mal bei Daddy vorbei. Ich schaue noch mal rein, bevor ich nach Hause fahre.« Sie zog sich zurück. Alice und Kathleen setzten ihre Unterhaltung fort, noch bevor sie die Tür hinter sich geschlossen hatte.

Paul de Rossa war von der Intensivstation in ein Einzelzimmer verlegt worden. Er lag flach auf dem Rücken, wobei sein Kopf und seine Schultern in eine metallene Apparatur geschraubt waren. Er sah aus wie etwas aus einem Horrorfilm. Die diensthabende Schwester wies sie darauf hin, nicht länger als zwei Minuten zu bleiben und ihn nicht zu ermüden.

»Wie fühlst du dich, Daddy?« fragte Grace und bereute unmittelbar die dumme Frage.

»Wie sehe ich denn aus?« erwiderte er. Sie war sicher, daß er versuchte, zu lächeln.

»Nicht besonders«, sagte sie. »Ich war gerade bei Mummy. Es geht ihr ganz gut, obwohl Kathleen Dillon gerade bei ihr war, also besteht wohl die Gefahr, daß sie sich zu Tode langweilt.«

Dann folgte dieses unangenehme Schweigen, das scheinbar immer auftrat, wenn Vater und Tochter sich im Small talk versuchten. Grace ging zum Fenster und blickte hinaus. In dem kalten winterlichen Sonnenschein sah die Dublin Bay wunderschön aus. »Der Blick ist großartig«, murmelte sie matt.

»Du weißt es, oder?« fragte er.

»Was weiß ich?« Sie ging davon aus, daß er auf seine Verletzung anspielte, und sie wußte nicht, ob man ihn über eine mögliche Lähmung aufgeklärt hatte.

»Das von deiner Freundin, Miss Lamplighter.«

Graces Herz tat einen Sprung. »Ja, ich weiß es ... aber ich habe Mummy nichts erzählt.« Er wollte etwas sagen, aber sie fuhr ihm dazwischen. »Nicht um dich zu schonen. Nicht wegen dir. Sondern um ihretwillen. Ich weiß, wie weh es ihr tun würde. Sie liebt dich abgöttisch, weiß Gott warum. Du verdienst sie nicht.«

»Ich weiß«, sagte er nur. »Es wird nicht wieder vorkommen.«

»Auch nicht, wenn du wieder gehen kannst?« fuhr sie ihn an und wünschte sich augenblicklich, sie hätte das nicht gesagt. »Es tut mir leid. Das war grausam.«

»Aber eine ehrliche Bemerkung«, sagte er ohne Groll.

»Michael müßte bald hier sein, und Faith versucht, Eoin zu erreichen.« Sie war schrecklich verlegen. Das Liebesleben ihres Vaters war das Letzte, was sie mit ihm besprechen wollte.

»Wie läuft dein Geschäft?« fragte er nach einer Weile.

»Sehr gut. Fabelhaft sogar ... Na ja, eigentlich doch nicht besonders gut ... Na also, und wieder hab' ich's geschafft ... Wieder einmal ist es mir gelungen, dich zu enttäuschen, nicht wahr?« fragte sie mit einer Mischung aus Wut und Traurigkeit.

»Du enttäuscht mich nicht, Grace.«

»Nur, weil du nichts mehr von mir erwartest.« Sie zwang sich, die aufsteigenden Tränen zurückzuhalten. »Ich wollte immer nur, daß du stolz auf mich bist.«

»Das bin ich.«

»Was bist du?«

»Stolz auf dich. Ich bin auf euch alle stolz. Ich habe nur leider nicht die Fähigkeit, meine Gefühle offen zu zeigen.«

»Du bist stolz auf mich?« Sie gab sich keine Mühe, den Sarkasmus in ihrem Tonfall zu verbergen. »Kaum zu glauben!«

»Sei doch nicht so, Grace. Ich *bin* stolz auf dich. Ich bin stolz auf deinen Mut und auf die Tatsache, daß du nie eine Frau warst, die es sich leicht gemacht hat. Und was die Enttäuschung angeht, tja, ich denke, *ich* bin wohl derjenige, der dich enttäuscht hat.«

Das siehst du vollkommen richtig, dachte sie.

Er schloß die Augen, und als wäre das ein Signal, ging die Tür auf, und die Schwester kam herein.

»Ich denke, Sie sollten jetzt lieber gehen«, sagte sie leise.

Grace nickte der Schwester zu und verließ das Zimmer, ohne sich zu verabschieden. Erst im Taxi auf dem Weg zurück in die Baggot Street erinnerte sie sich daran, daß sie sich auch von ihrer Mutter nicht verabschiedet hatte.

* * *

In der Zwischenzeit nahm Phoebe die Ninja ins Kreuzverhör, die mit ihrem Computerlatein aufwartete.

»Ich bin keine Hackerin. Das interessiert mich nicht. In wessen Dateien wollen Sie überhaupt rein?«

»Also, zum Beispiel, was wäre, wenn wir überprüfen wollten, wieviel Emmet O'Connell durch die Lebensversicherung von Carenza eingesackt hat? Wie würden wir das anstellen?«

Xin zuckte mit den Schultern. »Das ist ziemlich unkompliziert. Zuerst mal bräuchten Sie ein Modem.«

»Was ist das?«

Xin warf ihr einen vernichtenden Blick zu, der soviel hieß wie *Nicht einmal das wissen Sie*?, und seufzte vernehmlich. »'Ne Telefonverbindung zu anderen Rechnern. Klar? Ich dachte, Ihr Ronan hat so was?«

Phoebe nickte und widerstand dem Bedürfnis, eine sarkastische Bemerkung von sich zu geben.

»Dann bräuchten wir den Namen der Versicherungsgesellschaft.«

»Den haben wir.«

»Gut. Dann müßten wir rausfinden, was für ein Netz die benutzen.«

»Wie machen wir das?« fragte Phoebe enttäuscht darüber, daß sie schon so früh über eine Hürde stolperten.

»Mein Bruder kann das rausfinden.«

»Und dann?«

Xin schüttelte langsam den Kopf und pfiff leise. Genau so, wie der Handwerker es tut, bevor er einem erzählt, daß er die Waschmaschine unter keinen Umständen für weniger als ein paar hundert Pfund reparieren kann und daß man wahrscheinlich besser dabei wegkommt, wenn man sich gleich eine neue kauft.

»Tja, nun kommen wir zum schwierigen Teil.« Sie machte eine Pause, um der kleinen Bombe Zeit zum Einschlagen zu geben. »Wenn wir in deren Netz sind, brauchen wir das richtige Paßwort, um in die Dateien der Versicherungsgesellschaft zu kommen.«

»Wie finden wir das Paßwort heraus?« fragte Phoebe. »Meinst du, dein Bruder könnte das auch?«

Xin schüttelte den Kopf. »Nee. Da kann man nur immer wieder irgendwelche Paßwörter versuchen, bis man Glück hat und 'nen Treffer landet. Und dann gibt's noch ein Problem.«

»O Gott. Was denn nun noch?«

»Wenn man das Paßwort dreimal falsch eingegeben hat, bricht der Computer die Verbindung ab, und dann kann man ganz von vorne anfangen. Außerdem gibt's Millionen verschiedene Kombinationen für Paßwörter.«

Phoebe bereute allmählich ihr vorlautes Auftreten gegenüber Poppy. Wenn das Hacken so verdammt kompliziert war, warum gaben sich dann überhaupt Leute damit ab?

»Das kann man natürlich umgehen«, fügte Xin nach einer Pause hinzu. »Es gibt spezielle Software, mit der man verhindern kann, daß der Computer die Verbindung abbricht. Und sie gibt jedes mögliche Paßwort ein. Der Hacker muß dann nur noch dabeisitzen und warten, daß das richtige eingegeben wird.«

Die Sonne begann erneut zu scheinen. »Wo bekommen wir diese Software?« fragte Phoebe hoffnungsvoll.

»Keine Ahnung«, antwortete Xin. »Das weiß Ihr Ronan vielleicht. Warum fragen Sie ihn nicht?«

»Woher soll er das denn wissen? Er kennt sich mit so was doch nicht aus.«

Ronan war Phoebes Sohn, dem Mungo im Taxi in New York auf die Welt geholfen hatte. Er war ein Computerfreak, doch Phoebe hatte keine Ahnung, ob er auch ein Hacker war.

»Wer's glaubt...«, murmelte die Ninja, die nicht fassen konnte, daß Phoebe in bezug auf ihren Sohn so naiv war. »Aber wenn nicht, dann kennt er mit Sicherheit 'nen anderen schlauen Computercrack, der sich auskennt.«

Phoebe dachte darüber nach. Ronan war tatsächlich die einzige Möglichkeit. Sie faßte den Entschluß, seinen Direktor unter einem Vorwand anzurufen, und dann Ronan am nächsten Tag von Mungo aus dem Internat abholen zu lassen. Sie lächelte in sich hinein, als sie an ihren Sohn dachte. Es wäre ohnehin großartig, ihn mal ein Wochenende bei sich zu haben.

14. Kapitel

Drei Tage später geriet Luke auf seinem Weg zurück zum Revier an der Harcourt Terrace in einen Stau. Hinter einer Kurve in der Nähe von O'Connells Klinik entdeckte er den Grund für den stockenden Verkehr. Ein Streifenwagen parkte am Bürgersteig, und eine kleine Gruppe von Leuten stand auf der Straße. Als er auf gleicher Höhe war, drang Poppys protestierende Stimme durch das geöffnete Fenster zu ihm herein. Er fuhr an den Straßenrand und stieg aus, nachdem er kurz mit dem Gedanken gespielt hatte, einfach weiterzufahren und sie ihrem Schicksal zu überlassen.

Zwei uniformierte Beamte versuchten mit einer wütenden Poppy zu diskutieren. Sie schlug mit einem Plakat auf die Männer ein, auf dem mit dicken, wenn auch kunstvollen Buchstaben geschrieben stand: O'CONNELL IST EIN SERIENMÖRDER.

Sie hielt inne, als sie Luke sah. »Wollen Sie mich verhaften, Sergeant Ryan?«

»Ich hoffe nicht, Poppy.«

Der Polizist sah zu Luke. »Kennen Sie diese Frau, Sir?«

Luke nahm ihn am Arm und führte ihn ein paar Schritte zur Seite.

»Was ist hier los? Was hat sie angestellt?«

Der Polizist sah über die Schulter zurück zu Poppy.

»Wir haben einen Anruf von der Klinik bekommen. Anscheinend führt sie einen Rachefeldzug gegen einen der Ärzte dort.«

»Ja, davon weiß ich. Aber was hat sie gemacht?«

»Ging einfach nur davor auf und ab. Sie hat gegen kein Gesetz verstoßen, bis der Arzt herauskam und zu seinem Auto wollte. Da wurde sie gewalttätig und hat ihn wieder hineingejagt. Die mußten die Tür abschließen, damit sie nicht rein konnte. Dann sind wir eingetroffen.«

Der andere Polizist redete noch immer mit Poppy und schien – seinem Gesichtsausdruck nach zu urteilen – bald die Geduld zu verlieren.

»Hören Sie«, sagte Luke. »Geben Sie mir eine Minute, ja?«

Er ging hinüber zu Poppy, die noch immer drohend mit dem Plakat fuchtelte. »Wo ist das Problem?«

Der Polizist antwortete: »Diese Frau läuft Gefahr, wegen Störung der öffentlichen Ruhe und Ordnung angezeigt zu werden, das ist das Problem.«

»Lassen Sie mich kurz mit ihr reden, Sean«, sagte er zu dem Polizisten. »Ich kann das vielleicht regeln.« Leise fügte er hinzu: »Ohne den Papierkram.« Der Polizist trat zurück und hob die Hände. »Sie gehört Ihnen.«

Luke wandte sich Poppy zu. »Also gut, Poppy. Worum geht's hier?«

Sie hielt in ihrer Bewegung inne. »Ist die Frage etwa ernst gemeint?«

»Okay, ich kann mir in etwa denken, was Sie wollen«, gestand er ein. »Aber glauben Sie, daß dies hier der richtige Weg ist?« Er stand jetzt genau vor ihr. Sie senkte das Plakat und schmollte.

»Gerade Sie müßten doch wissen, daß mir kein anderer Weg bleibt, um meiner Trauer Ausdruck zu verleihen«, sagte sie müde. Luke nahm sie am Ellbogen und führte sie auf den Fußweg.

»Hören Sie, Poppy, wegen Bedrohung eines Menschen und Störung der öffentlichen Ruhe und Ordnung angezeigt zu werden, bringt Sie kein Stück weiter. Die Leute werden Sie einfach nur für durchgeknallt halten.«

Poppy brach in Gelächter aus. »Was wäre daran denn neu, junger Mann?«

Luke sah sie flehend an. »Bitte, Poppy, lassen Sie sich von mir nach Hause fahren, bevor O'Connell sich entschließt, offiziell Anzeige zu erstatten.«

Leichter Nieselregen hatte eingesetzt. Poppy sah zum Himmel auf, dann hinüber zur Klinik, wo das Personal und die Patienten an den Fenstern standen und sie beobachteten. Nach einem Augenblick sagte sie: »In Ordnung, aber nur weil es anfängt zu regnen und weil ich mich nicht erkälten will.«

Luke verfrachtete sie auf den Beifahrersitz und legte das Plakat in den Kofferraum.

Der Fahrer des Streifenwagens kam zu ihm herüber. »Wir wurden gerade zu einer anderen Störung gerufen. Was haben Sie mit der Frau hier vor?«

»Hat Doktor O'Connell offiziell Anzeige erstattet?«

»Nein, hat er nicht.«

»Dann überlassen Sie sie mir. Ich bringe sie nach Hause.«

Emmet O'Connell schaute aus seinem Bürofenster, als Lukes Wagen mit Poppy davonfuhr. Die Menschenansammlung löste sich auf, als man merkte, daß es nichts weiter zu sehen gab.

»Wird diese Frau jemals aufhören, mich zu verfolgen?«

Free wollte gerade den Schlüssel ins Schlüsselloch stecken, als sie Autoreifen auf dem Kies knirschen hörte. Sie drehte sich um, und Erstaunen huschte über ihr Gesicht, als sie Luke Ryan mit ihrer Mutter auf dem Beifahrersitz seines Autos näher kommen sah.

»Was ...?« begann sie, doch dann entdeckte sie die Aufschrift auf Poppys Plakat, das Luke aus dem Kofferraum nahm. Sie machte augenblicklich den Mund wieder zu und warf Luke einen verzagten Blick zu. Er zuckte nur mit den Schultern.

»Mutter, du mußt damit aufhören«, sagte sie.

Alles andere als reuig fuhr Poppy ihre Tochter an: »Hör auf, mich herumzukommandieren. Also, trinken wir einen Tee?« fragte sie und rauschte an beiden vorbei ins Haus.

Free starrte ihr fassungslos nach. »Was ist passiert?« fragte sie Luke.

»Ich habe sie zufällig vor der Klinik von O'Connell gesehen, als sie gerade versuchte, ein paar Polizisten mit dem Plakat zu ärgern. Anscheinend hatte sie vorher versucht, auf Ihren geschätzten angeheirateten Onkel loszugehen, doch der hat Reißaus genommen.«

»Wird er Anzeige erstatten?« fragte sie.

»Da bin ich genauso schlau wie Sie«, sagte er. »Aber ich bezweifle es. Er hat mit Sicherheit keine Lust auf die Publicity.«

»Kommen Sie noch herein?«

Luke schüttelte den Kopf. »Ich muß leider darauf verzichten, aber danke.« Sie sah enttäuscht aus, also fügte er erklärend hinzu: »Ich bin noch im Dienst.«

Sie lächelte ihn an. »Danke, daß Sie meine Mutter gerettet haben, obwohl es ihr recht geschehen wäre, wenn die sie mal hinter Gitter gebracht hätten.«

»Vielleicht«, gab er lachend zu. »Aber glauben Sie, daß die irische Justiz es mit Ihrer Mutter hätte aufnehmen können?«

* * *

Poppy echauffierte sich an dem Abend beim Essen immer noch, während Free sich verzweifelt bemühte, ruhig zu bleiben.

»... und genau das hab' ich auch zu Luke Ryan gesagt. Ich weiche nur aus dem einzigen Grund, und zwar, weil ich mich nicht erkälten will. Aber du kannst dich darauf verlassen, Free, morgen gehe ich wieder hin und auch jeden weiteren Tag, solange es nötig ist.«

»Mutter, du mußt damit aufhören. Du könntest im Gefängnis landen, wenn Emmet Anzeige erstattet.«

Poppy brach in Gelächter aus. »Bessere Frauen als ich haben für ihre Überzeugungen schon Strafen im Gefängnis abgesessen, meine Liebe. Das ist das Problem bei der Jugend von heute, sie hat kein Rückgrat. Das erste Anzeichen von Unannehmlichkeiten, und schon rennen alle heulend nach Hause.«

Free wollte ihre Mutter daran erinnern, daß sie genau das getan hatte, hielt sich dann aber zurück, damit Poppy nicht noch mehr provoziert wurde. Statt dessen schwieg sie, widmete sich wieder der vegetarischen Sheperd's Pie und hoffte, daß ihre Mutter das Ganze bald vergessen würde.

»Und noch etwas«, fuhr Poppy fort. »Wenn er sich treu bleibt, wird er sich schon bald an Cassie Drummond ranmachen, und sie ist das nächste Opfer. Und dann werde ich ein reines Gewissen haben. Dein Sergeant Luke Ryan wird sich am Ende nicht mehr so verdammt gönnerhaft aufführen können, oder?«

Er hat sich herabgelassen, ihr zu helfen, und war ganz und gar nicht gönnerhaft, dachte Free insgeheim lächelnd. »Nein, Mutter, das wird er wohl nicht.«

Poppy plapperte während der gesamten Mahlzeit weiter drauf los. Free stellte die Ohren auf Durchzug ein, da sie sich nicht mit ihrer Mutter anlegen wollte, und hing ihren eigenen

Gedanken nach. Ihre Mutter brachte sie oft zur Weißglut, doch sie wollte sie auch nicht unbedingt ins Gefängnis wandern sehen. Sie faßte den Entschluß, am nächsten Tag zu Emmet zu gehen und ihn davon abzubringen, Anzeige zu erstatten – oder zumindest herauszufinden, welche Absichten er hatte.

»Du hörst mir gar nicht zu!« drang Poppys schrille Stimme in ihre Gedanken vor und riß sie zurück in die Gegenwart.

»Doch, Mutter, wirklich. Ich dachte nur gerade, daß du dir vielleicht etwas anderes ausdenken solltest, um Emmet das Handwerk zu legen. Denn vom Gefängnis aus wirst du wohl nicht allzuviel erreichen können.«

»Wer sagt denn, daß ich überhaupt ins Gefängnis komme, mein Mädchen? Emmet wird wahrscheinlich ein Unterlassungsurteil oder so etwas erwirken.«

»Ja, das weiß ich, aber wenn du das dann ignorierst, kriegen sie dich wegen Zuwiderhandlung, buchten dich ein, und dann hast du ihm einen großen Gefallen getan.«

Das schien Poppy nachdenklich zu stimmen. Ihre herausfordernde Haltung verging bei der Vorstellung an einen Aufenthalt im Gefängnis. Ungeachtet dessen, was sie zuvor zu Free gesagt hatte, wollte sie nur ungern eingesperrt werden. Sie hatte schon immer unter Klaustrophobie gelitten. Aber ihre natürliche Arroganz behauptete sich. »Nein, mein Schatz, du irrst dich, der würde mich nicht vor Gericht bringen.«

Free warf ihr einen zweifelnden Blick zu. »Darauf würde ich mich nicht verlassen, Mutter. Bestimmt nicht.«

* * *

Grace war schon immer der Ansicht gewesen, daß eine Observierung – gleich nach dem Beobachten von trocknender Farbe – zu den langweiligsten Beschäftigungen überhaupt gehörte. Sie wurde dabei immer müde und mürrisch. Außerdem war es sowohl für ihre Haut als auch für ihre Blase schädlich, da sie sich von Chips und Dosengetränken ernährte, während sie acht Stunden hintereinander versuchte, unsichtbar zu sein.

Emmet O'Connell zu beobachten war besonders öde, und die letzten drei Tage hatte sie die Spätschicht erwischt. Sie langte ins Handschuhfach und wühlte nach etwas Eßbarem, doch sie fand nur den Rest von einer Rolle extra starker Pfefferminzbonbons. Sie entstaubte den obersten und warf ihn sich in den Mund. Was mache ich überhaupt hier? fragte sie sich. Poppy merkt nichts davon, wenn ich jetzt einfach nach Hause fahre. Was immer Poppy auch von ihm hielt, er war schließlich nicht der Würger von Boston. Drummond, so unwahrscheinlich es auch sein mochte, schien der Hauptverdächtige für den Mord an Carenza zu sein.

Das Handy klingelte. Phoebe war dran.

»Wie läuft's?« fragte sie.

»Die übliche Routine«, sagte Grace. »Er kam vor einer Stunde von der Arbeit. Aber ruf mich in ein paar Stunden noch mal an, falls ich vor Langeweile eingegangen sein sollte. Warte mal, er kommt raus. Ich melde mich wieder.« Sie beendete das Gespräch, ließ den Motor an und freute sich über die kleine Abwechslung.

Viel später saß sie in der Baggot Street mit Phoebe in der Küche und trank heißen Whiskey.

»O'Connell hat Cassie Drummond abgeholt, und zusammen fuhren sie dann zum Café en Seine in der Dawson Street. Es wirkte wie ein richtiges Rendezvous. Sie saßen vollkommen entspannt zusammen.«

»Die Geschichte wiederholt sich doch immer wieder«,

stellte Phoebe fest. »Er hat nicht viel Zeit vergeudet, um sich an die Witwe ranzumachen, oder?«

Grace trocknete sich die Haare. Erst jetzt wurde ihr allmählich wieder warm, nachdem sie vor dem Restaurant, in dem Emmet O'Connell mit Cassie Drummond gespeist hatte, in einem Regenguß gewartet hatte. »Nein, hat er nicht«, sagte sie. »Und ihr Mann ist noch nicht einmal beerdigt. Keiner von beiden schien besonders niedergeschmettert zu sein. Ich frage mich, ob er schon die ganze Zeit mit Cassie Drummond was hatte.«

»Möglich. Das würde jedoch jede Menge neuer Perspektiven eröffnen. Aber sie wirkt auf mich nicht wie die Art von Frau, die ihren Mann betrügt. Was meinst du?«

»Weiß ich nicht«, sagte Grace. »Aber wie sollte sie denn auch wirken? Ich hätte Kiera auch nicht für die Art von Frau gehalten, die ihre beste Freundin betrügt, und du siehst ja, was passiert ist.«

Auf der Treppe waren Schritte zu hören, die Phoebe aus dem Sessel aufspringen und zur Tür eilen ließen. Kurz darauf kam Mungo herein, gefolgt von Ronan, den Phoebe erfreut in die Arme schloß.

»Hallo, Ronan«, begrüßte Grace den Jungen und freute sich aufrichtig, ihn zu sehen. »Hattest du eine schöne Fahrt?«

Ronan strahlte sie an. Er war so schmächtig wie eh und je, und sah fast noch jünger als seine zwölf Jahre aus. Seine Gesichtsfarbe war sonst eher blaß und wie bei Jugendlichen üblich etwas pickelig, doch nach der Fahrt auf dem Soziussitz von Mungos Harley Davidson war sie rosig und frisch. Er blickte Grace durch seine runde Nickelbrille verschwörerisch an.

»Hallo, Grace. Ist das nicht aufregend? Müssen wir wieder irgendwo einbrechen?« fragte er. Er spielte auf einen Vorfall an, der sich früher im Jahr ereignet hatte, als Grace noch bei der Polizei gewesen war. Sie und Phoebe hatten es für notwendig erachtet, kurz in einen Billardclub einzubrechen, um Beweismaterial gegen ein paar Verbrecher zu finden, die Phoebe umbringen und Grace in die Falle locken wollten.

»Dieses Mal nicht in ein Gebäude, Ronan, sondern nur in den Computer von jemandem«, sagte sie. »Wir wußten, daß du als einziger in Frage kommst, wenn es ums Hacken geht.«

»Also, ich hau' mich aufs Ohr«, sagte Mungo. Nach der langen Fahrt zum Internat des Jungen sah er erschöpft aus. »Ich hab' morgen die Frühschicht, und morgen abend darf ich mich um sechstausend schreiende Teenager beim Konzert im Point Theatre kümmern. Was glaubt ihr, wie lange diese dämliche Observierung dauern wird?«

»Entweder so lange, wie Poppy uns bezahlt«, sagte Grace, »oder bis sich O'Connell selbst belastet. Aber mach den Job nicht herunter, Mungo, ohne ihn kämen wir im Moment nicht über die Runden.« Sie kam sich etwas scheinheilig vor, wenn sie bedachte, wie nahe sie selbst vor kurzem daran gewesen war, zu schwänzen.

Phoebe, die sich am Herd zu schaffen gemacht hatte, stellte eine Tasse Ovomaltine vor Ronan auf den Tisch.

»Ich sollte jetzt gleich anfangen«, sagte er. »Es könnte ziemlich lange dauern.«

»Wie lang ist *ziemlich lang*?« wollte Grace wissen.

Ronan zuckte mit seinen schmalen, knochigen Schultern. »Schwer zu sagen. Es könnte im schlimmsten Fall ein paar Tage dauern. Das hängt davon ab, wie schnell wir Glück haben.«

»Fast wie bei unserem Beschattungsjob, wie, Kleiner?« sagte Mungo von der Tür aus, bevor er kichernd nach oben ging.

»Oh, wow! Kann ich mit Mungo fahren, wenn er den Mann beschattet?« fragte Ronan aufgeregt. »Bitte, darf ich? Darf ich mit?«

»Mal sehen«, sagte seine Mutter, die sich plötzlich wesentlich älter vorkam. Sie bemerkte Graces Grinsen und warf ihr einen bösen Blick zu.

Xins Bruder David, der sehr zu Graces Überraschung als Informatiker beim Verteidigungsministerium arbeitete, hatte herausgefunden, in welchem Netz sich die Versicherung von O'Connell, die Clerical & Widows Insurance Company, tummelte. Dementsprechend stellte Ronan mit Hilfe seines Modems die Verbindung zu dem Netz her und holte eine kleine 3,5-Zoll-Diskette aus seiner Jackentasche.

»Ist es das?« fragte Phoebe. »Kriegt man damit das Paßwort heraus?«

»Irgendwann schon«, sagte Ronan, drückte kurz die Daumen und legte die Diskette ins Laufwerk. Der Bildschirm flackerte auf, Ronan logte sich in das Netz ein und gab dann über die Tastatur einen Befehl ein. Sein Computer piepte einige Male, bis Spalten mit irgendwelchen Daten langsam auf dem Bildschirm nach oben liefen.

»Müssen wir dabeisitzen, während das Ding seine Arbeit macht?« fragte Grace und befürchtete, daß Ronan es bejahen würde.

»Nein, ich richte einen Alarm ein, der mich weckt, wenn es soweit ist. Ich geb' euch Bescheid, sobald wir drin sind.«

»Schön«, sagte Grace, »dann gehe ich jetzt ins Bett.«

Nachdem Grace gegangen war, beobachtete Phoebe noch eine Zeitlang ihren Sohn, dessen Finger nur so über die Tastatur flogen. Dann fragte sie zögernd: »Machst du diese Hackerei oft?«

»Nicht mehr«, sagte er, »bin zu alt dafür.«

Phoebe nickte. »Aha, verstehe. Woher hast du denn die Diskette?«

»Mein Freund Osbourne und ich haben das Programm letztes Jahr geschrieben. Das war unser – eher inoffizielles – Projekt im ersten Jahr. Wir haben's wirklich nur geschrieben, um zu sehen, ob wir es können.«

Phoebe gab wieder ein »Aha« von sich. Sie gewöhnte sich allmählich daran, daß ihr Sohn sie mit seiner Schlauheit immer wieder in Staunen versetzte.

»Ich würde jetzt auch gern ins Bett gehen.« Er stand von seinem Schreibtisch auf.

»Klar, mein Schatz.« Phoebe hatte auf seinem Bett gesessen und stand nun auf.

Sie gab ihm einen Gutenachtkuß, und als sie an der Tür war, rief er ihr nach: »Du vergißt doch nicht, daß ich mit Mungo die Beschattung machen will, oder?«

»Das entscheiden wir dann.«

Leise zog sie die Tür hinter sich zu.

Im Gegensatz zu allen anderen im Haus war sie nicht müde, also ging sie zurück in die Küche und machte sich noch einen heißen Whiskey. Sie setzte sich an den Tisch und atmete den köstlichen Duft ein. Ihre Gedanken wanderten zurück in die Zeit, als Ronan noch ein Baby war.

Damals war alles ganz anders gewesen. Sie hatte in Manhattan eine erfolgreiche, vornehme Begleitagentur geführt. Sie hatte in einem Penthouse über dem Geschäft an der Central Park West gewohnt und genug Geld gehabt. Sie konnte es nicht ausstehen, wenn sie jetzt mal knapp bei Kasse war, und ihre Ausgaben schienen immer genau dann zu steigen, sobald diese Situation eintrat. Mitunter stellte sie die vernünftige Entscheidung für die Gründung eines anständigen Unternehmens in Frage und dachte an ihre Jahre der Prostitution zurück. Jene Jahre waren wesentlich profitabler gewesen, und wenn es da nicht diesen hinterhältigen New Yorker Polizist gegeben hätte, den sie nicht ausreichend geschmiert hatte, wäre sie noch gut bei Kasse. Heute stolperte sie von einer finanziellen Krise in die andere.

Sie war in Galway in eine Familie der Mittelschicht hineingeboren worden, war mit ihren Eltern nicht zurechtgekommen und mit achtzehn – nach einer Ausbildung zur Sekretärin – nach Amerika ausgewandert. Da sie mit dem bescheidenen Lebensstil, den die Bürojobs ihr dort ermöglichten, unzufrieden war, nahm sie eine abendliche Tätigkeit in einer Begleitagentur an. Nach ein paar Wochen merkte sie, daß die anderen Mädchen wesentlich mehr verdienten als sie, indem sie zusätzliche Dienste anboten. Sie biß die Zähne zusammen und brachte schließlich den Mut auf, das gleiche zu tun. Nach der anfänglichen Zeit war es gar nicht mehr so schlimm. Sie war in der Auswahl der Männer immer sehr vorsichtig. Phoebe war schön und auch sehr einfallsreich. Sie hielt stets ihre Dossiers auf dem laufenden, in denen sie zusammen mit allgemeinen Informationen und Fotos auch die Vorlieben und kleinen Sünden ihrer Kunden sammelte. Sie wollte etwas in der Hand haben, um sie gefügig zu machen, falls mal jemand unangenehm werden sollte. Nachdem sie zwei Jahre in dem Job gearbeitet hatte, erklärte sich einer ihrer Stammkunden bereit, ihr bei der Gründung einer eigenen Agentur unter die Arme zu greifen. Phoebe schwor sich, daß ihre Agentur die exklusivste, erstklassigste und diskreteste der Stadt werden sollte. Und ihre Dossiers dienten nicht mehr nur der eigenen Absicherung, sondern wurden zu ihrer Kundenkartei. Alle neuen Kunden mußten von bewährten Stammgästen empfohlen werden. Sie erwarb sich den Ruf, nicht nur die schönsten, sondern auch die kultiviertesten und charmantesten Mädchen zu beschäftigen. Zu diesem Zeitpunkt kümmerte sie sich nur noch ausschließlich um die administrativen Aufgaben, denn dort lag, wie sie feststellte, ihr wahres Talent.

Ronans Vater war charmant und unselbständig gewesen. Sie waren sich Mitte der siebziger Jahre in einer Bar in Greenwich Village in die Arme gelaufen (im wahrsten Sinne des Wortes). Er und Mungo waren gerade aus dem Vietnamkrieg zurückgekehrt, und sie fühlte sich sofort zu Travis hingezogen. In der darauffolgenden Woche zog er bei ihr ein. In jener Zeit hantierte sie auch mit Drogen jeder Art, und es bestand die Gefahr, daß ein zufälliger Besucher allein durch die drogengeschwängerte Atmosphäre in ihrer Wohnung auf einen unerwarteten psychedelischen Trip mitgenommen wurde. Travis war so schmächtig und sehnig, wie Mungo groß und muskulös war. Er sah nicht besonders gut aus, wenn man den herkömmlichen Maßstab ansetzte, aber er war anders als alle, die Phoebe vorher kennengelernt hatte, und seine Fehler übersah sie völlig. Einige Monate später machten sich die beiden Männer davon. Jahre später erklärte Phoebe Grace ihre Beziehung zu Travis folgendermaßen: »Die hielten sich für Jack Kerouac oder Dennis Hopper oder so, wie in 'nem verdammten Road Movie, und hauten einfach mit meiner neuen Harley ab.«

Fünf Jahre später tauchten sie genauso spontan wieder auf, allerdings ohne die Maschine, und in jener Nacht wurde Phoebe mit Ronan schwanger. Travis war die Liebe ihres Lebens, ungeachtet seiner Fehler. Sobald er erfuhr, daß sie schwanger war, verschwand er, und sie hörte nie wieder etwas von ihm. Mungo, der zu dem Zeitpunkt ein ernstes Drogenproblem hatte, entschied sich aus irgendwelchen Gründen, zu bleiben. Der Krieg hatte ihn psychisch fertiggemacht, und oft hörte Phoebe ihn nachts schreien, wenn er wieder mal einen seiner unsäglichen Alpträume hatte. Vier Monate vor der Geburt von Ronan stand sie einmal in der

Nacht auf, um etwas gegen ihr Sodbrennen einzunehmen, und fand ihn bewußtlos und dem Tode nahe. Sie brachte ihn eilig ins Krankenhaus, wo man ihm den Magen auspumpte, und dann bezahlte sie ihm die Entziehungskur in der Betty-Ford-Klinik. Zwei Monate später kam er nach Hause, schlanker und ziemlich geschwächt. Phoebe päppelte ihn wieder auf.

In den frühen Morgenstunden im Februar hatten Phoebes Wehen eingesetzt, während draußen der schlimmste Schneesturm wütete. Sie verfiel in blinde Panik.

»Reg dich ab, Phoebe. Ich ruf' ein Taxi. Alles kein Problem«, behauptete Mungo gelassen. Er holte ihren Mantel. »Wo ist dein Portemonnaie?«

»Im Schlafzimmer«, jammerte sie. »Aber guck doch mal nach draußen, Mungo. Da tobt ein verdammter Schneesturm.«

Er ging an ihr vorbei und kam mit ihrer Tasche zurück. »Hör auf, rumzujammern«, knurrte er sie an und stützte sie am Arm ab. Der Portier geriet in Panik, als er sie aus dem Fahrstuhl kommen sah.

»Es fahren keine Taxis, Sir«, stotterte er hilflos. »Nicht bei dem Wetter. Haben Sie einen Krankenwagen gerufen?«

»Nein, George. Dafür haben wir keine Zeit mehr«, sagte Mungo geduldig. »Kümmern Sie sich um Miss Lamplighter. Ich bin gleich wieder da.« Mungo brachte Phoebe mit Hilfe des aufgeregten Portiers zu einem Sofa an der Wand. Unbeholfen nahm sie Platz.

»Laß mich nicht allein!« jammerte sie hinter ihm her, als er zur Tür gehen wollte.

Er blieb stehen und beugte sich über sie. »Ich muß ein Taxi finden, Schatz.« Sanft strich er ihr über die Wange. Er hatte Phoebe noch nie so verängstigt gesehen. »Halt durch.

George kümmert sich solange um dich. Ich bin so schnell wie möglich zurück.«

George stand mit hilflosem Blick da.

»Klar, ich paß auf sie auf«, sagte er ohne große Überzeugung.

Mungo eilte hinaus in die Nacht. Als er die gläserne Tür öffnete, raubte ihm die eiskalte Luft den Atem. Er stürzte sich in den heulenden Sturm und den Schnee, bis er für Phoebe außer Sichtweite war. Schon kam die nächste Wehe, und sie krümmte sich vor Schmerz. George stand hilflos daneben.

Etwas weiter die Straße entlang bog Mungo rechts in die Central Park West ab. Durch das Schneegestöber sah er ungefähr zwanzig Meter weiter zwei rote Rücklichter, die sich nur langsam von ihm fort auf den Columbus Circle zu bewegten. Er versuchte zu rennen. Der Boden unter seinen Füßen war glatt. Einige Male geriet er ins Rutschen und verlor fast das Gleichgewicht.

Er holte die Rücklichter ein. Sie gehörten zu einem Yellow Cab. Der Taxifahrer würgte den Motor ab, als er von Mungos riesiger Gestalt überholt wurde. Mungo riß die Tür auf.

»Sind Sie frei?« fragte er und setzte sich auch schon auf den Beifahrersitz.

Der Taxifahrer, ein kleiner, rothaariger Amerikaner irischer Herkunft, warf ihm eine Handvoll grüner Scheine zu.

»Hier, nehmen Sie. Alles. Aber tun Sie mir nichts.« Er drückte sich gegen die Fahrertür.

»Ich will nur Ihr Taxi mieten, Sie Idiot. Ich will Sie nicht ausrauben.« Der Fahrer sah ihn ausdruckslos an.

Mungo sprang aus dem Wagen und rannte auf die Fahrerseite. Er riß die Tür auf, zerrte den wimmernden Chauffeur heraus, schleppte ihn um das Taxi herum und verfrachtete ihn auf den Beifahrersitz. Dann sprang er wieder in den Wagen und ließ den Motor an.

»Ich hab' da hinten 'ne Schwangere in den Wehen«, sagte er.

Der Taxifahrer entspannte sich. »Warum haben Sie das denn nicht gleich gesagt, verdammt?« rief er. »Na los, fahren Sie schon.«

Mungo kam schlitternd vor dem Apartmenthaus zum Stehen und sprang, dicht gefolgt von dem Fahrer, aus dem Auto. Phoebe schnaufte und hechelte in dem Versuch, die Schmerzen unter Kontrolle zu behalten.

»Sie haben ein Taxi gefunden. Ich fass' es nicht!« sagte George erleichtert.

Mungo und der Taxifahrer halfen Phoebe über den glatten Bürgersteig hinweg auf den Rücksitz des Taxis.

»Fahren Sie los«, sagte Mungo und setzte sich zu Phoebe nach hinten. Der Taxifahrer lenkte den Wagen in Richtung Columbus Avenue.

»Das Roosevelt Memorial ist wohl das nächste Krankenhaus«, sagte er. »Ich fahr' die Columbus bis zur 59. Street runter.«

»Machen Sie nur«, sagte Mungo. Das Taxi schlich langsam am Dakota Building vorbei.

»Können Sie nicht schneller fahren?« Phoebe klang so verzweifelt, wie sie es in Wirklichkeit auch war. »O mein Gott!«

»Ich tue mein Bestes, Lady.«

Sie kamen nur langsam voran. Nach zehn Minuten waren sie nur vier Straßen weitergekommen.

»Wie weit noch?« fragte Mungo.

»Wir sind erst bei der 67th Street«, antwortete der Fahrer. »Bis zum Krankenhaus sind's noch sieben Straßen.« Er drehte sich nach hinten um. »Wie geht's ihr?«

Phoebe stieß einen grellen Schrei aus.

»Nicht gut«, sagte Mungo. »Sie fahren besser rechts ran. Das geht jetzt wohl ziemlich schnell.«

Der Taxifahrer fuhr an den Bordstein und stellte den Motor ab.

»Was macht der denn?« stöhnte Phoebe. »Sie müssen mich ins Krankenhaus bringen, und zwar sofort!«

»Keine Zeit mehr, Schatz. Entspann dich einfach«, sagte Mungo aufgeregt. »Können Sie nicht ein SOS über Funk raussenden?«

»Der Funk ist lahmgelegt«, erwiderte der Fahrer. »Der Schnee.«

Phoebe stöhnte. »O Gott. Ich muß pressen. Was soll ich machen?« Sie klammerte sich an Mungos Arm.

»Ich glaube, da ist ein Streifenwagen«, sagte der Fahrer. Er sprang aus dem Taxi und stellte sich winkend mitten auf die Fahrbahn.

Mungo half Phoebes Baby auf die Welt, und die Polizisten trafen genau in dem Moment ein, als Ronan seinen ersten kräftigen Schrei von sich gab.

* * *

Grace hatte die Beziehung zwischen den beiden schon immer interessiert, und einmal hatte sie Phoebe neugierig gefragt, ob Mungo schwul war.

»Nein, Grace. Mungo ist nicht schwul«, antwortete Phoebe etwas verärgert. »Wenn du es unbedingt wissen willst, seine Eier wurden ihm in Vietnam bei einem Überfall aus dem Hinterhalt zur Hälfte weggeschossen.«

»Du meine Güte!« sagte Grace. »Heißt das, daß er nicht mehr ... na, du weißt schon?«

»Was glaubst du denn?« fuhr Phoebe sie an.

»Okay, okay, ich hab' ja nur gefragt«, beruhigte Grace sie. »Was für ein Verhältnis habt ihr denn nun zueinander?«

Phoebe zuckte mit den Schultern und seufzte. »Ich nehme an, wir lieben uns auf unsere eigene Art und Weise. Wäre ja kaum anders möglich, nach allem, was wir miteinander durchgemacht haben.«

»Und was ist mit Ronan? Fragt er nie nach seinem Vater?«

»Doch, das hat er einmal getan, vor Jahren, als er sieben oder acht war«, erzählte Phoebe.

»Und was hast du ihm erzählt?« fragte Grace.

»Ich hab' ihm die Wahrheit gesagt«, antwortete Phoebe.

»Armer Ronan.«

»Er ist ohne Travis besser dran«, behauptete Phoebe. »Auf alle Fälle ist Mungo ein besserer Vater, als Travis es je gewesen wäre. Und Ronan liebt ihn abgöttisch.«

Nach dem Vorfall mit dem hinterhältigen Bullen wurde Phoebe ausgewiesen. Ihr Geld wurde beschlagnahmt, und sie kehrte mittellos nach Dublin zurück. Dort baute sie ihr Leben langsam wieder auf. Es dauerte seine Zeit, aber dank ihrer in Amerika gesammelten Erfahrungen verdiente sie nach drei Jahren schon wieder gut und hatte eine sehr vornehme und hoch angesehene Klientel.

Ronan kam in ein Internat und hatte keine Ahnung, wie seine Mutter ihren Lebensunterhalt verdiente. Ende der Achtziger sah aufgrund der Rezession alles wieder nicht mehr so rosig aus. Phoebes Untergang erfolgte, als sie an zwei Verbrecher aus Dublin geriet, die den starken Wunsch hegten, den Kray-Zwillingen nachzueifern. Sie unternahmen den ernsthaften Versuch, Phoebe zu grillen, indem sie ihr Haus in Brand setzten, während sie sich darin aufhielt. In jener Zeit wurde ihr auch allmählich klar, daß sie nicht jünger wurde. Also beschloß sie nach einer Weile, mit Grace eine neue Firma aufzuziehen.

Das Geräusch von laufendem Wasser riß sie abrupt aus ihren Gedanken. Ronan stand an der Spüle und holte sich ein Glas Wasser.

»Wie spät ist es?« fragte sie, reckte dabei ihren steifen Nacken und rieb sich über die Augen.

»Kurz nach vier«, sagte der Junge. »Du solltest ins Bett gehen.«

Phoebe lächelte ihn an. Sie liebte ihn sehr, mehr als ihr eigenes Leben.

»Schon Glück gehabt?« fragte sie.

»Noch nicht«, sagte er. »Jetzt geh und gönne dir etwas Schlaf, sonst kommst du morgen früh gar nicht aus den Federn.«

[illegible]

[illegible]

[illegible]

Drummond [illegible]

[illegible]

15. Kapitel

»Tja, da haben wir's. Das beweist doch alles!« sagte Poppy. »Ich hab' doch gesagt, daß er die ganze Zeit über schon eine andere hatte.«

Grace hatte ihr gerade von Emmet O'Connells und Cassie Drummonds Stelldichein vom vorigen Abend berichtet. Compton hatte sie in ein gläsernes Gewächshaus auf der Rückseite des Hauses geführt. Man sah von dort hinaus auf eine knietiefe Wiese, auf der zwei Ziegen grasten. Selbst an diesem trüben Dezembertag war das gen Süden liegende Zimmer lichtdurchflutet. Grace zitterte vor Kälte, denn der baufällige Glasanbau konnte die Wärme des dickbäuchigen Gußeisenofens kaum speichern. Poppy hatte das Problem gelöst. Sie trug mehrere Schichten von Wollklamotten und Schals, und unter ihrem Rock lugten klobige Doc Martens hervor. Sie hatte fingerlose Handschuhe an und arbeitete an einem großen abstrakten Gemälde.

»*Was* beweist es?« fragte Grace, als Poppy sich wieder umdrehte, um ihre Arbeit zu betrachten. »Wer sagt denn, daß er sich nicht erst jetzt an die Witwe ranmacht, so wie er es bei Carenza tat, nachdem Anabell getötet wurde?«

Daran hatte Poppy nicht gedacht. »Stimmt wohl«, gestand sie ein. »Damit würden sich dann die Ereignisse auf eine gewisse Weise wiederholen, glauben Sie nicht?«

»Kann man sagen«, antwortete Grace. »Cassie schien die Sache mit ihrem Mann nicht besonders mitzunehmen. Was sollen wir tun? Wollen Sie, daß wir die Observierung weiterhin vornehmen?«

»Bis auf weiteres, ja. Emmet ist nicht so schlau, wie er denkt. Außerdem könnte es der armen Frau glatt das Leben retten.«

»Es könnte sehr viel Zeit vergehen, bis er bei Cassie irgendeinen Versuch unternimmt«, gab Grace vorsichtig zu bedenken.

»Mir sind die Kosten egal«, sagte Poppy herrisch. »Geld bedeutet mir nichts. Es ist einfach nicht wichtig.« Sie schwieg für einen Moment und fügte dann hinzu: »Ich würde es begrüßen, wenn Sie meine Pläne Free gegenüber nicht erwähnen. Sie ist nicht damit einverstanden, auf welche Weise ich mein Geld ausgebe. Auch wenn es sie nichts angeht.«

»Was geht mich nichts an?« fragte Free. Sie hatte gerade Poppys Atelier betreten und daher den Anfang der Unterhaltung nicht mitbekommen.

»Ich habe Grace gerade erzählt, daß du sauer auf mich bist, weil ich vor der Klinik demonstriert habe.«

Free wirkte verärgert. »Ich finde, es geht mich schon etwas an, wenn du in den Knast gesperrt wirst. Du solltest Emmet O'Connell nicht zu einer fixen Idee werden lassen, Mutter. Du wirst dadurch nur noch verbitterter.«

»Was soll das heißen, *noch verbitterter*?« fauchte Poppy ihre Tochter an. »Ich bin ganz und gar nicht verbittert. Ich strebe lediglich nach Gerechtigkeit. Und überhaupt, warum verteidigst du Emmet? Du weißt genausogut wie ich, daß er die ganze Sache angestiftet hat.«

»Ich verteidige ihn nicht. Nur glaube ich, daß du deine Zeit und dein Geld verschwendest, Mutter. Und denk dran, er ließ sich nicht im geringsten beeindrucken, als ich versuchte, ihn davon abzubringen, gegen dich Anklage zu erheben. Du mußt vorsichtiger sein. Jedenfalls hat die Polizei den Fall abgeschlossen. Sie haben das Geständnis von Brian Drummond akzeptiert. Warum kannst du das nicht auch tun?«

Grace hörte irgendwo im Haus ein Telefon klingeln. Wenige Minuten später schlurfte Compton herein und informierte sie, daß der Anruf für sie sei. Sie überließ Poppy und Free ihrer Zankerei und folgte dem Butler hinaus in die Eingangshalle.

»Ronan ist in die Datenbank der Versicherung gekommen. O'Connell hat für Carenza hunderttausend kassiert...«, redete Xin auf sie ein, und noch bevor Grace ein Wort herausbrachte, fuhr sie fort: »... Wir wollten das gerade ausdrucken, als ich sah, daß er auch Begünstigter von Doktor Drummond ist.«

»Wieviel?« wollte Grace wissen.

»Ganze zweihundertundfünzigtausend Mäuse. Echt 'n Ding, oder? Und er hat seinen Anspruch auch schon angemeldet, dabei liegt der Typ noch nicht mal unter der Erde.«

Grace war entsetzt. Einen Augenblick lang fragte sie sich, ob O'Connell Drummond vielleicht doch umgebracht haben könnte, doch dann fielen ihr die verfrühte Totenstarre und die krampfhaft umklammerte Waffe in Drummonds Hand ein. »Dann war das ja wohl eine sehr ertragreiche Woche für den guten Onkel Doktor, egal wie man es interpretiert, oder?« sagte sie fast zu sich selbst.

»Mhm ... und das ist noch nicht alles. Da wir ja nun schon mal in der Datenbank drin waren, kam Ronan auf die Idee, mal nachzugucken, ob Drummond auch 'ne Versicherung abgeschlossen hat, in der seine Frau begünstigt wird.«

»Und?« drängte Grace.

»Hat er. Nur war da die Anmerkung, daß es nicht gilt, wenn er sich selbst kaltmacht.«

»Damit steckt Cassie Drummond in großen Schwierigkeiten. Ich frage mich, ob er auf dem Haus noch eine Hypothek hatte.«

»Weiß ich nicht«, antwortete Xin. »In der Datenbank gibt's keinen Hinweis auf 'ne Hypothekenklausel. Das heißt, daß sie jetzt für die Schulden bei Lloyd's aufkommen muß, die Arme, oder? Und dann verliert sie vielleicht auch noch ihr Haus.«

Grace kam plötzlich ein Gedanke. »Ihr gehört doch immer noch die halbe Klinik. Der Anteil von Drummond. Ob O'Connell wohl darauf scharf ist?«

»Wieviel könnte das denn wert sein?« überlegte Xin laut.

»Keine Ahnung«, sagte Grace. »Aber er hat schon dreihundertfünfzig Mille eingesackt. Auch nachdem er die Überziehungsgebühren bezahlt hat, wird ihm noch eine schöne Summe Kleingeld übrigbleiben. Er könnte Cassie im Moment ihren Anteil billig abkaufen, sie würde darauf eingehen. Ich frage mich, ob sie von Emmets unverhofftem Geldsegen von der Versicherung ihres verstorbenen Mannes weiß. Vielleicht fahre ich auf dem Weg zurück ins Büro einfach mal bei ihr vorbei. Wo ist Phoebe?«

»Sie ist unterwegs, um irgend 'nen Auftrag an Land zu ziehen, glaub ich«, sagte Xin. »Sie ist von so 'nem Polen aus Blackrock angerufen worden.«

»Was für eine Art von Auftrag?«

»Weiß ich nicht genau. Meinte, er wäre ein alter Freund. Ich glaub', das hat was mit der Firma des Typen zu tun.«

Das hoffe ich wirklich, dachte Grace, die befürchtete, daß der Geldmangel ihre Partnerin dazu getrieben haben könnte, sich wieder der Prostitution zu widmen.

»Ach, bevor Sie auflegen«, sagte Xin, »Ihr Bruder war im

Büro. Sie haben mir ja gar nicht gesagt, daß das so'n Süßer ist.«

Grace mußte lächeln. »Mein kleiner Bruder? Ja, das stimmt. Wo ist er jetzt?«

»Er ist zum Vincent's Hospital gefahren. Sagte, er kommt später wieder.«

Grace ging zurück in Poppys Atelier und erzählte ihr von O'Connells neuestem Geldsegen.

»Woher wissen Sie das?« fragte Free erstaunt.

»Die haben sich in den Computer der Versicherungsgesellschaft gegraben«, erklärte Poppy blasiert.

Free sah noch ratloser aus. »Gegraben?«

»Ihre Mutter meint: gehackt«, sagte Grace. »Wir haben uns in die Datenbank der Clerical & Widows Insurance Company gehackt.«

»Du kannst das alles doch unmöglich für Zufallstreffer halten, Kind! Emmet hat es eingefädelt. Er hat Brian Drummond unter Druck gesetzt, damit er Carenza umbringt, und hat ihn dann in den Selbstmord getrieben.«

»Wie?« wollte Free wissen. »Wie sollte er Drummond in den Selbstmord getrieben haben?«

»Verzweiflung, mein Kind, Verzweiflung. Wahrscheinlich hat er vorgeschlagen, daß Drummond versuchen sollte, das Geld für Lloyd's von Carenza zu bekommen, wobei er sich ihrer Weigerung absolut sicher war. Der daraus resultierende Mord würde Drummond durchdrehen lassen, womit Emmet die gesamte Klinik bekäme und die liebenswürdige Cassie noch dazu. Ich nehme an, daß sein Ausschluß aus dem Testament nur ein kleiner Rückschlag für ihn war. Frag Grace. Sie und Sergeant Ryan haben Brian Drummond mit seinem weggepusteten Hirn aufgefunden. Was sonst, wenn nicht größte Verzweiflung, würde einen Mann dazu bringen, sich so etwas anzutun?«

»Luke Ryan? Wie kam es, daß Sie beide die Leiche gefunden haben?« fragte Free.

»Wir waren zusammen essen und haben uns spontan entschlossen, zu Drummond zu fahren, um ihn etwas zu fragen«, sagte Grace. »Warum fragen Sie?«

Free errötete. »Ach, nur so«, erwiderte sie leicht verlegen. »Ich wußte nicht, daß Sie ihn so gut kennen.«

Ein Windstoß schlug einen Ast gegen die Scheibe des Gewächshauses und ließ Grace zusammenfahren.

»Draußen wird's stürmisch«, stellte Poppy fest. »Ich sollte wohl lieber die Ziegen reinholen.«

Grace ergriff die Gelegenheit, um sich zu verabschieden. »Ich melde mich«, sagte sie zu Poppy. »Ich werde auf dem Weg kurz bei Cassie Drummond vorbeifahren und ein paar Andeutungen über Emmet fallenlassen. Sie weiß mit Sicherheit auch nicht, daß er die zweihundertfünfzigtausend kassiert hat. Die kleine Information wird wohl etwas Unruhe in die Sache bringen.«

Poppys Augen funkelten böse.

»Tun Sie das. Säen Sie ruhig etwas Zwietracht.«

* * *

Mungos Wagen parkte unauffällig in der Nähe von Cassie Drummonds Haus. Grace stellte ihr Auto etwas weiter weg ab und ging zu ihrem Partner. »Ist O'Connell da drin?« fragte sie.

»Ja«, antwortete er. »Ging vor etwa einer halben Stunde hinein. Hat Xin dich angerufen?«

»Wegen der Auszahlung von der Versicherung?« Mungo nickte. »Ja, hat sie. Ich werde mal ein bißchen Unruhe stiften, sobald O'Connell gegangen ist. Mal sehen, ob sie weiß, wie groß sein Gewinn bisher ist.«

Schweigend beobachteten sie Cassie Drummonds Einfahrt. Das Wetter war schlechter geworden, und der Regen prasselte nun auf das Autodach. Mungo stellte die Scheibenwischer und das Gebläse an. »Das hier ist Zeitverschwendung«, sagte er nach einer Weile. »Ich sitze mir hier den Hintern für nichts und wieder nichts platt. Was glaubt das Weib denn, was er vorhat?«

»Weiß ich nicht. Aber ich bin mit Poppy einer Meinung, daß er mit all dem zu tun hat, und ich würde ihn nur ungern ungeschoren davonkommen lassen.« Der Regen ließ nach, und bald fuhr Emmet O'Connells silberner BMW von der Auffahrt. Grace sprang aus dem Wagen, und Mungo nahm gelassen die Verfolgung auf.

Cassie Drummond wirkte überrascht, als sie die Tür öffnete und Grace gegenüberstand.

»Hallo, Grace«, sagte sie. »Was wünschen Sie?«

»Ich kam zufällig vorbei und dachte mir, ich erkundige mich mal, wie es Ihnen geht«, sagte Grace. »Darf ich reinkommen?«

Cassie trat zurück. »Äh ... natürlich.« Sie führte Grace in die Küche. Zwei leere Kaffeetassen standen zusammen mit einer halbleeren Brandy-Flasche auf dem Tisch.

»Wir beerdigen ihn morgen«, sagte sie. »Ich kann Begräbnisse nicht ausstehen.«

»Wie kommen Sie zurecht?« fragte Grace. »Mit den Schulden, meine ich. War Brian versichert?«

Cassie schenkte sich ein Glas Brandy ein und nahm einen getippten Brief von der Anrichte. »Möchten Sie auch einen?« fragte sie und hob die Flasche an. Grace schüttelte den Kopf. »Wie ich mit seinen Schulden zurechtkomme? Tja, der dämliche Kerl hat sich selbst das Hirn weggepustet, und deshalb zahlen die seine Lebensversicherung nicht aus. Im Grunde genommen sitze ich in der Scheiße.« Sie warf den Brief auf den Tisch, und Grace erkannte das Logo von der Clerical & Widows auf dem Briefkopf.

Cassie setzte sich ihr gegenüber an den Tisch und nahm einen Schluck von ihrem Drink. »Nun, Emmet hilft mir sehr. Ich weiß nicht, was ich ohne ihn getan hätte.«

Da bin ich mir sicher, dachte Grace.

»Er wird mir meinen Anteil an der Klinik abkaufen. Gott sei Dank, denn sonst würde ich das Haus verlieren.«

»Wissen Sie, wieviel Ihr Anteil wert ist? Haben Sie eine Schätzung von einem unabhängigen Gutachter vornehmen lassen?« fragte Grace.

Cassie runzelte die Stirn. »Warum sollte ich? Emmet würde mich nie betrügen.«

»Seien Sie sich da nicht so sicher.«

Cassie lief vor Wut rot an, doch ihr Tonfall blieb ruhig und gefühllos. »Emmet hat mich immer mit Respekt behandelt. Er würde mich nie betrügen. Sie sind so schlimm wie seine verflixte Schwägerin, nur daß sie die Entschuldigung hat, total verrückt zu sein.«

»Halten Sie sich die Tatsachen vor Augen, Cassie. Zuerst Anabell, dann Carenza. Und wußten Sie, daß Emmet durch den Tod Ihres Mannes zweihundertfünzigtausend Pfund von der Versicherung kassiert? Ich nehme an, daß Ihnen der liebe Emmet O'Connell davon nichts erzählt hat.«

Cassies Gesichtsausdruck verriet, daß sie es wirklich nicht wußte, doch sie erholte sich schnell.

»Was hat das mit all dem zu tun? Brian hat sich umgebracht, oder wollen Sie behaupten, daß das auch Emmets Schuld war?«

Grace erhob sich. »Ich sage nur, wenn Emmet O'Connell mir den Arm um die Schulter legte, würde ich sicherstellen, daß er mir nicht ein Messer zwischen die Schulterblätter rammt.«

»Wie können Sie es wagen! Verlassen Sie sofort mein Haus«, schrie Cassie. Grace war über ihren plötzlichen Ausbruch überrascht und duckte sich, als Cassie wieder nach der Brandy-Flasche griff, denn sie hatte Angst, daß die Flasche zum Geschoß werden konnte. »Verlassen Sie mein Haus, und behalten Sie Ihre schmutzigen Anschuldigungen für sich.«

Grace ließ sich nicht so schnell vertreiben. »Worüber regen Sie sich so auf, Cassie? Warum sind Sie in bezug auf Emmet so empfindlich? Ich habe nur gesagt, daß es nicht schaden würde, wenn Sie den Wert Ihres einzigen Vermögens überprüfen ließen. Das ist alles.«

»Nein, das haben Sie nicht. Sie glauben, daß Emmet sowohl Carenza als auch Anabell getötet hat. Aber das hat er nicht getan.« Tränen der Wut liefen ihr über die Wangen. »Er würde mich nicht betrügen. Er liebt mich.«

Grace war angesichts dieses Eingeständnisses erstaunt. »Sind Sie beide ein Liebespaar?« fragte sie.

Cassie setzte sich wieder an den Tisch und verbarg ihr Gesicht in den Händen. »Kümmern Sie sich um Ihre eigenen Angelegenheiten.«

»Ich gehe davon aus, das heißt soviel wie ›ja‹?«

Cassie sah zu ihr auf. »Nur weil wir uns lieben, heißt das noch nicht, daß er Carenza umgebracht hat, verdammt! Er wollte sie um die Scheidung bitten.«

»Was ist mit Brian? Wußte er von Ihrem Verhältnis, oder wollte er, daß es in der Familie bleibt, und hat deshalb Carenza gevögelt?«

Cassie schniefte, und ihre Unterlippe zitterte. »Ich wußte nichts von seiner Affäre mit Carenza, bis Emmet mir davon erzählte. Ich glaube nicht, daß er von Emmet und mir wußte.«

»Wissen Sie, was ich glaube, Cassie?« fragte Grace. »Ich

glaube, Ihr verstorbener Mann und Carenza hatten überhaupt keine Affäre. Emmet hat das meiner Ansicht nach nur ins Spiel gebracht, um die Angelegenheit komplizierter zu machen. Und *falls* Ihr Mann tatsächlich Carenza umgebracht haben sollte, dann wohl, weil Ihr geliebter Emmet Druck auf ihn ausgeübt hat. Er konnte es sich nicht leisten, Carenza zu verlassen. Er brauchte ihr Geld, um die Klinik zu retten.«

»Das ist Schwachsinn, und das wissen Sie auch!« schrie Cassie. »Sie hat ihm ihr Geld ja gar nicht vermacht, oder?«

»Aber das wußte er nicht. Er dachte, er würde absahnen.«

Cassie senkte den Blick auf den Tisch. Schließlich sagte sie müde: »Hauen Sie ab, und kümmern Sie sich um Ihre eigenen Angelegenheiten.«

Grace ging zur Tür. »Denken Sie darüber nach, Cassie. Lassen Sie sich zumindest ein offizielles Gutachten über den Wert der Klinik anfertigen.« Die Witwe antwortete nicht. Grace ließ sie am Küchentisch sitzend zurück.

16. Kapitel

Grace wartete auf den Aufzug, der sie zum Zimmer ihrer Mutter im Flügel für die Privatpatienten im St. Vincent's Hospital bringen sollte. Sie hoffte inbrünstig, daß Kathleen Dillon nicht da war. Die Glocke ertönte, als sich die Aufzugstür öffnete. Plötzlich stand Michael vor ihr.

»Schön, dich hier zu treffen«, sagte er und riß sie mit einer überschwenglichen Umarmung von den Beinen. Er hatte sich in den zwei Jahren seit ihrer letzten Begegnung nicht verändert, außer daß er eine gesunde Bräune besaß und seine von der Sonne aufgehellten Haare nun bis zu den Schultern reichten.

Grace freute sich riesig, ihn zu sehen. »Wann bist du angekommen?« fragte sie.

»Ich hatte einen Standby-Flug, also kam ich erst gestern weg«, sagte er. »Dann brachten sie uns wegen des Sturms nach Shannon und haben uns erst heute früh im Bus hierher gekarrt.«

»Du Armer! Du bist bestimmt erledigt. Hast du Daddy schon gesehen?«

Das Grinsen verschwand aus Michaels Gesicht. »Er sieht schlimm aus. Ich hab' noch nicht mit seinem behandelnden Arzt gesprochen. Wie stehen seine Chancen?«

»Er ist womöglich querschnittsgelähmt.«

»Mein Gott! Ist das sicher? Wie soll Ma damit fertigwerden?«

Grace führte ihn am Arm zum Warteraum, wo sie sich setzten. »Nein, es ist noch nicht ganz sicher«, sagte sie.

»Professor Ambrose hat gesagt, sein Zustand könnte sich verbessern, aber sie wissen erst mehr, wenn die Schwellung an seinem Rückgrat abklingt.«

»Wie nimmt er das auf? Er schlief, als ich bei ihm war.«

»Schwer zu sagen«, antwortete Grace. »Aber du kennst Daddy ja. Er wird Mummy das Leben zur Hölle machen, falls er gelähmt bleibt. Ich weiß nicht, wie sie damit fertigwerden soll.«

»Sie muß sich dann wohl eine Krankenpflegerin besorgen«, sagte er. »Aber vielleicht kommt es ja gar nicht so weit.«

»Warst du bei ihr?« fragte Grace.

»Ja. Ihr scheint's gut zu gehen. Ich mußte mir das übliche ›Ich bin ja nur eine dumme alte Frau‹ anhören, und dann auch noch das ›Allein dich zu sehen, tröstet über die erlittenen Schmerzen bei der Geburt hinweg‹.«

Grace lachte. »Das habe ich auch gehört.«

»Kathleen Dillon redete unentwegt, als ich da war. Sie erzählte irgendwas davon, daß sie Großmutter sei. Gibt es etwas, das du mir verschweigst? Habe ich einen Neffen oder eine Nichte, von der ich nichts weiß?«

»Nein, hast du nicht«, sagte sie. »Mein werter Ehemann hat mich vor fast einem Jahr wegen Kiera Lyons sitzengelassen. *Sie* hat das Baby bekommen, nicht ich.«

Michael sah ziemlich überrascht aus. »Gott! Wußtest du, daß zwischen denen was lief?«

»Irgendwann hab' ich es erfahren. Aber das ist noch nicht alles. Sie hatte beschlossen, in meinem Büro Wehen zu bekommen und das Kind zur Welt zu bringen.«

Michael prustete los. »Das meinst du nicht ernst?«

»Glaub mir ... todernst«, sagte sie.

»Faith hat mir von deiner neuen Firma erzählt. Wie gefällt dir die Arbeit in der Privatwirtschaft?«

»Es hat seine Vor- und Nachteile. Bisher ist es in Ordnung. Aber wie geht es dir denn? Bist du inzwischen fast reich und fast berühmt?«

Michael grinste sie an. »Ich wünschte, es wäre so«, sagte er. »Übrigens, kann ich bei dir wohnen? Hope ist ja lieb und nett, aber ich glaube nicht, daß ich Charles' Mißbilligung und sein dogmatisches Gerede darüber, daß ich mein Potential nicht ausschöpfe und so weiter, die ganze Zeit aushalte.«

»Kein Problem«, sagte Grace. »Und wenn die teuflische Exschwiegermutter gerade oben ist, dann geh' ich jetzt lieber mit dir in die Baggot Street, wo du dich einrichten kannst, wenn es dir recht ist.«

»Das ist mir sehr recht.« Er hob seine Reisetasche auf.

»Laß uns gehen.«

Xin wurde ganz schüchtern, als Grace ihr Michael vorstellte. »Wir haben uns schon kennengelernt«, sagte sie, und selbst das weiße Pfannkuchen-Make-up konnte nicht darüber hinwegtäuschen, daß sie hochrot anlief. »Wohnen Sie hier bei Grace?«

»Ja, das tut er. Ist Phoebe da?« Grace versuchte, nicht zu lächeln. Sie hatte die ach so coole Ninja noch nie so verlegen gesehen.

»Nee, sie ist immer noch bei diesem Typ in Blackrock. Sollten Sie nicht Mungo ablösen? Er rief vor 'ner Weile übers Handy an und klang nicht gerade glücklich.«

»Mist!« Grace sah auf die Uhr. »Ich hab' überhaupt nicht an die Zeit gedacht. Kannst du meinem kleinen Bruder hier alles zeigen?«

Xin strahlte über das ganze Gesicht. »Null Problemo«, sagte sie und grinste zu Michael auf. »Ist mir 'n Vergnügen.«

* * *

Luke hatte einen Tag Urlaub, doch er beschloß, trotzdem zu Brian Drummonds Beerdigung zu gehen. Seine Anwesenheit steigerte die Anzahl der Anwesenden um ein Drittel – abgesehen von dem Pfarrer hatten sich nur die Witwe und die Schwiegermutter des Verstorbenen herbemüht. Er war überrascht, daß O'Connell nicht gekommen war, bis ihm einfiel, daß inzwischen allgemein angenommen wurde, daß Drummond der Mörder von Carenza O'Connell war.

Die Trauerfeier geriet unanständig kurz, nur das Mindeste an Gebeten und Ritualen. Gerade genug, um sicherzustellen, daß der liebe Verstorbene nun ins Jenseits aufbrach. Cassie Drummond vergoß keine einzige Träne, doch da sie ihren Mann schon wer weiß wie lange betrogen haben mußte, überraschte es Luke nicht im geringsten.

Er fuhr auf dem Rückweg am Revier an der Harcourt Terrace vorbei und war recht überrascht, als er erfuhr, daß Free Dalglish-Stuart eine Nachricht für ihn hinterlassen hatte. *Bitte kommen Sie um ein Uhr in Lorenzo's Bistro,* stand auf der Notiz.

Er konnte sie telefonisch nicht erreichen, also beschloß er hinzugehen. Es geschah nicht gerade oft, daß er von einer reichen und faszinierenden Schönheit eingeladen wurde, und er hielt es für unhöflich, sie einfach sitzenzulassen. Auf dem Weg dorthin brachte er seinen Wagen bei der Werkstatt vorbei, um die seit langem fällige Inspektion vornehmen zu lassen.

Free saß schon am Tisch, als er eintraf, und winkte ihm zu.

»Ich bin froh, daß Sie kommen konnten«, sagte sie. »Ich wollte mich unbedingt dafür revanchieren, daß Sie neulich meine Mutter gerettet haben.«

»Kein Grund ...«, setzte er an, doch sie ließ ihn gar nicht zu Wort kommen.

»Doch wirklich. Ich bestehe darauf«, sagte sie mit Entschiedenheit. Der Kellner kam, und sie gaben ihre Bestellung auf.

»Ihre Mutter ist eine sehr ungewöhnliche Dame«, sagte Luke nach einer Weile. Free brach in Gelächter aus.

»Das haben Sie sehr diplomatisch ausgedrückt. Als Kind habe ich mich immer für sie geschämt.«

»Im Ernst?« fragte er gespielt ungläubig. »Ich kann mir gar nicht erklären, warum.«

»Sie wissen ja, wie das ist«, sagte sie und schien die Ironie in seiner Bemerkung überhört zu haben, »man will, daß die eigenen Eltern so aussehen wie die Eltern der Freunde, und Poppy entsprach mit Sicherheit keinem Stereotyp. Keinen Vater zu haben, war auch etwas unbequem. Ich hab' mir immer Geschichten ausgedacht, daß er ein Rennfahrer gewesen sei, der bei einem Rennen auf tragische Weise ums Leben kam. Können Sie sich das vorstellen?«

»Wie war sie damals?«

»Eigentlich nicht viel anders als heute. Obwohl sie während ihrer spirituellen Phase viel Zeit in Nepal verbrachte. Und dann wohnte sie einige Sommer lang in einem Indianerzelt in West-Wales. Großtante Dorcas, also Anabells Mutter, verbot ihr nach dem ersten Mal, daß sie uns zu sich nahm, aber ich glaube nicht, daß es Mutter etwas ausmachte. Sie war nie besonders mütterlich veranlagt, und auch nicht praktisch.«

»Sie scheinen sich jetzt recht gut zu verstehen.«

Free zuckte mit den Schultern. »Stimmt, aber erst seit ich

erwachsen bin. Sie kann mit Kindern nicht viel anfangen. Irgendwie tolerieren wir beide uns wohl nur.«

»Für jemanden, der sie nur toleriert, reagieren Sie ziemlich gereizt, wenn jemand anders etwas gegen sie sagt.« Luke grinste, um die Bemerkung nicht so schroff wirken zu lassen.

»Letztendlich ist Blut dicker als Wasser«, antwortete Free. »Aber sie ist natürlich ziemlich launisch. Ich glaube, das sind die Nachwirkungen der großen Mengen an Dope, die sie sich in ihrer Hippie-Zeit genehmigt hat. Man sagt doch, daß LSD jahrelang im Organismus bleibt.«

Ihre Pasta-Gerichte wurden serviert, und Luke schenkte den Wein ein. »Wie kommt Jack mit ihr aus?« fragte er.

»Gut, solange er nicht bei ihr sein muß. Ich glaube, sie mag die Zwillinge sehr gern, besonders, da sie die beiden selten sieht.«

»Hat sie Ihnen gefehlt – ich meine, als sie in Ihrer Kindheit nie da war?«

Free hob die Augenbrauen und machte eine fragende Geste. »Manchmal«, sagte sie schließlich. »Obwohl mich ein Sommer im Indianerzelt geheilt hat.«

»Inwiefern?« wollte er wissen.

»Haben Sie jemals zwei Monate während eines feuchten walisischen Sommers in einem Indianerzelt verbracht?« fragte sie. Er schüttelte den Kopf. »Glauben Sie mir, Sie würden es genauso wenig mögen wie ich. Und der ganze Matsch ... Den können Sie sich nicht vorstellen. Es war entsetzlich. Jack hat es nicht so viel ausgemacht. Er genoß die Wildnis nahezu. Aber ich bin nicht so abgebrüht. Ich hab' die primitiven Verhältnisse, den Vollkornreis und die Linsen einfach nicht ausgehalten.«

Luke beobachtete Free, während sie erzählte. Sie bewegte ihre perfekt manikürten Hände, um ihrer Aussage Nachdruck zu verleihen. Er konnte sie sich wahrlich nicht bis zu den Knien in Matsch versunken und fünf Meilen entfernt von der nächsten Dusche vorstellen.

»Hat sie immer noch die fixe Idee mit Emmet O'Connell?« fragte er.

»Wie eh und je.« Sie seufzte. »Übrigens, wußten Sie, daß Emmet und Cassie Drummond ein Verhältnis haben?«

»Ja, Grace de Rossa hat es mir erzählt«, sagte er. Free war etwas enttäuscht. Er und Grace schienen sich sehr gut zu kennen. Fragte sich nur, *wie* gut.

In der Zwischenzeit hängte sich Grace ohne große Begeisterung an die Fersen von Emmet O'Connell. Er fuhr in die Stadt und stellte den Wagen auf dem Parkplatz in der Drury Street ab. Grace parkte ein paar Plätze weiter und folgte ihm dann zu Fuß. Er marschierte eilig in Richtung Grafton Street, und sie mußte fast laufen, um mit ihm mithalten zu können. Die Weihnachtsbeleuchtung brachte etwas Licht in den düsteren Tag, während die Menschen in ihrer Mittagspause aus den Geschäften heraus und ins nächste hinein stürmten und dabei im Geiste ihre Geschenkeliste abhakten.

O'Connell überquerte die Grafton Street und ging die South Anne Street entlang bis zur Dawson Street. Ich wette, er geht wieder ins Lorenzo's, dachte Grace.

»O mein Gott, Emmet kommt gerade herein«, sagte Free plötzlich und zog den Kopf ein. Luke sah über die Schulter zum Eingang und entdeckte Emmet O'Connell, der nun auf einen freien Tisch in der Ecke zusteuerte.

»Was ist los?« fragte Luke. »Wovor haben Sie Angst?«

»Könnten wir bitte gehen?« sagte sie angespannt. »Ich will nicht mit ihm reden. Auf eine weitere Szene bin ich nicht erpicht. Das ist mir zu peinlich.«

Luke zuckte mit den Schultern. »Wie Sie wünschen«, sagte er und gab dem Kellner ein Zeichen.

»O Gott, er hat mich gesehen ... er kommt hierher!« Vom Hals an aufwärts wurde sie rot.

»Hallo, Free. Wie geht's dir?« begrüßte O'Connell sie.

Free erholte sich und legte ein umwerfendes Lächeln auf.

»Schön, dich zu sehen, Emmet.« Sie klang sogar so, als meinte sie es auch.

»Hallo – Sergeant Ryan, nicht wahr?«

Luke stand auf. »Guten Tag, Doktor O'Connell«, sagte er und nickte. O'Connell zog sich einen Stuhl heran.

»Ich darf doch?« fragte er, und als keiner von ihnen widersprach, setzte er sich an ihren Tisch.

»Entschuldige, wenn ich störe.« Er sah Free an.

»Aber ich möchte mich für mein Benehmen neulich entschuldigen. Ich war wütend und durcheinander. Meine Unhöflichkeit war jedoch unverzeihlich.«

Free wollte etwas sagen, doch er unterbrach sie.

»Bitte laß mich ausreden. Du sollst wissen, daß ich den Entschluß gefaßt habe, keine Anzeige gegen deine Mutter zu erstatten, und ich habe auch nicht vor, Carenzas Testament anzufechten.«

»Aber warum?« platzte es aus Free heraus. »Du warst doch deswegen so wütend. Ich dachte ...«

»Nein, nein, ich war nicht wütend. Nur schockiert. Schokkiert bei dem Gedanken, daß Carenza mich enterbt hat. Aber unter den gegebenen Umständen halte ich es nun für das Würdevollste, Carenzas Wunsch zu akzeptieren. Ebenso denke ich, daß es keinen Sinn hat, das Gericht wegen deiner Mutter in Anspruch zu nehmen.«

Free wirkte verblüfft und bemerkte offenbar nicht, daß der Kellner die Rechnung auf Lukes Teller legte. Trotz ihrer Einladung fühlte er sich gezwungen, sie zu begleichen.

»Jedenfalls wollte ich nur, daß du über meine Pläne unterrichtet bist«, sagte er und stand gerade vom Tisch auf, als Cassie Drummond aus dem Regen hereineilte.

»Ich glaube, die Person, mit der Sie verabredet sind, ist gerade eingetroffen«, sagte Luke.

O'Connell lächelte gezwungen und sagte: »O, ja, in der Tat.« Er eilte hinüber zu Cassie und gab ihr einen Kuß auf die Wange, bevor sie sich an den Ecktisch setzten.

»Himmel! Welch eine Unverfrorenheit«, zischte Free. »Und sie trägt immer noch Trauer. Sie hat Brian erst heute morgen beerdigt.«

»Ich weiß«, sagte Luke. »Und das war eine ziemlich jämmerliche Angelegenheit. Nur Cassie und ihre Mutter waren dabei. Emmet hielt es nicht einmal für nötig zu kommen.«

»Können wir jetzt bitte gehen?« fragte Free.

Grace hatte sich gerade im Eingang der Nachrichtenagentur untergestellt, als sie Luke und Free aus dem Lorenzo's kommen und dann in Richtung Grafton Street eilen sah. Sie starrte ihnen ungläubig nach. Ihr angeknackstes Selbstvertrauen und ihre Unsicherheit meldeten sich sofort wieder. Zum Henker mit dem Auftrag, dachte sie und heftete sich an ihre Fersen. O'Connell wird in der nächsten Stunde ohnehin nirgends hingehen.

Sie folgte den beiden bis zum St. Stephen's Green Park, wo Luke auf der Beifahrerseite in Frees Auto stieg. Reiß dich zusammen, ermahnte sich Grace. Du triffst dich heute abend mit ihm. Sei nicht so paranoid. Dafür gibt es bestimmt eine plausible Erklärung.

* * *

»Beruhigen Sie sich, Free. Sie fahren über neunzig, und wir sind auf der Leeson Street«, sagte Luke, der sich krampfhaft am Armaturenbrett abstützte.

»Tut mir leid.« Sie wurde langsamer. »Ich bin nur so durcheinander, wegen Emmet. Der verursacht mir immer eine Gänsehaut.« Sie überquerte die Brücke.

»Sie können mich hier irgendwo absetzen«, sagte er.

»Hätten Sie nicht Lust auf eine Spritztour?« fragte Free plötzlich.

»Eine Spritztour?«

»Ach, wissen Sie ... Diese ganze Angelegenheit ...« Sie klang, als wäre sie den Tränen nahe. »Meine Mutter zieht über Emmet her. Und die Sache mit dem Testament. Und dann treffe ich ihn unverhofft im Restaurant. Ich glaube, ich brauche einfach nette Gesellschaft.«

Sie tat Luke leid, obwohl ihm etwas seltsam zumute war.

»Okay«, sagte er, »lassen Sie uns nach Enniskerry rausfahren und dort spazieren gehen. Da bekommen Sie einen klaren Kopf. Mir hilft's jedenfalls immer.«

* * *

Als Grace in die Baggot Street zurückkehrte, war ihre Laune auf dem Tiefpunkt. Der Regen und Luke Ryan hatten für derartigen Frust gesorgt, daß sie O'Connell hatte sausen lassen und auf einen Drink ins Neary's gegangen war. Ein Drink führte zum anderen, und als sie sich gegen fünf auf wackeligen Beinen zum Taxistand aufmachte, um zum Büro zurückzukommen, war sie ziemlich angetrunken.

»Wo waren Sie denn?« wollte Xin wissen. »Ich versuch seit 'ner Ewigkeit, Sie auf dem Handy zu erreichen.«

»Oh ... ähm ... hab' ich im Auto auf dem Parkplatz in der Drury Street gelassen.«

»Mann, was ist denn mit Ihnen los?« fragte Xin angewidert.

»Ach, halt doch den Mund!« Grace ließ sich aufs Sofa plumpsen und schloß die Augen. »Wo ist Michael?«

»Er und Phoebe sind irgendwohin gefahren«, sagte Xin. Sie klang verstimmt.

»Wohin?«

Xin zuckte mit den Schultern. »Weiß ich nicht.«

»Na, das ist ja toll. Sie ist mit der Abendschicht dran«, brauste Grace auf. Der Alkohol und die Ereignisse des Nachmittags versetzten sie nach wie vor in eine miesepetrige Stimmung.

Mungo steckte den Kopf zur Tür herein. »Wir sind weg«, sagte er.

»Wohin weg?« schnauzte Grace ihn an.

Er sah zu Xin. »Wer ist ihr denn auf den Schlips getreten?«

Xin rümpfte die Nase. »Die ist schon so, seit sie wiedergekommen ist.« Sie stellte den Computer aus und langte nach ihrem Mantel. »Ich geh' nach Hause. Vielleicht hat sie ja bessere Laune, wenn sie ihren Rausch ausgeschlafen hat.«

Mungo zuckte mit den Schultern und deckte Grace dann mit einer Mohairdecke zu. Sie schnarchte bereits leise, als er die Bürotür hinter sich zuzog.

* * *

In der Zwischenzeit fuhren Luke und Free zurück in Richtung Stadt. Free fühlte sich besser. Sie hatten einen angenehmen Nachmittag bei einem Spaziergang an der frischen Luft verbracht und sich anschließend am lodernden Kamin im Wayside Inn aufgewärmt.

»Danke, daß sie mich aufgemuntert haben«, sagte sie. »Ich hoffe, Sie glauben jetzt nicht, daß ich jeden Nachmittag einen Mann kidnappe.«

»Kein Problem«, sagte er.

»Hören Sie, warum verlängern wir es nicht in den Abend hinein? Halten noch irgendwo zum Essen oder so?« fragte sie hoffnungsvoll.

»Tut mir leid, ich kann nicht«, sagte Luke, »ich habe leider schon etwas vor.«

»In Ordnung.« Sie errötete in der Dunkelheit und versuchte, nicht allzu enttäuscht zu klingen. »War nur so eine Idee.«

Luke fühlte sich sehr unwohl in seiner Haut. Es war offensichtlich, daß sie ihn wiedersehen wollte, und er fragte sich, wie er ihr behutsam einen Korb geben konnte.

»Ähm...«, stammelte er, »ich hab' Ihre Gesellschaft heute nachmittag wirklich sehr genossen, Free, aber ich sollte Ihnen sagen, daß ich in gewisser Weise mit Grace de Rossa liiert bin.«

»Wie sehr liiert?«

Luke räusperte sich. »Ziemlich liiert. Wir sind schon seit einer Weile zusammen.«

Free kicherte und schlug ihm zum Spaß auf die Schulter. »Ach, nun seien Sie doch nicht so ein reaktionärer Langweiler! Was ist denn schon dabei, wenn wir zusammen essen gehen? Sie muß es ja nicht erfahren.«

»Hören Sie, nehmen Sie es mir nicht übel, Free. Aber ich würde lieber darauf verzichten.«

Free war froh über die Dunkelheit, als sie merkte, wie ihr die Hitze ins Gesicht stieg. Sie fühlte sich über alle Maßen erniedrigt.

»Ach, vergessen Sie es einfach«, sagte sie locker. Plötzlich brach das Auto nach rechts aus.

»O Mist! Ich glaube, ein Reifen ist geplatzt.« Sie fuhr an den Grasstreifen und stellte den Motor ab. Konnte es eigentlich noch schlimmer kommen?

»Ich schau' mal nach«, sagte Luke.

Kurz darauf kam er zurück. »Ja, wir haben einen Platten. Geben Sie mir den Schlüssel, dann hole ich den Ersatzreifen und den Wagenheber raus.«

Free gab ihm den Schlüssel, und er ging zum Kofferraum. Sie folgte ihm mit einer Taschenlampe. Er machte den Wagen auf, und sie leuchtete hinein.

»Wo ist der Kreuzschlüssel?« fragte er.

»Irgendwo da drin«, sagte sie. Er stöberte herum, bis er ihn fand, nahm dann den Ersatzreifen heraus und rollte ihn auf den Grasstreifen. Sie hielt die Taschenlampe, während er den Reifen wechselte.

»Ich kann das auch, wissen Sie«, sagte sie.

»Das bezweifle ich nicht.« Luke grinste. »Aber ich käme mir ein wenig wie ein Waschlappen vor, wenn ich Ihnen das überließe. Außerdem will ich nicht, daß Sie sich Ihren Nagellack ruinieren.«

Als er fertig war, warf er den Wagenheber in den Kofferraum zurück und wollte den platten Reifen in die entsprechende Vertiefung legen. Er blieb an einer Seite hängen, daher sagte er: »Geben Sie mir mal die Taschenlampe? Irgendwie paßt es nicht hinein, da ist etwas im Weg.«

Luke leuchtete in die Vertiefung. Etwas Glänzendes erweckte seine Aufmerksamkeit. Er beugte sich hinunter und holte es heraus.

17. Kapitel

Grace schreckte auf. Einen Moment lang wußte sie nicht, wo sie war. Ihr Mund fühlte sich widerlich pelzig an. Die Uhr über dem Schreibtisch sagte ihr, daß es halb acht war. Jemand hatte eine Decke über sie geworfen und das Licht auf dem Schreibtisch angelassen.

Sie reckte sich, rieb sich die Augen und schwang ihre Beine vom Sofa. Im ganzen Haus war es still. Als sie sich gesammelt hatte, ging sie nach oben, um zu duschen und sich für ihre Verabredung mit Luke umzuziehen. Sie kam sich dumm und kindisch vor, als sie an ihre Reaktion dachte, nachdem sie ihn mit Free Dalglish-Stuart aus dem Restaurant hatte kommen sehen.

Sie hoffte von Herzen, daß O'Connell nicht Amok gelaufen war und Cassie Drummond in dem einzigen Moment, in dem er seit letzter Woche über nicht observiert worden war, erschlagen hatte.

Nach einer ausgiebigen heißen Dusche fühlte Grace sich besser, und sie nahm sich viel Zeit, um das Make-up aufzutragen und etwas Passendes zum Anziehen herauszusuchen. Reumütig gestand sie sich ein, daß sie sich in letzter Zeit nicht besonders um ihr Äußeres gekümmert hatte.

Gegen neun war sie allmählich genervt. Um zehn war sie verärgert. Und als Mungo und Ronan gegen elf Uhr von dem

Konzert im Point Theatre zurückkehrten, war sie rasend vor Wut.

Michael und Phoebe rauschten kurz nach Mitternacht herein, und zu dem Zeitpunkt ähnelte Grace einer Furie.

»Tja, ich hoffe, ihr habt euch gut amüsiert«, fauchte sie die beiden an, sobald sie zur Tür herein waren. »Du warst eigentlich mit der Spätschicht dran.«

»Reg dich ab, Grace... Poppy merkt das schon nicht«, sagte Phoebe. »Wo liegt das Problem?«

»Alles in Ordnung, Gracie?« fragte Michael. »Du scheinst etwas angespannt zu sein.« Die Sorge in seiner Stimme brachte Grace wieder auf den Boden zurück.

»Tut mir leid«, sagte sie. »Ich hatte nur einen ziemlich miesen Tag. Aber das sollte ich nicht an euch auslassen. Zumal ich heute nachmittag selbst die Observierung abgebrochen habe.«

Phoebe hob erstaunt ihre perfekt geschwungenen Augenbrauen. Die heilige Grace hat ihren Posten verlassen! Das mußte schriftlich festgehalten werden.

»Wie bist du mit deinem polnischen Freund zurechtgekommen?« fragte Grace. »Hat er Arbeit für uns?«

»Nein, es hat nicht geklappt«, sagte Phoebe nur ohne weitere Erklärungen.

Grace blieb hartnäckig. »Warum nicht? Was wollte er denn?«

»Sagen wir einfach, das war ein Typ, mit dem ich im Leben nichts zu tun haben will.« Phoebe blitzte sie wütend an und wechselte schnell das Thema. »Ich dachte, du wärst mit Luke Ryan verabredet?«

»Ich wurde versetzt«, gab Grace kläglich zu. »Und ich hab ihn heute beim Mittagessen mit Free Dalglish-Stuart gesehen, also nehme ich an, das war's wohl. Wo wart ihr beiden eigentlich?«

»Wir haben einen Happen gegessen«, sagte Michael. »Ach, übrigens, Hope hat angerufen und erzählt, daß der alte Herr wieder etwas Gefühl in den Armen und der Brust hat.«

»Wirklich?« Das munterte Grace etwas auf. »Das ist doch vielversprechend, oder?«

»Ja, ziemlich vielversprechend. Das Gefühl kehrt normalerweise vom Hals an nach unten wieder, also muß man noch abwarten, aber wie du schon sagst, es sieht gut aus.«

»Ist Ronan schon zurück?« fragte Phoebe.

»Ja«, sagte Grace. »Seit etwa einer Stunde.« Dann, nach einer Pause, fragte sie: »Phoebe... Was stimmt mit mir nicht?«

»Womit soll ich da anfangen?«

Grace fühlte sich miserabel. »Herzlichen Dank. Aber was ist das mit mir und den Männern? Oder liegt es nur an den Männern im allgemeinen? Warum können die nicht so anständig sein und einem direkt sagen, was los ist? Warum müssen sie sich immer davonschleichen und sich heimlich mit einer anderen treffen?«

»*Immer* ist vielleicht etwas zu verallgemeinernd. Ich würde sagen, dein größtes Problem ist, daß du voreilig Schlüsse ziehst«, erwiderte Phoebe trocken. »Du weißt gar nicht, ob er mit Free losgezogen ist. Ich nehme doch an, wir reden hier über Free. Und abgesehen davon, wie oft hast du den armen Kerl in den letzten Wochen versetzt?«

»Darum geht's doch gar nicht. Und wenn er nicht mit ihr unterwegs ist, wo soll er denn sonst sein?« jammerte Grace. »Die Arbeit kann es nicht sein. Er hat heute frei.«

»Sag mir, wo er wohnt, und ich fahr' hin, um ihm die Knochen zu brechen, Grace.« Michael legte tröstend den Arm um sie. »Der Hund hat dich nicht verdient.«

»Kümmere dich nicht um sie, Michael«, sagte Phoebe. »Sie

war gar nicht so sehr an ihm interessiert, bis sie das Gefühl hatte, daß er hinter einer anderen her ist.«

»Was weißt du denn schon?« fuhr Grace sie an. »Wer sagt denn, daß ich jetzt interessiert bin? Ich bin nur sauer, weil er mich zum Narren hält, das ist alles.«

»Ich hab' das Gefühl, daß die Lady etwas zu viel protestiert«, sagte Phoebe, die der Versuchung nicht widerstehen konnte, Grace vollends auf die Palme zu bringen.

»Ich? Mir ist es vollkommen schnuppe, ob ich den Kerl jemals wiedersehe«, behauptete Grace verstimmt.

Das Telefon klingelte, und Phoebe nahm ab.

»Nein, hier ist Phoebe. Wirklich? ... Wann?« hörten die beiden anderen sie sagen. »Und wo ist er? ... Ich weiß nicht ... In Ordnung, ich sag's ihr.« Sie legte auf.

»Das war Dermot McEvoy«, sagte sie zu Grace. »Kennst du diesen Mann, den du nie wiedersehen willst?«

»Ja, was ist mit ihm?« fragte Grace gereizt.

»Nun, er hat dich heute abend nicht ausgeführt, weil er im Krankenhaus liegt. Er wurde Opfer eines Unfalls mit Fahrerflucht.«

Grace hatte das Gefühl, einen Schlag in die Magengrube bekommen zu haben. »Welches Krankenhaus? Wie geht's ihm?« fragte sie bis ins Mark schockiert.

»Er ist in der Unfallklinik vom St. Vincent's.«

Grace sackte auf den Stuhl. »O Gott. Ich fühle mich grauenhaft. Ich muß sofort hin.«

»Ich bringe dich«, sagte Michael. »Wo ist dein Auto?«

»Mist! Das steht auf dem Parkplatz in der Drury Street.«

Phoebe nahm ihren Autoschlüssel aus der Tasche und gab ihn Michael. »Hier, nehmt meinen.«

Dermot traf auf dem Flur mit ihnen zusammen, und Grace stellte ihren Bruder vor.

»Was genau ist passiert?« fragte sie ihn.

»Schwer zu sagen«, sagte Dermot. »Er wurde am Straßenrand gefunden, gegen elf Uhr, nicht weit entfernt von Enniskerry. Er wurde anscheinend von einem Auto überfahren und hatte schon einige Zeit dort gelegen.«

»O mein Gott! Hat er gesehen, wer das war oder sonst irgendwas?«

»Er ist noch nicht wieder bei Bewußtsein«, sagte Dermot. »Aber sein Wagen ist zur Inspektion, daher weiß niemand, wie er überhaupt dorthin kam. Ich vermute, daß er auf die Straße gestoßen und dann überfahren wurde. Und so wie seine Verletzungen aussehen, mehr als einmal.«

»Aber wer sollte so etwas tun? Warum?«

»Ach, komm, Grace, er ist ein Bulle. Es gibt jede Menge Leute, die ihm etwas übelnehmen und dazu in der Lage wären.«

»Wie schlimm ist er verletzt?«

»Beide Beine und das Becken sind gebrochen, dazu der rechte Arm, das linke Handgelenk, das Schlüsselbein, Schädelbruch, möglicherweise eine Gehirnerschütterung, Blutverlust ... soll ich weitermachen?«

Grace stöhnte auf. »Wann wurde er zuletzt gesehen?« fragte sie.

»Er hatte heute frei. Er kam nach der Beerdigung von Drummond kurz auf dem Revier vorbei, holte eine Nachricht ab, und das war's. Danach hat ihn niemand mehr gesehen.«

»Doch, ich«, sagte Grace. »Ich habe ihn gegen zwei Uhr in der Dawson Street in Begleitung von Free Dalglish-Stuart aus dem Lorenzo's kommen sehen.«

»Ich rede morgen früh gleich mit ihr«, sagte Dermot. »Vielleicht kann sie uns sagen, wohin er gehen wollte, nachdem sie ihn getroffen hat.«

»Er wollte mich um halb acht abholen«, sagte Grace. »Ich hab' Phoebe gegenüber über ihn hergezogen, weil ich dachte, er hätte mich versetzt! Ich fühle mich schrecklich. Wann können wir wohl zu ihm?«

»Er wird noch operiert.«

»Gott! Ich hoffe, er wird wieder gesund.«

Die drei setzten sich auf die Stühle an der Wand. Für jemanden, der Krankenhäuser so leidenschaftlich verabscheute wie Grace, war sie in letzter Zeit ziemlich oft hier. Und so, wie es sich anhörte, würde Luke noch einige Zeit im OP verbringen und dann natürlich nicht gleich in der Lage sein, zu berichten, was ihm zugestoßen war. »Woran hat Luke gearbeitet?« fragte sie. »Wer könnte ihm nach dem Leben trachten?«

Dermot steckte sich eine Zigarette an. Dann erinnerte er sich daran, daß er gerade versuchte, mit dem Rauchen aufzuhören, und hielt nach einem Aschenbecher Ausschau. Er fand keinen, nur einen Blumentopf unter dem Rauchenverboten-Schild, also benutzte er den. »Mir fällt spontan niemand ein, dem ich einen ernsthaften Versuch zutrauen würde, ihn umzubringen«, sagte er. »Obwohl ich annehme, daß Poppy Dalglish-Stuart auch dafür Emmet O'Connell die Schuld geben würde, zusätzlich zur letzten Sturmflut und dem Bruch des Waffenstillstands in Bosnien.«

»Das ist nicht witzig, Dermot.«

»Nein, wohl eher nicht«, sagte er und stand auf. »Laßt uns nach Hause gehen und morgen wiederkommen.«

18. Kapitel

Grace ging schon sehr früh ins St. Vincent's Hospital. Sie konnte ohnehin nicht schlafen, und ihre Besuchsliste wurde von Tag zu Tag länger. Sie schaute zuerst bei ihrer Mutter hinein. Gott sei dank war halb neun viel zu früh für Kathleen Dillon.

Alice de Rossa lehnte gegen einen Berg von Kissen, sah das Frühstücksfernsehen und knabberte an einem Croissant, auf dem sich Butter und Erdbeermarmelade türmten. Die blauen Flecken im Gesicht wurden allmählich gelb, und die Schwellung war bereits stark zurückgegangen.

»Du siehst heute schon viel besser aus«, sagte Grace. »Wie fühlst du dich?«

»Sehr schlecht, mein Schatz«, antwortete Alice. »Um genau zu sein, ich habe beträchtliche Schmerzen, aber ich befürchte, bei all meinen Allergien können sie es nicht riskieren, mir zu viele Schmerzmittel zu geben. Warst du schon bei deinem Vater?«

»Noch nicht«, erwiderte Grace. »Ich gehe gleich noch zu ihm. Aber es ist doch gut, daß er wieder etwas Gefühl in den Armen hat, oder?«

Alice lächelte matt. »Ja, mein Kind, aber Faith hat gesagt, daß Eoin nicht kommt. Findest du nicht auch, daß das sehr schade ist?«

»Ich bin sicher, es liegt nicht an ihm, Mummy. Er kann ja nicht einfach in ein Flugzeug steigen. Er ist mitten im Kriegsgebiet.«

Alice schmollte. »Wo ein Wille ist...« Sie schob ihr Tablett beiseite. »Stell das bitte weg, ja, Kleines? Das ist das erste Häppchen, das ich seit Tagen herunterbekomme, aber ich schaffe keinen einzigen Krümel mehr.« Grace rollte den Tisch ans Bettende. Die Menge an Krümeln und Butter- und Marmeladenresten auf dem Teller deuteten darauf hin, daß es ein sehr großes Häppchen gewesen sein mußte.

Die Tür ging auf, und Charity rauschte beladen mit Blumen und Obst herein. Sie konnte schon immer besser mit ihrer Mutter umgehen als alle anderen. Grace wußte, daß sie Alice aus ihrem Selbstmitleid herauslocken konnte.

»Du siehst heute besser aus, Mummy«, sagte sie. »Hi, Grace, wie geht's dir?«

»Gut, danke, Charity«, antwortete Grace und ging in Richtung Tür.

Charity schüttelte die Kissen ihrer Mutter auf. »Hast du Michael heute schon gesehen, Mummy?«

»Noch nicht, Kleines. Wußtest du, daß Eoin nicht kommt? Das ist doch zu schade. Aber er lebt sein eigenes Leben. Da ist er viel zu beschäftigt, um seine kranke alte Mutter zu besuchen.«

»Ach, Mummy, du weißt doch, daß das nicht wahr ist. Und ich bin sicher, daß Eoin sein Bestes tut.«

»Also, ich geh' kurz mal zu Daddy«, unterbrach Grace sie. »Michael kommt sicher gleich noch vorbei. Ich schau' noch mal rein, bevor ich gehe.« Eilig schloß sie die Tür hinter sich.

Paul de Rossa lag noch immer flach auf dem Rücken. Michael saß an seinem Bett. Sie schienen in ein Gespräch vertieft zu sein, also beschloß Grace, später noch einmal zu kommen und zunächst auf die Intensivstation zu gehen.

Luke lag in dem gleichen Bett, in dem nur Stunden zuvor ihr Vater gelegen hatte. Der Streß der vergangenen Tage hatte Grace derart mitgenommen, daß sie fast in ein hysterisches Gelächter ausbrach, als sie ihn von Kopf bis Fuß in Gips eingehüllt und mit hochgelegten Gliedmaßen vorfand. Wie aus einem Sketch von Monthy Python. Doch der Anfall von Hysterie schwand, und statt dessen traten ihr die Tränen in die Augen. Dermot kam den Flur entlang und stellte sich neben sie. Beide schauten sie durch das Fenster zu Luke ins Krankenzimmer. »Wird er wieder gesund?« fragte sie. Ihre Stimme war zittrig.

»Das wissen die Ärzte noch nicht. Er liegt noch immer im Koma. Unter uns gesagt glaube ich, daß denen das Sorgen bereitet.« Das waren nicht die Neuigkeiten, die Grace hören wollte. Dermot spürte ihren Kummer und legte den Arm um sie. Sie schluchzte einige Male, riß sich dann zusammen und wühlte in ihrer Tasche nach einem Taschentuch.

»Wie geht's deinen Eltern?« fragte Dermot.

»Mutter ist auf dem Weg der Besserung, aber es ist noch zu früh, um zu sagen, was aus meinem Vater wird.« Wieder stiegen ihr Tränen in die Augen. Sie hustete und putzte sich die Nase, um ihre Verlegenheit zu verbergen. »Warst du schon bei Free Dalglish-Stuart?« fragte sie mit unsicherer Stimme.

Dermot schüttelte den Kopf.

»Nein, noch nicht. Ich bin auf dem Weg dorthin. Du willst sicher mit?«

»Ja, bitte.«

Compton öffnete ihnen die Tür. Im grellen Morgenlicht sah er sogar noch leichenhafter aus.

»Ich würde gern mit Free Dalglish-Stuart sprechen.«

»Miss Free ist nicht zu Hause, Sir«, antwortete der Butler.

»Verstehe«, sagte Dermot. »Wann wird sie zurück sein?«

»Ich habe leider keine Ahnung, Sir. Miss Free kam letzte Nacht nicht nach Hause.«

»Kommt das häufiger vor?« fragte Grace.

»Wenn Sie so fragen, Madam, nein.«

»O mein Gott!« zischte Grace und zog Dermot am Arm beiseite. »Glaubst du, daß O'Connell sie umgebracht haben könnte?«

Dermot lachte. »Das grenzt nun aber an Paranoia, Grace.«

Grace war ganz erregt. »Nein, Dermot. Verstehst du? Ich sollte ihn beobachten. Poppy hat mir den Auftrag gegeben. Aber ich war sauer, als ich Luke mit Free aus dem Lorenzo's kommen sah, also haute ich ab und trank mir im Neary's einen an, anstatt O'Connell zu beschatten.«

»Nur weil du O'Connell nicht beschattet hast, heißt das noch lange nicht, daß er Free getötet hat. Du wirst mir sicher auch noch erzählen, daß er Luke umbringen wollte! Um Gottes willen, Grace, du hörst dich allmählich schon an wie Poppy!«

Compton räusperte sich. »Entschuldigen Sie, Sir.«

Dermot hatte vergessen, daß der Butler noch da war.

»Miss Free hat aber gesagt, daß sie gestern abend zum Essen ausgehen würde.«

»Ach du Schreck.« Grace war am Boden zerstört. »Er hat mich also doch versetzt. Er hat den Abend mit *ihr* verbracht.«

»Du hörst nicht richtig zu, Grace. Der Mann sagte, daß sie gestern abend auswärts gegessen hat. Und nicht, daß sie ein

Verhältnis mit deinem Freund hat. Du weißt doch gar nicht, ob sie mit Luke zum Essen war.«

»Was ist denn hier los?« Poppy, eingehüllt in einen abgetragenen, karmesinroten Seidenkimono, drängte sich an Compton vorbei.

»Sieht so aus, als würde Ihre Tochter vermißt«, sagte Dermot.

»Vermißt?«

»Sie ist vergangene Nacht nicht nach Hause gekommen, Madam«, murmelte Compton.

Poppy lächelte wissend. »Sie ist wahrscheinlich bei dem netten Sergeant Ryan. Sie hat gestern den Tag mit ihm verbracht.«

»Sergeant Ryan wurde gestern abend Opfer eines Unfalls mit Fahrerflucht«, sagte Dermot ernst. »Er liegt auf der Intensivstation.«

Poppy faßte sich instinktiv an den Hals. »O mein Gott! Und wo ist dann Free?«

»Sind Sie sicher, daß sie gestern die ganze Zeit mit ihm zusammen war? Wissen Sie genau, daß sie mit ihm zum Essen war?« fragte Dermot.

Poppy nickte. »Ja, sie hat mich von einem Pub aus angerufen, irgendwo in der Wildnis der Wicklow Mountains.«

»Dort wurde Luke gefunden.« Grace warf Dermot einen Na-siehste-Blick zu.

»Kommen Sie doch lieber herein«, sagte Poppy.

»Kann ich mal telefonieren?«

Während Dermot im Büro anrief, gingen Poppy und Grace ins Wohnzimmer. Poppy lief hektisch auf und ab. Grace war übel. Es war schon schlimm genug, daß Luke ernsthaft verletzt war, auch ohne daß er sie hintergangen hatte. Und dann ausgerechnet mit Free! Was hatte *sie* denn schon so Wunderbares an sich? Abgesehen von Schönheit, Intelligenz, einem zauberhaften Geschmack für Kleidung und der Tatsache, daß sie stinkreich war. Grace sackte in Poppys weiches Sofa und kam fast um vor Selbstmitleid. Der größere der beiden struppigen Hunde leckte ihre Hand ab. Gott! Sogar dem Hund tue ich leid, dachte sie. Was für eine Versagerin.

»Wenn ich nicht wüßte, daß Sie Emmet beobachtet haben, würde ich sagen, daß er hinter all dem steckt«, sagte Poppy.

Grace zuckte innerlich zusammen. »Nun, äh, die Sache ist die, Poppy, ich kann nicht sagen, wo O'Connell gestern nachmittag gegen zwei Uhr war.«

»Was soll das heißen, Mädchen? Natürlich können Sie das. Sie sind ihm doch gefolgt.«

»Nicht so ganz.«

»Was soll das heißen, ›nicht so ganz‹?«

Grace schluckte. »Das soll heißen, daß ich ihn verloren habe. Er ist mir entwischt.«

Dermot kam ins Zimmer gehastet. »Ich bin weg. Ich werde zu dem Team fahren, das die Befragung der Anwohner in Enniskerry vornimmt. Sobald wir etwas erfahren, melde ich mich bei Ihnen, Poppy.«

»Was ist mit Emmet O'Connell? Warum reden Sie nicht mit ihm?« fauchte Poppy. »Sie sollten meinen Schwager aufsuchen.«

»Alles zu seiner Zeit, Poppy«, sagte Dermot matt.

»Aber Sie geben ihm damit Zeit, seine Spuren zu verwischen! Er könnte meine Tochter umgebracht haben, zum Henker noch mal!«

»Hören Sie, Poppy«, sagte Dermot, der sich verzweifelt bemühte, nicht die Fassung zu verlieren, »bisher gibt es keinerlei Hinweise darauf, daß Emmet O'Connell mit der Sache etwas zu tun hat.«

»Ha«, spottete Poppy. »Das haben Sie bei Carenza und Anabell auch gesagt.«

»Und wenn Sie sich recht erinnern, Poppy, hat Brian Drummond gestanden, Carenza getötet zu haben. Also verschwenden Sie bitte nicht meine Zeit mit Ihren seltsamen Theorien. Außerdem ist Free ja vielleicht gar nicht verschwunden. Hat sie irgendwelche Freunde, bei denen sie sein könnte?«

»Ich hab' Ihnen doch gesagt, daß sie mit Sergeant Ryan zusammen war. Das hat sie mir am Telefon erzählt. Und wenn Sie nicht so ein Dummkopf wären, würden Sie sie längst suchen. Und würden diesen gräßlichen Mann verhaften.«

Dermot starrte Poppy wütend an. Dann drehte er sich abrupt um, stürmte aus dem Zimmer und knallte die Tür hinter sich zu.

»Also wirklich!« rief Poppy aus. »Was für ein unhöflicher Kerl.«

»Ich denke, er macht sich Sorgen um Luke Ryan«, sagte Grace.

»Und wenn schon, das ist keine Entschuldigung für solch eine unerhörte Dummheit. Ist der Mann denn blind?«

Compton kam mit einem Teetablett herein. Er stellte es auf dem Büfett ab und verließ das Zimmer wieder. Poppy lief weiterhin auf und ab.

Grace stand auf und ging zur Tür. »Ich werde wohl mal mit O'Connell reden«, sagte sie.

»Wenn Sie ihn finden«, knurrte Poppy hinter ihr her.

Grace fuhr auf dem Weg zu O'Connell noch im Büro vorbei. Sie brauchte dringend moralische Unterstützung.

Mungo war nicht da, doch Phoebe und Xin saßen im Vorzimmer. Sie erzählte ihnen, wie es Luke ging und wie ihr Besuch bei Poppy verlaufen war.

»Wieso hält sie denn O'Connell für verantwortlich?« fragte Phoebe. »Er hat es doch mit Sicherheit nicht auf Luke Ryan abgesehen.«

»Ich glaube nicht, daß sie vernünftigen Argumenten gegenüber offen ist«, sagte Grace verdrossen. »Ich bin so ein Trottel! Wenn ich doch nur an O'Connell drangeblieben wäre, wüßten wir zumindest, ob er etwas damit zu tun hatte oder nicht!«

»Wie hat sie darauf reagiert, daß du ihn nicht beobachtet hast?« fragte Phoebe mit einem kleinen Lächeln auf den Lippen.

»Ich mußte etwas kreativ sein. Hab' ihr gesagt, daß er mir entwischt ist.«

»Na ja, bringt ja nix, über verschüttete Milch zu jammern«, bemerkte Xin weise. »Apropos, sind Sie sicher, daß Luke was mit dieser Tussi hat?«

»Sieht allmählich so aus«, sagte Grace. »Aber wo steckt sie nur? Und wenn jemand es auf Luke abgesehen hatte, warum hat er dann nicht gewartet, bis er allein war? Warum sollte der sich Free schnappen?«

»Immer in der Annahme, daß Luke das eigentliche Ziel war. Vielleicht ist Poppy gar nicht so weit von der Wahrheit entfernt«, sagte Phoebe.

»Was meinst du damit?«

»Und wenn O'Connell es nun doch auf Free abgesehen hat, und Luke ihm einfach nur in die Quere kam?«

»Okay, aber wo ist sie denn?« fragte Xin. »Und so wie es sich anhört, hat derjenige, der Luke so zugerichtet hat, alles getan, um sicherzugehen, daß er auch tot ist.«

»Logischerweise«, sagte Grace. »Sonst hätte Luke ihn ja identifizieren können, oder?«

»Richtig, aber wo ist Free? Warum lag sie nicht auch am Straßenrand?« fragte Phoebe.

»Da bin ich genauso schlau wie du.« In Grace kamen erneut starke Schuldgefühle auf. »Mein Gott! Wenn ich meinen Posten nicht verlassen hätte, läge Luke jetzt vielleicht nicht im Krankenhaus.«

»Ach, hör auf, Grace!« fuhr Phoebe sie an. Schuldkomplexe brachten sie wirklich zur Weißglut. »Mungo beobachtet O'Connell im Moment. Er ist in der Klinik und hält seine Morgensprechstunden ab. Laßt uns zu diesem Restaurant fahren und überprüfen, wann er gestern dort wegging. Und dann reden wir mit ihm selbst. Man weiß ja nie ... Der arme Kerl hat vielleicht sogar ein Alibi.«

»Oh, das hoffe ich«, sagte Grace mit wahrer Überzeugung.

19. Kapitel

Dermot fand Jack Mulloy an der Theke des Wayside Inn bei einem Glas des herrlichen schwarzen Biers. Mulloy schien es peinlich zu sein, in flagranti erwischt zu werden.

»Hab kein Frühstück gehabt«, erklärte er halbherzig. Dermot sah ihn nur vorwurfsvoll an. »Was gibt's?«

»Ryan und Free Dalglish-Stuart waren gestern gegen fünf Uhr hier. Sie saßen da drüben am Kamin.« Er zeigte mit dem Glas in der Hand auf den riesigen offenen Kamin, in dem nun nur noch die Asche lag. »Der Barkeeper hat ausgesagt, daß sie telefoniert hat und die beiden etwa zwanzig Minuten später gegangen sind.«

»War zu dem Zeitpunkt sonst noch jemand hier?«

Mulloy schüttelte den Kopf. »Nein, aber er sah sie kommen, und er hat gesagt, die Frau sei gefahren.«

»Was für ein Auto?«

»Er glaubt, es war ein großer Volvo, ist sich aber nicht ganz sicher.« Dermot kratzte sich am Kinn. »Könnte sein, daß ihnen jemand gefolgt ist. Draußen war es bereits dunkel. Wenn derjenige es auf Luke abgesehen hatte, könnte er ein paar Meter entfernt außer Sichtweite auf der Straße geparkt haben.«

Ein junger Barkeeper eilte herein und stellte krachend eine Kiste mit Mixern auf die Theke.

»Das ist Brian Bourke, Dermot. Er hat hier gestern gearbeitet.«

Dermot nickte dem jungen Mann zu. »Und Sie sind sicher, daß Ihnen nichts Ungewöhnliches aufgefallen ist, während Sergeant Ryan und seine Bekannte hier waren?«

Brian zuckte mit den Schultern. »Was denn zum Beispiel?«

»Alles«, sagte Dermot.

Brian dachte nach. Schließlich schüttelte er den Kopf.

»Nein, eigentlich nicht.«

Dermot bedankte sich, und dann gingen er und Jack Mulloy hinaus.

»Weißt du, Dermot, wenn es ein gezielter Mordversuch war, dann hätte ich zum Beispiel zwei Männer auf einem Motorrad erwartet, du nicht?« überlegte Mulloy.

»Warum? Glaubst du, daß sie vielleicht hinter Free Dalglish-Stuart her waren?«

»Könnte doch sein«, sagte Mulloy.

Dermot schnaubte verächtlich. »Womit wir wieder bei O'Connell wären.«

»Vielleicht. Er steht als nächster auf der Empfängerliste des Geldes.«

»Du glaubst an Poppys Theorie?«

»Warum nicht?« sagte Mulloy. »Free hat den Löwenanteil des Vermächtnisses abgesahnt. Ein besseres Motiv kann ich mir nicht denken. Nur weil Poppy Dalglish-Stuart den Gedanken aufgebracht hat, solltest du ihn nicht gleich verwerfen.«

»Argument akzeptiert«, sagte Dermot. Er knallte die Wagentür zu und kurbelte das Fenster herunter. »Hör dich hier noch ein bißchen um, ich fahr' mal zu O'Connell.«

»Was willst du ihm sagen?«

Dermot legte den Gang ein. »Hab' nicht die geringste Ahnung«, sagte er. Jack Mulloy trat zurück, um nicht mit Split berieselt zu werden, als Dermot einen Kavalierstart hinlegte.

* * *

Das Lorenzo's war geschlossen. Phoebe spähte durch die Glastür und klopfte dann mit ihrem Autoschlüssel dagegen, um die Aufmerksamkeit eines Kellners auf sich zu lenken, der die Tische für das Mittagessen deckte. Der große, etwas pummelige junge Mann sah gut aus, wenn auch etwas tuntenhaft. Auf dem Schild an seiner Brust stand der Name Eugene.

Phoebe zeigte ihm ihr schönstes Lächeln und sagte: »Hi, Eugene. Ich bin Phoebe Lamplighter, und das hier ist meine Kollegin Grace de Rossa. Sagen Sie, haben Sie gestern mittag auch gearbeitet?«

Der Kellner runzelte die Stirn, nickte aber. »Ja, warum?«

»Dürfen wir hereinkommen?« fragte Grace und schob sich an ihm vorbei ins Restaurant. »Wir bräuchten ein paar Informationen.«

»Worüber?«

Grace erklärte es ihm. »Wir stellen Nachforschungen über zwei Gäste an, die gestern hier zu Mittag gegessen haben.«

»Arbeiten Sie für 'ne Zeitung oder so?« fragte er mißtrauisch.

»Nein, nein«, sagte Phoebe und zeigte ihm erneut ihre perlweißen Zähne. »Wir sind Privatdetektive.«

»Wow! Echt?« fragte er fasziniert. »Was wollen Sie wissen?«

»Setzen wir uns doch«, schlug Phoebe vor und zog sich einen Stuhl heran.

»Okay«, sagte er. »Ich hol' uns einen Kaffee.«

Grace und Phoebe setzten sich. »Tja, da sieht man's mal wieder: Die Frauen halten immer zusammen«, flüsterte Grace, während Eugene hinter der Theke mit den Kaffeetassen hantierte. Phoebe verpaßte ihr unter dem Tisch einen Tritt.

Phoebe legte gleich los. »Kennen Sie Dr. Emmet O'Connell?«

»Klar, er ist hier Stammgast.«

»Und er war gestern zum Mittagessen hier.«

»Ja, woher wissen Sie das?« Eugene stellte drei Tassen Kaffee auf den Tisch und setzte sich.

»Das ist unser Job«, sagte Grace trocken. »Kennen Sie die Frau, mit der er gegessen hat?«

»Ja, Mrs. Drummond. Die Frau seines Geschäftspartners. Ich sagte ja, sie sind Stammgäste.«

»Können Sie sich daran erinnern, wann sie gegangen sind?« fragte Phoebe.

Eugene nickte. »Klar, die hatten 'nen Riesenkrach, und sie ist aus dem Laden gestürmt, noch bevor sie ihre Vorspeise angerührt hat.«

»Wirklich? Worum ging es bei dem Streit?« fragte Grace.

Eugene zuckte mit den Schultern. »Woher zum Teufel soll ich das wissen? Sie fing einfach an, herumzuschreien und mit den Armen zu fuchteln.«

»Und was hat *er* gemacht?« Grace warf Phoebe einen Blick zu.

»Nichts. Er saß nur da und redete auf sie ein«, sagte Eugene. »Obwohl er so aussah, als wäre er fuchsteufelswild.«

»Haben Sie denn *irgendeine* Ahnung, was das ausgelöst haben könnte?« hakte Phoebe nach.

»Nicht so richtig. Obwohl sie immer wieder zu einem Paar guckte, das da drüben in der Ecke saß.« Er zeigte auf einen kleinen Tisch im hinteren Teil des Restaurants. »Der Doktor hatte gerade mit einer Frau und ihrem Kerl gesprochen, als Mrs. Drummond hereinkam. Vielleicht ging es darum.«

»Wie sah die Frau aus?« fragte Grace.

»Groß, kurze schwarze Haare, gut gekleidet, mit einem schönen grünen Kaschmirmantel. Sah aus wie ein Louise Kennedy, obwohl ich mich da auch irren könnte. Ich hab sie hier auch schon mal gesehen.«

»War Sie auch mit dem Mann schon einmal hier?« Phoebe hörte die Anspannung in Graces Stimme. Sie faßte sie beruhigend am Arm.

Eugene schüttelte den Kopf, und Grace entspannte sich sichtlich.

»Dr. O'Connell sprach also mit den beiden in der Ecke, als Mrs. Drummond hereinkam. Dann fingen sie und Dr. O'Connell ihren Streit an?« fragte Phoebe.

»Na ja, erst nachdem das Paar in der Ecke gegangen war«, sagte Eugene. »Und ich kann auch nicht mit Sicherheit sagen, ob sie sich tatsächlich *darüber* gestritten haben. Es war Mittagszeit. Ich hatte zu tun.« Er sah sie entschuldigend an. »Hat er was mit der Frau in der Ecke?«

»Wie kommen Sie darauf?« fragte Phoebe.

Eugene grinste. »Ich mache den Job hier schon ziemlich lange. Man bekommt ein Auge für die Leute, die eigentlich nicht zusammen sein sollten, wenn Sie wissen, was ich meine. All dieses Anstupsen und Zuzwinkern, das sagt schon alles.«

»Was ist mit Mrs. Drummond? Glauben Sie, daß der Doktor ein Verhältnis mit ihr hat?« fragte Grace verschwörerisch.

Eugene beugte sich zu Grace vor. »Seit Monaten«, sagte er mit gespitztem Mund.

»Seit wie vielen Monaten?« wollte Phoebe genau wissen.

»Sechs oder sieben, würde ich sagen«, antwortete Eugene.

»Und wie kommen Sie darauf, daß er etwas mit der Frau in der Ecke haben könnte?« Grace war verwirrt. Free und O'Connell konnten sich nicht ausstehen!

»Na ja, ich weiß ja nicht, ob's so ist. Ich hab nur zwei und zwei zusammengezählt, als Mrs. Drummond so reagierte.«

»Gut«, sagte Grace. »Und wieviel später als Mrs. Drummond ging Dr. O'Connell?«

»Etwa fünf Minuten. Er verlangte die Rechnung, bezahlte und ging ihr vermutlich nach. Weiß ich aber nicht genau.«

Grace tätschelte Eugenes Arm. »Sie waren uns eine große Hilfe, Eugene. Vielen Dank.«

»Nicht der Rede wert«, sagte er und stand auf. »Kann ich sonst noch was für Sie tun?«

»Wir würden uns dann melden«, sagte Grace.

Als sie wieder auf der Dawson Street standen, bemerkte Phoebe: »Zumindest weißt du jetzt, daß Luke zum ersten Mal mit Free hier war.«

»Es gibt noch andere Restaurants in der Stadt, oder etwa nicht?« erwiderte Grace schroff.

»Meine Güte, Grace. Nun komm mal wieder runter! Du suchst ja nur nach Stöcken, mit denen du auf dich eindreschen kannst. Gestehe ihm zumindest den Grundsatz ›Im Zweifel für den Angeklagten‹ zu, bis er dir seine Seite der Geschichte erzählen kann.«

Grace seufzte. »Du hast recht. Aber ich bin so eifersüchtig! Ich weiß, daß es dämlich ist, aber ich kann nichts dagegen machen, und das ärgert mich. Ich bin vorher noch nie auf jemanden eifersüchtig gewesen.«

Sie gingen zurück zum Parkhaus.

»Ich weiß, daß es ziemlich weit hergeholt ist, aber glaubst

du nicht, daß die Möglichkeit besteht, der Anschlag gestern abend könnte Free gegolten haben und nicht Luke?«

Grace blieb stehen. »Du denkst dabei doch nicht wieder an O'Connell, oder?«

»Nein.«

»An wen dann?«

»Überlege doch nur mal, wie eifersüchtig du auf Free bist«, fing Phoebe an.

»Bin ich nicht!«

»Das hast du gerade zugegeben, Grace.«

»Okay, na und? Glaubst du, ich hätte die blasierte kleine Ziege abgeknallt, oder was?«

»Nein, nein«, sagte Phoebe. »Aber wenn das nun ein Ex von Free war? Er könnte ihr gefolgt sein, und in einem Anfall von Eifersucht versucht er Luke umzubringen und kidnappt Free.«

»Wäre wohl eine Möglichkeit«, gestand Grace zu.

»O'Connell kann warten. Der läuft nicht fort«, sagte Phoebe. »Mal sehen, was Poppy uns über Frees Liebesleben erzählen kann.«

In der Zwischenzeit stellte Dermot seinen Wagen vor Emmet O'Connells Haus ab. Er stieg aus, überquerte die Straße und ging die fünfzehn Meter zurück zu Mungos Auto. Mungo legte die Zeitung weg und kurbelte das Fenster herunter.

»Wie lang beobachten Sie ihn schon?« fragte Dermot.

»Wen?«

Dermot sah ihn wütend an.

Mungo grinste. »Okay, seit sechs Uhr heute früh.« Er kratzte sich am Hinterkopf und gähnte.

»Wo ist er überall gewesen?«

»In der Klinik, eine halbe Stunde bei Cassie Drummond

und dann vor etwa zwanzig Minuten hierher zurückgefahren.«

»Weiß er, daß Sie ihm folgen?«

Mungo grinste erneut. »Natürlich nicht, ich bin ein Profi.«

»Klar«, sagte Dermot ironisch. Er wandte sich ab und ging zurück zu O'Connells Haus.

»Schönen Tag noch«, rief Mungo und wandte sich wieder seiner Zeitung zu.

O'Connell war nicht gerade davon angetan, Dermot zu sehen.

»Was wollen Sie denn nun schon wieder, Inspector?« begrüßte er ihn.

Dermot ignorierte seine schlechte Laune. »Ich muß Ihnen noch ein paar Fragen stellen, Doktor.«

»Worum geht's dieses Mal? Gibt diese Frau denn nie auf?«

»Ich untersuche einen Fall von Fahrerflucht, Doktor. Einer meiner Beamten wurde gestern abend überfahren.«

O'Connell brannte fast die Sicherung durch. »Also, ich bitte Sie! Halten Sie es wirklich für nötig, mir jedes Verbrechen anzuhängen, das in dieser Stadt begangen wird, Inspector?«

Dermot hob die Hände. »Nein, Doktor! Ich will Ihnen kein Verbrechen anhängen, aber ich muß Ihnen ein paar Fragen stellen, um Sie von den Ermittlungen auszuschließen, mehr nicht.«

»Ich nehme an, dieses Weib steckt dahinter«, knurrte O'Connell noch immer vor Wut kochend.

Dermot ignorierte die Bemerkung. »Sergeant Luke Ryan wurde gestern abend überfahren und halbtot am Straßenrand liegen gelassen. Es sieht so aus, als wäre Free Dalglish-Stuart zu dem Zeitpunkt bei ihm gewesen, und nun wird sie vermißt.«

»Vermißt? Was soll das heißen?«

»Das soll heißen, Doktor, daß sie seit gestern niemand mehr gesehen oder etwas von ihr gehört hat. Und unter den gegebenen Umständen könnte es sein, daß ihr etwas zugestoßen ist.«

»Du lieber Gott!« O'Connell schien wirklich entsetzt zu sein. »Wann ist das passiert?«

»Gestern abend, draußen in Enniskerry.« Dermot machte eine kurze Pause. »Wo waren Sie, sagen wir, so zwischen vier und elf Uhr gestern abend?«

O'Connell schüttelte den Kopf. »Das ist lächerlich«, murmelte er. »Zwischen vier und elf, wollen Sie wissen?« Dermot nickte. »Lassen Sie mich überlegen«, sagte O'Connell zögernd. »Um vier war ich zu Hause. Ich fuhr gegen fünf zu Mrs. Drummond, und dann wieder nach Hause.«

»Wann genau, Doktor?«

»Das muß gegen halb sechs gewesen sein.«

»Und dann?«

O'Connell verlor die Beherrschung. »Und dann hab' ich beschlossen, ziellos in den Wicklow Mountains herumzufahren, wo ich zufällig auf Ihren Sergeant und Free traf, die ich dann über den Haufen gefahren hab.« Er versprühte das Gift nur so. »Und dann fuhr ich wieder nach Hause, aber erst nachdem ich Frees Leiche zerstückelt und in Mülltüten verstaut hatte, die zufällig im Kofferraum lagen. Was zum Henker glauben Sie denn? Ich bin nach Hause gefahren, verdammt. Ende der Geschichte, Sie Idiot.«

Dermot wurde nur ungern Idiot genannt, insbesondere von solchen Leuten wie O'Connell. »Es besteht keine Veranlassung für Ihr unverschämtes Benehmen, Doktor. Ich führe eine Routineuntersuchung durch«, sagte er steif. »Ob Sie es glauben oder nicht, Sie sind nicht der einzige Mensch, den wir befragen.«

O'Connell wirkte peinlich berührt. »Es tut mir leid«, brummte er widerwillig. »Das liegt an den aufreibenden vergangenen Wochen. Verzeihen Sie mir.«

Dermot nickte. »Wann haben Sie Free das letztemal gesehen?«

Ohne zu zögern antwortete O'Connell: »Gestern gegen Mittag. Ich traf sie zufällig im Lorenzo's in der Dawson Street.«

»Und haben Sie mit ihr gesprochen?«

O'Connell nickte. »Ja, in der Tat. Ich habe ihr gesagt, daß ich den Entschluß gefaßt habe, das Testament meiner verstorbenen Frau nicht anzufechten. Es war eine freundliche Unterhaltung. Ach, du lieber Gott! Jetzt wo Sie es sagen – sie war tatsächlich mit Ihrem Sergeant Ryan dort!«

»Haben Sie mit irgend jemandem gesprochen, nachdem Sie gestern hierher zurückgekehrt waren? Waren Sie allein?«

»Nein, ich habe mit niemandem gesprochen. Und ja, ich war allein«, antwortete O'Connell ausdruckslos. »Und jetzt, Inspector? Werden Sie mich jetzt verhaften?« Er hielt ihm verächtlich die Handgelenke entgegen.

Dermot klappte sein Notizbuch zu. »Nein, Doktor, ich werde Sie nicht verhaften. Noch nicht.« Führen Sie mich nicht in Versuchung, dachte er. »Sie hören von mir.« Er machte auf dem Absatz kehrt und marschierte die Auffahrt hinunter. O'Connell stand in der Tür und sah ihm nach.

20. Kapitel

Poppy wollte sich nur ungern mit der Möglichkeit anfreunden, daß Frees Verschwinden mit irgend jemand anderem als Emmet O'Connell zu tun haben könnte. Nach einer Weile gelang es Grace jedoch, sie zu überzeugen.

»Hören Sie, Poppy. Wir müssen alle Möglichkeiten in Betracht ziehen. Es könnte doch sein, daß es nicht O'Connell gewesen ist. Und wenn Free nun etwas zustößt, nur weil wir nicht jede Möglichkeit erwogen haben, selbst eine noch so abwegige?«

»Haben Sie schon mit Emmet gesprochen?« fragte Poppy.

»Noch nicht. Aber er läuft uns nicht weg. Mungo observiert ihn im Moment«, antwortete Phoebe. Poppy ging auf dem Teppich auf und ab. Grace hätte schwören können, daß sie seit dem Morgen schon einen Pfad hineingetrampelt hatte.

Nach einer Weile sagte Poppy: »Ich wüßte nicht, was ich Ihnen erzählen könnte.«

»Hat Free jemals eine Beziehung zu einem Mann beendet?« fragte Grace.

Poppy zuckte mit den Schultern. »Wahrscheinlich.«

»Aber fällt Ihnen jemand Bestimmtes ein?« fragte Phoebe. »Jemand, der es ihr übelgenommen hat?«

Poppy starrte auf ihre Füße und schüttelte dann den Kopf.

»Nein. Um die Wahrheit zu sagen, meine Tochter scheint nicht viel Glück mit den Männern zu haben.«

Kommt mir bekannt vor, dachte Grace.

Poppy erzählte weiter: »Vor etwa drei Jahren, müssen Sie wissen, wurde sie sitzengelassen.«

»Sitzengelassen?«

Poppy nickte und starrte noch immer auf den Boden. »Ja. Es war ein netter junger Mann. Ich glaube, Free war wahnsinnig in ihn verliebt. Leider brachte er ihr nicht die gleichen Gefühle entgegen.«

»Wollen Sie sagen, sie waren verlobt?« Grace wußte nicht, warum sie so überrascht war.

»Vielleicht ist *sitzengelassen* nicht das richtige Wort«, sagte Poppy. »Free nahm einfach nur an, daß dieser junge Mann – ich glaube, er hieß Tim Mc-sowieso – die gleichen Gefühle für sie hegte wie sie für ihn. Sie steigert sich gern in etwas hinein. Jedenfalls hatte er am Ende die Schnauze voll.«

»Wie meinen Sie das? Wovon hatte er die Schnauze voll?« fragte Grace.

»Er hat es nicht mehr ausgehalten. Ihre ständigen Telefonanrufe. Sie war sehr eifersüchtig und besitzergreifend. Wenn er nur eine andere Frau ansah, hat sie ihm schon eine Szene gemacht.«

Ich kenne das Gefühl, dachte Grace. Sie wurde rot.

»Wie ging die Sache aus?« fragte Phoebe.

»Er verließ sie. Free hatte einen Nervenzusammenbruch«, erzählte Poppy sachlich. »Seitdem ist sie Männern gegenüber sehr argwöhnisch. Ich habe mich so gefreut, als sie mit Sergeant Ryan anbändelte! Er ist der erste Mann seit langem, an dem sie Interesse zeigt. Und nach dem, was sie mir erzählt hat, geht es ihm ebenso.«

Grace versuchte, den schmerzhaften Stich in der Herzgegend zu ignorieren.

Poppy sah sie flehend an. »Was könnte ihr zugestoßen sein, Grace? Wo ist sie?«

Grace hatte Poppy noch nie so verletzlich gesehen. Sie tat ihr leid.

* * *

»Das sollte dir eine Lektion sein«, stellte Phoebe fest, als sie von Poppys Grundstück fuhren.

»Was sollte mir eine Lektion sein?«

»Du verscheuchst Luke, wenn du so weitermachst«, sagte Phoebe.

»Das Kind ist ja wohl schon in den Brunnen gefallen, meinst du nicht?« fragte Grace zornig. »Übrigens, ruf Mungo mal an und frag ihn, wo O'Connell jetzt ist.«

Phoebe verzog das Gesicht und wühlte in ihrer Tasche nach dem Handy. Sie wählte Mungos Nummer. »Mist! Entweder er hat es abgestellt, oder sein Akku ist leer«, sagte sie.

»Macht nichts. Laß uns trotzdem zu O'Connells Haus fahren. Wenn er nicht da ist, können wir immer noch nach nebenan gehen und hören, was Cassie uns zu sagen hat. So ist der Weg zumindest nicht ganz umsonst.« Grace machte auf der Straße kehrt und fuhr in Richtung Grangetown.

Mungos Wagen war nicht in der Nähe von Emmet O'Connells Haus zu sehen. Sie klingelten trotzdem. Niemand öffnete.

»Ich frage mich, wo er ist«, murmelte Grace.

»Hoffentlich nicht allzu weit weg von Mungo«, erwiderte ihre Partnerin. »Dann laß uns mal zur Witwe gehen.«

Auf das Klingeln an Cassies Tür reagierte ebenfalls niemand, aber ihr Wagen stand auf der Auffahrt. Grace schlug noch einmal mit dem schweren Messingklopfer gegen die Tür, für den Fall, daß die Klingel nicht funktionierte. Ein

Hund fing an zu bellen, auch wenn er nirgends zu sehen war. Cassie war nicht im Garten, doch die Hintertür stand halb offen.

»Cassie«, rief Grace.

Das Bellen kam aus der Garage. Phoebe schaute durchs Fenster. Der Wolfshund sprang gegen die Scheibe, und Phoebe wich erschrocken zurück. »Mein Gott! Der dreht durch! Warum ist er denn eingesperrt?«

Grace überkam ein ungutes Gefühl. Sie ging zur Hintertür und hoffte plötzlich, daß Cassie sich nicht entschieden hatte, Brian zu folgen. Ein zweites Mal wollte sie sich von Wänden herabtropfendes Hirn nicht antun.

»Cassie!« rief sie noch einmal und stieß die Tür mit der Fußspitze auf.

Der Hund war nun vollkommen rasend und stürmte auf das Garagenfenster zu. Der Glas zerbarst, und er sprang hindurch. Phoebe hechtete auf die offene Hintertür zu und schubste Grace vor sich hinein. Sie knallte die Tür hinter sich zu und verriegelte sie. Grace schlitterte auf nassen Fliesen durch die Gegend und landete wie ein Häufchen Elend am Kühlschrank. Die Hintertür bebte, als der wütende Hund dagegen krachte.

»Gott, wie ich Hunde hasse!« rief Grace voller Inbrunst.

»Was zum Teufel ist hier passiert?« fragte Phoebe.

Grace sah sich um. In der Küche herrschte das reinste Chaos. Scherben einer zerbrochenen Kaffeetasse lagen verstreut neben dem Tisch, das Wachstuch hing halb auf dem Boden. Grace rieb sich den Hintern. Er war von dem verschütteten Kaffee ganz naß. Phoebe ging in Richtung Flur. Unter ihren Füßen knirschte Zucker aus der zerbrochenen Zuckerdose.

»Cassie!« rief sie laut. Stille.

Grace holte ihr Handy heraus und rief in der Harcourt Terrace an.

»Dermot McEvoy, bitte ... Grace de Rossa hier.«

Phoebe ging vorsichtig den Flur entlang und schaute durch die offene Tür ins Wohnzimmer. Alles wirkte vollkommen normal.

»Cassie?« rief sie noch einmal.

Dermot klang mißmutig. »Hallo, Grace. Was willst du?«

»Dermot, wir sind im Haus von Cassie Drummond. Ich glaube, ihr ist etwas zugestoßen. Sie ist nicht hier, aber es sieht so aus, als hätte irgendein Kampf stattgefunden. Hier herrscht unglaubliches Chaos.«

»Bin sofort da«, sagte er und legte auf.

21. Kapitel

Auch eine gründliche Durchsuchung des gesamten Hauses ergab keine Hinweise auf Cassie Drummonds Aufenthaltsort. Doch es war eindeutig, daß irgend etwas nicht stimmte. Ein Abrichter mußte gerufen werden, um den Wolfshund mit einem Betäubungspfeil ruhigzustellen. Das arme Tier war ganz außer sich. Irgendein Urinstinkt sagte ihm, daß seinem Frauchen etwas zugestoßen war.

»Ich gebe es ja nur ungern zu, aber es gibt für all das nur einen gemeinsamen Nenner«, sagte Dermot. »Und der heißt O'Connell.«

Grace und Phoebe nickten.

»Dafür spricht mehr, als du denkst«, sagte Grace. »Wußtest du, daß sie gestern im Lorenzo's einen ordentlichen Streit hatten?«

»Woher weißt du das?«

»Wir haben mit dem Kellner gesprochen. Anscheinend hat O'Connell gerade mit Free Dalglish-Stuart geredet, die mit Luke dort war, wie du dich erinnern wirst, als Cassie hereinkam. Auf alle Fälle haben sich Cassie und O'Connell heftig gestritten, nachdem Luke und Free gegangen waren.«

»Worüber?«

»Das wußte der Kellner nicht«, sagte Grace. »Er hat erzählt, daß Cassie aus dem Restaurant gestürmt ist und O'Connell ihr etwa fünf Minuten später folgte.«

Dermot kratzte sich am Kinn. »Wo ist er jetzt? Mungo ist ihm sicher noch auf den Fersen, oder?«

»Müßte er eigentlich«, sagte Phoebe. »Aber sein Handy ist abgeschaltet, wir können ihn also nicht erreichen.«

»Großartig!« höhnte Dermot.

»Spiel dich nicht so auf, verdammt«, knurrte Grace ihn an. »Du warst doch derjenige, der die O'Connell-Theorie kurzerhand verworfen hat, oder? Wenn wir nicht wären, wüßtest du nicht einmal, wo du mit der Suche nach ihm anfangen solltest.«

»Und wo genau steckt er denn im Moment, du Schlaumeier?«

»Gott! Wie die Kinder«, sagte Phoebe angewidert. »Ich ruf' im Büro an, vielleicht hat sich Mungo ja dort gemeldet.«

Grace und Dermot wirkten entsprechend ernüchtert.

»Investition. Kann ich Ihnen helfen?« ertönte Xins Singsang am anderen Ende.

Phoebe zuckte innerlich zusammen. Eigentlich müßte ich mich doch schon daran gewöhnt haben, daß sie Investition und Investigation nicht auseinanderhalten kann, dachte sie.

»Ich bin's, Xin. Hast du was von Mungo gehört?«

»Ja«, sagte Xin. »Er hat von 'ner Telefonzelle aus angerufen. Sein Akku ist leer.«

»Wo ist er?« fragte Phoebe.

»Folgt immer noch diesem Typen.«

»Davon gehe ich aus, Xin«, sagte Phoebe geduldig. »Aber wo war er, als er sich das letztemal gemeldet hat?«

»Irgend'nen Hotel draußen in Kilternan.«

»Hat Mungo gesagt, was er da macht? War er mit irgend jemandem zusammen?«

»Er meinte, der Typ schien auf jemanden zu warten oder so. Aber dann mußte er schnell auflegen, weil der Typ weitergefahren ist.«

»Ruf mich an, sobald du wieder von ihm hörst«, sagte Phoebe und unterbrach die Verbindung. »Mungo ist noch an ihm dran. Als Xin das letztemal von ihm hörte, waren sie bei dem Hotel von Kilternan.«

»Was zum Teufel treibt der denn da draußen?« meinte Dermot fast zu sich selbst.

»Bin ich überfragt«, erwiderte Phoebe. »Mungo hat gesagt, daß O'Connell scheinbar auf jemand wartete.«

Dermot ging zum Telefon. »Ich lass' nach ihm fahnden.«

Graces Handy klingelte. »Grace de Rossa.«

Xin war am Apparat.

»Warte mal, Dermot«, rief Grace ihm nach. »Was gibt's, Xin. Wo ist Mungo?« fragte sie.

»Es ist nicht wegen Mungo. Geht um Ihre Ma, Grace. Sie hatte 'ne schlimme Blutung.«

»Du redest von meinem Vater?«

»Nein, ich rede von Ihrer Ma. Faith hat aus dem Krankenhaus angerufen. Ihre Ma wird gerade operiert.«

»O mein Gott! Aber es ging ihr doch so gut! Was ist passiert?«

»Keine Ahnung, Grace. Aber ich glaub, Sie sollten hinfahren. Und zwar sofort.«

»Was ist, Grace?« Phoebe sah sie besorgt an.

»Meine Mutter. Ich muß ins St. Vincent's.«

»Warum? Was ist los?« fragte Dermot.

Grace eilte zur Tür. »Ich weiß es nicht genau. Aber sie wird gerade operiert.«

»Ich fahr' dich«, sagte Phoebe. »Ich rufe Sie sofort an, sobald ich was von Mungo höre, Dermot.«

Die beiden Frauen rannten aus dem Haus. Bei dem dichten

Verkehr kamen sie nur langsam voran – wie immer, wenn man es eilig hat. Phoebe wechselte auf den Fahrbahnen hin und her, die Hand permanent auf der Hupe, womit sie sich drohende Fäuste und Beleidigungen einhandelte.

»Was ist mit deiner Mutter?«

»Weiß ich nicht genau. Xin hat gesagt, sie hätte eine schlimme Blutung. Sie meinte vielleicht Gehirnblutung.«

»Du liebe Güte! Ich hoffe nicht«, sagte Phoebe.

Alice de Rossa war noch immer im Operationssaal, als sie im Krankenhaus ankamen. Faith kam ihnen auf dem Flur mit zwei Bechern Kaffee entgegen. Die drei Frauen gingen zusammen in den Warteraum, zu Charity, Michael und Hope.

»Was ist passiert? Wie geht es ihr?« fragte Grace.

»Sie hatte einen Anfall«, sagte Hope. »Charles meint, es sieht nach einer subduralen Hämorrhagie aus. Er assistiert gerade im OP.«

»Was bedeutet das denn?« fragte Grace. »Wird sie wieder gesund? Ist es ernst?«

»Es ist ernst.« Michael legte ihr den Arm um die Schulter. »Aber nicht unbedingt lebensbedrohlich. Es ist möglich, daß sie sich vollkommen davon erholt.«

»Ja, aber was genau ist das?« beharrte Grace.

»Ma hat eine Blutung zwischen der Dura mater und der Arachnoidea. Das ist der Zwischenraum zwischen der Schädeldecke und dem Hirn. Aber sie wurde nur wenige Minuten nach dem Anfall diagnostiziert... Charles assistiert David Patterson. Er ist der beste Neurochirurg weit und breit, es besteht also große Hoffnung...« Michael hielt inne. Er wollte seine Schwestern nicht unnötig aufregen. Dafür war noch Zeit genug, falls das Undenkbare geschehen sollte.

Grace setzte sich. Das war so ungerecht! Ihre Mutter hatte doch nur Prellungen gehabt. Sie hatte sich schon so gut erholt. Warum mußte das jetzt passieren? »Wie geht's Dad?« fragte sie. »Weiß er, was los ist?«

»Professor Ambrose war dagegen, ihm sofort davon zu erzählen«, sagte Hope. »Zumindest bis das Ausmaß des Schadens feststeht.«

»Schaden? Meinst du Gehirnschaden?« Grace war entsetzt.

»Möglicherweise«, sagte Michael. »Wir müssen abwarten.«

»Hör zu, Grace«, sagte Phoebe, »ich kann euch hier nicht helfen. Ich werde wohl zurück ins Büro fahren.«

Grace hatte Phoebe vollkommen vergessen. »Gut, ich lass' dich wissen, was hier passiert«, sagte sie. »Und danke fürs Herbringen.«

Die Zeit schlich nur so dahin. Draußen wurde es dunkel. Grace betrachtete ihr Spiegelbild in der Fensterscheibe. Hinter sich sah sie ihren Bruder und ihre Schwestern, die sich leise unterhielten. Fühlen sie sich so schuldig wie ich? fragte sie sich. Warum bereiten meine Eltern mir permanent Schuldgefühle? Ist es nur bei mir der Fall, oder geht es den anderen ebenso? Sie versuchte, sich abzulenken, und nahm sich eine alte Ausgabe der *National Geographic* vor. Doch konzentrieren konnte sie sich nicht darauf. Lustlos warf sie sie wieder auf den Tisch. Sie glitt über das Hochglanz-Cover der *Marie Claire* und fiel zu Boden. Michael beugte sich hinunter und hob sie auf.

»Möchte jemand einen Kaffee?« fragte Grace.

»Ich hole ihn«, bot Michael sich an.

»Nein, schon gut. Ich vertrete mir gern mal die Beine«.

Sie brauchte frische Luft. Die widerliche Hitze im Krankenhaus zusammen mit dem Streß der vergangenen Woche machten ihr zu schaffen. Sie kam an der Intensivstation vorbei.

Luke.

Sie zögerte, ging dann aber weiter. Man würde sie ohnehin nicht zu ihm lassen. Außerdem wäre ihm ein Besuch von Free wahrscheinlich lieber – das heißt, wenn sie denn wieder auftauchte. Grace spürte einen Kloß im Hals. Tränen traten ihr in die Augen. Sie wischte sie wütend fort und eilte zum Aufzug.

Draußen war die Luft beißend kalt. Sie konnte ihren Atem sehen. Sie ging zu einer niedrigen Mauer, setzte sich darauf und schlang die Arme um ihren Körper, um die Kälte abzuwehren. Sie fühlte sich hundeelend. Die meisten Menschen, die ihr am wichtigsten auf der Welt waren, schienen gerade dem Tod ins Auge zu schauen. Sie ließ sich gehen und weinte.

Wegen ihrer Mutter, wegen ihres Vaters und wegen der Enttäuschung, die sie mit Luke erlebte. Sie hatte ihm wirklich vertraut. Große Schluchzer ließen ihre Schultern beben und raubten ihr den Atem. Blind gegenüber den neugierigen Blikken von Passanten saß sie dort mindestens zehn Minuten lang und heulte, bis sie sich besser fühlte. Dann kramte sie ein feuchtes Taschentuch heraus, wischte sich die Augen trocken und putzte sich die Nase.

»Grace! Ich hab' es gerade gehört. Wie geht es deiner lieben armen Mutter?«

Eine vertraute Gestalt kam auf sie zu gehastet, und Kathleen Dillon, der Hysterie nahe, warf sich auf Grace und schlang die Arme um sie.

Die Worte *Tropfen* und *überlaufendes Faß* schossen Grace durch den Kopf, und sie mußte sich anstrengen, um nicht zu kichern. Irgendwie hatte Kathleen ihre Anspannung gelöst.

»Sie wird gerade operiert, Kathleen. Aber Michael sagt, es besteht Hoffnung. Laß uns nach oben gehen und hören, ob es etwas Neues gibt.« Sie legte den Arm um Kathleen, und dann gingen sie zum Fahrstuhl.

Kathleen schaute ihr ins Gesicht. »Alles in Ordnung mit dir, meine Liebe? Du siehst aus, als hättest du geweint.« Sie klang wirklich besorgt.

Grace lächelte sie an und drückte kurz ihre Schulter.

»Mir geht's jetzt wieder gut, danke, Kathleen. Sich einmal richtig auszuheulen ist immer noch das Beste, um einen klaren Kopf zu bekommen.«

»Ich weiß, meine Liebe, ich weiß«, sagte Kathleen. »So viel Pech auf einmal! Aber glaub mir, jedes Unglück hat auch sein Gutes.«

Grace blieb stehen. »Und was, bitte schön?« fragte sie. »Wo ist hier das Gute?«

Kathleen lächelte sie an. »Die kleine Caitlin, natürlich. Meine hübsche kleine Enkelin. Der du auch noch auf die Welt geholfen hast. Du mußt ja so stolz sein!«

»Und so froh, solch eine sensible Schwiegermutter zu haben«, murmelte Grace zähneknirschend, während sie den überfüllten Aufzug betraten.

»Ach, ist doch nicht der Rede wert«, erwiderte Kathleen, ohne Graces Sarkasmus bemerkt zu haben. »Du weißt doch, wie gern ich dich habe.«

Nach einer langen Zeit des Wartens kam Charles in seiner grünen Schutzkleidung in den Warteraum. Alle sprangen von ihren Stühlen auf.

»Es ist nicht so schlimm, wie wir anfangs dachten«, sagte er. »Wir haben den Druck auf das Gehirn beseitigt, und die Blutung hat aufgehört. Bisher gibt es keine Anzeichen dafür, daß das Hirn beschädigt wurde.« Grace atmete erleichtert auf. »Morgen früh wissen wir mehr«, fügte Charles hinzu.

»Können wir zu ihr?« fragte Hope.

»Lieber nicht«, antwortete Charles. »Geht ruhig alle nach Hause. Ich rufe euch an, wenn sich etwas tut.«

Kathleen, dramatisch wie eh und je, beharrte stoisch darauf, zu bleiben. Immerhin war Alice de Rossa ihre älteste Freundin. Eine »Freundin in Not«, und so weiter. Grace war zu erschöpft, um sie davon abzubringen, obwohl sie wußte, daß Kathleen es von ihr erwartete.

* * *

Faith brachte Grace und Michael zurück in die Baggot Street.

»Wir hätten Kathleen vermutlich davon abbringen sollen, daß sie bleibt«, sagte Grace. »Ich kann diese albernen Spielchen nicht ausstehen. Ich weiß nie, wie die richtige Antwort lauten soll. Mutter ist genauso.« Sie biß sich auf die Zunge. »O Gott! Ich bin so gemein. Das hätte ich nicht sagen sollen.«

»Entspann dich, Grace«, sagte Michael. »Ich glaube, solche Spielchen sind typisch für ihre Generation.«

»Und überhaupt«, fügte Faith hinzu, »wer sind wir denn, daß wir sie davon abhalten, sich als Märtyrerin aufzuspielen?«

Sie hielten unterwegs an, um sich etwas zu essen mitzunehmen. Als Faith Grace und Michael in der Baggot Street absetzte, brannte bei Phoebe noch Licht, also gingen sie zu ihr.

»Wie geht's eurer Mutter?« Phoebe sah sie besorgt an.

»Könnte schlimmer sein«, sagte Grace. »Morgen früh wissen wir mehr. Irgendwas von Cassie gehört?«

»Bisher nicht«, sagte Phoebe.

»Hättest du nicht die Nachtschicht übernehmen und O'Connell beschatten sollen?« fragte Grace. »Mungo hat schon eine Doppelschicht übernommen, weil er für mich eingesprungen ist.«

Phoebe stibitzte sich ein Stück von Graces Pizza. »Nicht nötig«, sagte sie. »Aufgrund eines Hinweises, den er von meiner Wenigkeit bekommen hat« – sie zeigte mit einem wunderschön manikürten Finger auf sich – »hat Dermot McEvoy ihn vor ein paar Stunden aufgegabelt. Er wird genau in diesem Moment in die Mangel genommen.«

22. Kapitel

»Wie oft soll ich es Ihnen denn noch sagen?« beschwerte sich O'Connell. »Ich weiß nicht, wo Free Dalglish-Stuart ist, verdammt.« Er rutschte auf seinem Stuhl herum, schlug die Beine übereinander und stützte die Ellbogen auf dem Tisch ab. Seine Fäuste waren geballt.

»Wo waren Sie vorgestern abend zwischen fünf und elf Uhr?«

»Hab' ich Ihnen doch auch schon gesagt. Ich war zu Hause.«

»Das behaupten Sie«, sagte Dermot. »Aber es scheint niemanden zu geben, der Ihr Alibi bestätigen könnte.«

O'Connell lachte gezwungen. »Wenn ich gewußt hätte, daß ich ein Alibi brauche, Inspector, dann wäre ich an einen öffentlichen Ort gegangen oder hätte Freunde eingeladen. Tut mir leid, daß ich Ihnen nicht helfen kann.«

Dir wird dieses dämliche Grinsen noch vergehen, du widerlicher Schleimer, dachte Dermot.

»Ich freue mich, daß Sie die Sache zum Lachen finden, Doktor. Einer meiner Beamten wurde übel zugerichtet.«

»Ich weiß, das haben Sie mir erzählt, und es tut mir für Ihren Kollegen sehr leid«, sagte er. »Aber dieses Attentat und das Verschwinden von Free haben rein gar nichts mit mir zu tun.«

Dermot versuchte es mit einer anderen Taktik. »Warum waren Sie heute abend draußen in Kilternan, Doktor?« Er saß O'Connell am Tisch gegenüber. Mulloy stand mit verschränkten Armen an der Tür.

»Ich hatte eine Verabredung.«

»Mit wem?«

»Es geht Sie zwar nichts an, Inspector, aber ich sage es Ihnen trotzdem: mit Cassie Drummond.«

»Warum mußten Sie denn bis dorthin fahren? Sie wohnen doch gleich um die Ecke?«

»Das weiß ich nicht. Das müssen Sie sie fragen. Ich habe ein Fax bekommen. Sie wollte mich in Kilternan treffen, tauchte aber nicht auf. Ich war auf dem Weg zu ihrem Haus, als Sie mich anhielten.«

»Kommunizieren Sie öfter per Fax?« fragte Dermot mit ungläubigem Tonfall.

»Manchmal ist das bequemer«, sagte O'Connell. Er wirkte etwas angespannt. »Wenn ich gerade einen Patienten habe, werde ich so nicht gestört ... Hören Sie, worum geht es hier eigentlich?«

»Cassie Drummond ist verschwunden«, sagte Dermot ausdruckslos.

O'Connell atmete tief ein. »Verschwunden? Wann?«

»Wann haben Sie sie das letztemal gesehen?« fragte Mulloy.

»Vorgestern, gegen fünf Uhr nachmittags. Das habe ich Ihnen bereits gesagt.«

Dermot klopfte mit seinem Stift auf den Tisch. Nach einer Weile sagte er: »Ich habe Grund zu der Annahme, daß Sie sie gestern gesehen haben.«

O'Connell schüttelte den Kopf. »Nein, das ist nicht richtig. Und was meinen Sie überhaupt damit, *Grund zu der Annahme*?«

Dermot ließ die Bombe platzen. »Wußten Sie, daß Poppy Dalglish-Stuart Sie beschatten ließ?«

O'Connell schnaubte verächtlich. »Das würde mich nicht im geringsten überraschen.«

»Dr. O'Connell, ich glaube, Sie hören mir nicht richtig zu«, sagte Dermot. »Ich sagte, Poppy ließ Sie beschatten. Sie können sich also denken, daß wir wissen, daß Sie gestern morgen bei Cassie Drummond waren. Man ist Ihnen gefolgt, Mann!«

O'Connell starrte Dermot an. Langsam und bedächtig holte er sich eine Zigarette heraus und steckte sie an. »Korrigieren Sie mich, falls ich mich irren sollte, Inspector. Aber Sie haben mich gefragt, wann ich Mrs. Drummond das letzte Mal gesehen habe«, sagte er. »Als ich gestern bei ihr vorbeifuhr, war sie nicht da. Sie sehen also, ich sage die Wahrheit.«

»Warum waren Sie dann über eine halbe Stunde in ihrem Haus?«

»Ich war nicht *in* ihrem Haus, Inspector. Ich war *vor* ihrem Haus. Ihr Wagen stand auf der Auffahrt, also ging ich davon aus, daß sie nicht lange fort sein konnte. Irgendwann gab ich dann auf. Aber ich gehe davon aus, daß Ihnen meine geschätzte Schwägerin all das bereits erzählt hat.«

Dermot rutschte unruhig auf seinem Stuhl hin und her. Was hatte dieser Mann an sich, daß er ihn so widerwärtig fand? Es war eine Mischung aus allem, was er sagte und tat. Hochnäsiger Mistkerl.

»Wie lang haben Sie vor, mich hierzubehalten?« fragte O'Connell.

»Bis Sie uns erzählt haben, was wir wissen wollen«, antwortete Mulloy, während er sich neben Dermot setzte.

»Das ist doch absurd«, zischte O'Connell leise. »Wollen Sie behaupten, daß ich irgendwie in Cassies Haus eingedrungen bin, sie dann bewußtlos geschlagen und im Kofferraum meines Wagens weggeschafft habe oder so? Alles innerhalb von dreißig Minuten?«

»Und, haben Sie?« fragte Dermot.

O'Connell stieß seinen Stuhl geräuschvoll zurück und stand auf.

»Das ist doch lächerlich!«

»Setzen Sie sich!« fuhr Dermot ihn an.

O'Connell zögerte einen Moment lang und setzte sich dann.

»Schon besser.«

O'Connell starrte an die Wand. Dermot spürte, daß er verunsichert war.

»Haben Sie sich geärgert, daß Ihre Frau Sie zugunsten von Free Dalglish-Stuart enterbte?«

»Was wollen Sie damit andeuten?«

»Was glauben Sie?« fragte Dermot zurück.

O'Connell sagte nichts. Er pochte vor Wut mit der Hacke auf den Boden. Die Röte stieg ihm ins Gesicht.

»Worüber haben Sie sich mit Cassie Drummond im Lorenzo's gestritten?«

»Das geht Sie nichts an, verdammt«, fauchte O'Connell.

»Vielleicht haben Sie die Beherrschung verloren, als Sie gestern bei ihr waren«, sagte Dermot. »Vielleicht haben Sie sie in einem Anfall von Wut umgebracht.«

»Nein, habe ich nicht«, sagte O'Connell.

»Ich dachte, Sie hätten Sie gestern nicht gesehen?« fragte O'Connell.

»Ich habe sie gestern auch nicht gesehen, Sie Idiot! Ich habe Ihnen doch gesagt, daß sie nicht da war. Und ich verliere meine Beherrschung nie!«

O'Connell hatte sie gerade verloren. Seine Stimme überschlug sich, und sein Gesicht war hochrot. Er stand beinahe und hatte die Hände flach auf den Tisch gelegt. Speichel erschien in seinen Mundwinkeln.

Dermot sah zu Jack Mulloy. »Ich hab' keine Fragen mehr«, bemerkte er. Die beiden Männer starrten O'Connell an.

Emmet O'Connell starrte zurück und setzte sich dann plötzlich wieder.

»Wissen Sie, was ich denke, Doktor?« sagte Dermot nach einer Weile. »Ich glaube, Sie waren fuchsteufelswild, weil sie Ihnen diese Szene im Restaurant gemacht hat. Ich glaube, Sie gingen zu ihr, um die Sache mit ihr zu bereinigen, und dann haben Sie die Beherrschung verloren, genau wie eben.«

O'Connell holte ein weißes Baumwolltaschentuch heraus und wischte sich über die Stirn. »Ich habe genug von diesem Theater«, sagte er. »Ich will meinen Anwalt sprechen.«

»Ich dachte, Sie hätten gesagt, Sie bräuchten keinen Anwalt.« Dermot versuchte vergeblich, den Spott aus seinem Tonfall herauszuhalten.

O'Connell blitzte ihn wütend an. »Wollen Sie mir etwa meinen Anspruch auf rechtlichen Beistand verweigern?«

Dermot rückte seinen Stuhl vom Tisch ab und erhob sich mühsam. Es war ein langer Tag gewesen. Jack Mulloy sah betont deutlich auf die Uhr. Dermot antwortete mit einem genervten Gesichtsausdruck.

»Jack, nimm Doktor O'Connell mit ins Büro für den Publikumsverkehr und laß ihn telefonieren«, sagte er müde. »Ich bin in meinem Büro.«

Mit dem Wissen, daß Emmet O'Connell nicht länger als sechs Stunden festgehalten werden konnte, hatte Damien Egan, sein Anwalt, es nicht eilig. Er traf neunzig Minuten nach O'Connells Anruf ein und verbrachte dann eine weitere halbe Stunde mit seinem Mandanten.

»Er nimmt sich verdammt viel Zeit«, bemerkte Mulloy. Er und Dermot standen auf dem Gang vor dem Verhörzimmer.

»Du sagst es doch selbst, Jack. Die Uhr tickt. Egan weiß, daß wir bisher nichts Handfestes gegen O'Connell haben.«

»Andererseits...«, begann Jack Mulloy hoffnungsvoll. Pattie Doyle kam den Gang entlang auf sie zu geeilt. Sie hatte eine dünne rote Akte in der Hand. Dermots Augen begannen zu leuchten.

»Danke, daß du das so schnell hergebracht hast«, sagte er, als er die Akte von ihr entgegennahm.

»Freu dich nicht zu früh, Dermot«, erwiderte sie fast entschuldigend. »Das Auto war sauber.«

»Mist!«

Die Tür ging auf, und Damien Egan kam heraus.

»Wenn Sie dann soweit wären...« sagte er.

Dermot sah Jack an, und sie folgten ihm ins Zimmer. O'Connell saß noch immer auf demselben Stuhl. Egan setzte sich neben ihn.

»Mein Mandant hat Ihnen nichts weiter zu sagen, Inspector.«

»Haben Sie ihm das geraten?«

»Nein«, sagte O'Connell. »Das ist meine Entscheidung. Ich werde dieses Vorgehen nicht noch weiter unterstützen, indem ich Ihre lächerlichen Fragen beantworte.«

Dermot zuckte mit den Schultern. »Was ist daran so lächerlich? Erzählen Sie mir bloß nicht, daß sie vor Freude Luftsprünge gemacht haben, als Free Dalglish-Stuart das Vermögen Ihrer Frau erbte. Sie haben reichlich Gründe, um sie aus dem Weg zu schaffen.«

»Ich behaupte nicht, ich wäre nicht wütend gewesen«, sagte O'Connell. »Aber warum sollte ich ihr etwas antun? Dem Testament zufolge würde ich nicht von ihrem Tod profitieren. Wo ist also Ihr Motiv? Und was ist mit Cassie Drummond? Warum, in Gottes Namen, sollte ich *ihr* etwas antun?«

»Ich sage ja nicht, daß Sie vorhatten, Cassie Drummond etwas anzutun. Und was das Vermögen Ihrer verstorbenen Frau angeht, so sind Sie – sobald Free von der Bildfläche verschwunden ist – für die Verteilung des Geldes verantwortlich«, sagte Dermot.

»An eine Krebsorganisation meiner Wahl«, erwiderte O'Connell.

»Klar doch«, höhnte Mulloy.

O'Connell sprang von seinem Stuhl auf und packte Mulloy am Revers.

Egan stürzte hinterher und faßte ihn am Arm. »Beruhigen Sie sich, Emmet!« Und zu Dermot sagte er: »Ich muß wirklich protestieren, Inspector. Diese Andeutungen sind nicht zu entschuldigen. Wenn Sie keine handfesten Beweise gegen meinen Mandanten haben, verlange ich, daß Sie ihn gehen lassen.«

Dermot sah auf die Uhr. O'Connell war etwas weniger als sechs Stunden in Haft.

»Kommen Sie mit ins Büro. Detective Garda Mulloy wird sich darum kümmern, daß Ihnen Ihre persönlichen Sachen wieder ausgehändigt werden«, bemerkte Dermot müde.

»Wo ist mein Auto?«

»Es steht um die Ecke in der Adelaide Road«, sagte Mulloy.

»Wir werden uns zweifellos wiedersehen, Doktor«, sagte Dermot.

O'Connell starrte ihn wütend an und stürmte dann an ihm vorbei hinaus auf den Gang.

»Ich hoffe nicht, daß Sie vorhaben, meinen Mandanten zu schikanieren, Inspector«, sagte Egan.

Dermot grinste ihn an. »Trauen Sie mir das zu?« fragte er unschuldig.

* * *

Techno-Musik war nicht gerade Xins Sache, aber sie hatte es genossen, mal wieder einen ganzen Abend ausgelassen zu tanzen. Es war halb drei Uhr morgens, und das ZOMBIES leerte sich allmählich. Xin war mit Lorna und einigen von deren Kolleginnen dort. Lorna Mountjoy war groß, blond, dünn wie eine Bohnenstange und hatte nicht die geringste Ähnlichkeit mit ihrer jüngeren Schwester Alice, auch bekannt unter dem Namen Xin. Lorna war Beamtin. Sie und die anderen Mädchen arbeiteten im Auswärtigen Amt. Majella war vollkommen hinüber, und Lorna mußte sie abstützen.

»Wie ist die denn drauf?« bemerkte Xin abfällig.

»Ach, laß das Mädchen in Ruhe. Sie feiert ihren Abschied vom Junggesellinnendasein«, sagte Lorna.

»Ha ... Wär' ich ja nie drauf gekommen«, sagte Xin grinsend. »Manche Leute können sich beim Saufen einfach nicht zurückhalten. Fünfzehn Bacardi-Cola, und sie ist für jeden zu haben!«

»Du hast gut reden«, kicherte Lorna. »Du hältst dich den ganzen Abend an blöden Seven-Ups fest.«

»Mein Körper ist ein Tempel«, sagte Xin. Beide brachen sie in Gelächter aus.

Majella war Lornas beste Freundin, und dies war die letzte Nacht, die sie mit den Mädchen umherziehen konnte – theoretisch jedenfalls. Lorna verfrachtete das fast bewußtlose Mädchen auf einen Stuhl. Die beiden riesigen Plastikbrüste saßen etwas schief über ihrem Adidas-Top, und ihr blondes Haar war von einem blauen Haarnetz bedeckt. An ihrer

Nase baumelte an einem dünnen Gummiband ein Mini-Plastikpenis.

»Hilf uns mal, sie in den Wagen zu schaffen«, sagte Lorna.

»Wo sind die anderen?«

»Die sind schon in die Leeson Street vorgegangen«, sagte Xin. »Bist du bereit?«

»Und wie.«

Die beiden Schwestern hievten die zukünftige Braut auf die Beine und zerrten sie mühsam nach draußen.

»Gott, ist die schwer«, sagte Lorna.

Zum Glück war Xins Wagen nicht allzu weit weg geparkt, so daß sie Majella mit Mühen dort hinzerrten. Sie mußten mehrere Male anhalten, damit sie sich übergeben konnte. Das schien ihr gut zu tun, denn den restlichen Weg schaffte sie fast aus eigener Kraft.

»Wohin geht's jetzt, Mädchen?« fragte sie noch, bevor sie auf dem Rücksitz bewußtlos in sich zusammensackte.

»Glaubst du, wir sollten das mit der Leeson Street lieber lassen?« fragte Lorna halbherzig mit einem Blick auf Majella.

»Der geht's bestimmt gleich wieder prächtig«, sagte Xin. »Sie bringt uns um, wenn wir sie zu früh nach Hause fahren.«

Als Xin in die Adelaide Road abbog, entdeckte sie eine vertraute Gestalt. Sie trat mit aller Wucht auf die Bremse.

Lorna schrie auf, weil sie mit dem Kopf gegen das Armaturenbrett knallte.

»Was sollte das denn, verdammt?«

Xin beachtete sie nicht. Sie war zu sehr damit beschäftigt, in den Rückspiegel zu spähen.

Ja, sie hatte recht. Emmet O'Connell, in voller Größe, stand neben seinem silbernen BMW und redete mit einem anderen Mann.

»Warum haben wir angehalten?« Majella regte sich wieder.

Xin beobachtete, wie O'Connell in sein Auto stieg und den Motor anließ. Sie ließ ihn an sich vorbeifahren und folgte dann mit diskretem Abstand. Als sie nach rechts auf die Eustace Bridge abbog, und nicht nach links in die Lower Leeson Street, fragte Lorna: »Wohin fahren wir?«

»Tut mir leid, Mädchen, das gehört zu meinem Job«, sagte Xin. »Ich muß dem Typen da folgen.«

»Was?«

»Na, dem Typen da«, sagte Xin. »In dem BMW.«

»Sind wir schon da?« Majella hatte sich erneut geregt.

»Wer ist das?« Lornas Interesse wuchs.

»Emmet O'Connell. Hat seine beiden Frauen umgebracht.«

»Gott!«

O'Connell fuhr direkt zu seinem Haus nach Grangetown. Xin blieb an ihm dran und parkte zehn Meter von seinem Grundstück entfernt an der Straße.

»Das ist ja großartig«, sagte Lorna. »Und was machen wir jetzt?«

»Einfach nur hier sitzen«, sagte Xin. »In der Branche sagen wir Profis Observierung dazu.«

Auf dem Rücksitz schnarchte Majella lautstark.

23. Kapitel

Free Dalglish-Stuart kam mit einem Schlenker auf der Kiesauffahrt zum Stehen. Sie stolperte benommen aus dem Auto und rannte die Stufen hinauf. Sie war naß und vollkommen zerzaust. Die Haare klebten ihr am Kopf, ihre Strumpfhose war zerrissen, und sie trug keine Schuhe. Sie schlug den Klopfer krachend gegen die Tür und drückte unaufhörlich auf die Klingel. Tränen strömten ihr übers Gesicht.

»Mutter, Mutter! Hilf mir! Hilf mir!« schrie sie, bevor sie auf der Treppe zusammenbrach.

24. Kapitel

»Sie müssen mir ein eigenes Handy geben«, sagte Xin. »Wir hätten den Typen fast verloren. Wenn am Ende der Straße nicht 'ne Telefonzelle gewesen wär, hätten wir alt ausgesehen.«

Xin plapperte auf Grace ein. Sie sah noch merkwürdiger aus als sonst. Das enganliegende Top und die Radlerhose ergaben ein Bild für die Götter.

»Sind meine Disco-Klamotten«, sagte sie verteidigend und zog die Beine ihrer Radlerhose weiter hinunter über die blaßlila gesprenkelte Strumpfhose. »War nicht zu Hause, weil ich doch den Typen die ganze Nacht beobachtet hab.«

»Okay, Argument akzeptiert, Xin«, sagte Grace. »Toll, daß du dich so an O'Connells Fersen geheftet hast.«

»Wieso haben die ihn laufen lassen?«

Grace zuckte mit den Schultern. »Sie dürfen ihn nur sechs Stunden festhalten. Ich nehme an, Dermot konnte nicht genug Beweise heranschaffen, um Anklage erheben zu lassen.«

Xin gähnte.

»Du gehst besser nach Hause und holst etwas Schlaf nach, Xin«, sagte sie. »Du bist bestimmt totmüde.«

»Ninjas brauchen keinen Schlaf.«

»Trotzdem«, sagte Grace und versuchte, das Lächeln zu verbergen.

Das Telefon klingelte. »Investition. Was kann ich für Sie tun?«

Xin gab Grace den Hörer. »Es ist Mungo.«

»Hi, Mungo. Was gibt's?«

»Hier ist das Chaos ausgebrochen, Grace.«

»Wo ist *hier*?«

»Ich bin am Haus von O'Connell. Die Bullen haben ihn gerade im Streifenwagen weggeschafft. Blaulicht, Sirene, alles, was dazugehört.«

Grace begriff es nicht. »Aber die haben ihn doch erst vor ein paar Stunden laufen lassen!«

»Ich hab' kurz mit McEvoy gesprochen. Free Dalglish-Stuart ist heute morgen aufgetaucht.«

»Tot oder lebendig?«

»Lebendig«, antwortete Mungo. »Mehr weiß ich nicht. McEvoy wollte nichts erzählen.«

»Ich rufe bei Poppy an. Mal sehen, was sie uns sagen kann«, erwiderte Grace und legte auf.

Phoebe kam ins Vorzimmer geschlendert, in der Hand eine große braune Pappschachtel. In ihrem kaffeebraunen, tadellos sitzenden Kostüm sah sie sehr geschäftsmäßig aus. Den Kaschmirmantel hatte sie sich über die Schultern gelegt.

»Was soll sie uns sagen?« fragte sie.

»Free ist aufgetaucht, und Dermot hat Emmet O'Connell erneut verhaftet«, sagte Grace. »Ich nehme also an, daß er neue Beweise haben muß.« Sie langte nach dem Telefon, doch bei Poppy meldete sich niemand.

»Sie ist wahrscheinlich mit Free bei der Polizei«, überlegte Phoebe.

Grace versuchte es auf dem Revier an der Harcourt Terrace. Kate Grady erzählte ihr, daß sie Free kurz vernommen hätte.

»Sie hat mir erzählt, daß O'Connells Frau Carenza eine

Ferienhütte in der Nähe von Kilternan hatte. O'Connell hat sie dort festgehalten«, sagte sie. »Sie ist davon überzeugt, daß er sie töten wollte. Zum Glück konnte sie entkommen.«

»Der arme Dermot war zu voreilig«, sagte Grace. »O'Connell hätte ihn neulich abend wahrscheinlich dorthin geführt.«

»Wer weiß?« sagte Kate. »Ich muß jetzt Schluß machen. Ich fahre mit den Kriminaltechnikern hin.«

»Ist Free noch bei euch?«

»Nein«, antwortete Kate. »Ihre Mutter hat sie abgeholt. Ich nehme an, sie sind auf dem Weg nach Hause. Dermot fährt später noch einmal dort vorbei, um eine detaillierte Aussage zu bekommen.«

»Danke, Kate. Bis bald.« Grace legte auf.

»Und?« fragte Phoebe.

»Er hat Free in seiner Ferienhütte draußen in Kilternan festgehalten«, berichtete sie. »Aber eins ist wirklich komisch: Kate sagt, Free wäre überzeugt davon, daß O'Connell sie töten wollte. Worauf hat er denn gewartet? Warum hat er sie nicht gleich erledigt, so wie er es bei Luke versucht hat?«

»Wer weiß denn schon, was in so einem Psychopathen vorgeht?« sagte Phoebe.

»In bezug auf Brian Drummond hast du wohl auch recht. Ich glaube einfach nicht, daß er Carenza umgebracht hat. Das heißt, daß es wahrscheinlich O'Connell war. Und wenn er sie getötet hat, dann hat er wahrscheinlich auch Anabell auf dem Gewissen, und das macht ihn, verdammt noch mal, zum Serienmörder! Vielleicht hat es ihm irgendein sadistisches Vergnügen bereitet, Frees Todesängste in die Länge zu ziehen.«

»Würde mich bei ihm nicht wundern«, sagte Phoebe. »Er

scheint mir jemand zu sein, der davon besessen ist, die Kontrolle über andere auszuüben. Was meinst du, Xin?«

Xin antwortete nicht. Sie lag mit offenem Mund auf dem Sofa und schnarchte leise. Phoebe stand auf und deckte die schlafende Ninja mit ihrem Mantel zu.

»Dir ist natürlich klar, was das bedeutet?« fragte Phoebe Grace.

»Was meinst du?«

»Wenn Dermot O'Connell verhaftet hat, sind wir arbeitslos.«

»Ach«, sagte Grace ohne große Zuversicht, »wir treiben sicher bald wieder einen Auftrag auf.«

»Glücklicherweise ist zumindest eine von uns vorausschauend«, sagte Phoebe. »Ich hab' gestern zufällig meinen polnischen Freund wieder getroffen.«

»Und?«

»Und heute morgen rief er mich zurück. Ich habe einen Undercover-Auftrag an Land gezogen.«

»Ich dachte, mit dem wolltest du im Leben nichts zu tun haben?« sagte Grace.

»Hab's mir anders überlegt«, erklärte Phoebe. »Ich habe zugesagt, nachdem ich ein paar Grundregeln festgelegt hatte.«

»Verstehe ich nicht«, sagte Grace. »Warum mußt du irgendwelche Grundregeln festlegen?«

»Du kennst Milo nicht«, bemerkte Phoebe. »Er hat erwartet, daß ich Teil der Vereinbarung werde, aber das habe ich ihm schnell ausgeredet. Jedenfalls wirst du genau das tun, was du so gut kannst. Du wirst für ihn die Undercover-Arbeit übernehmen.«

Irgend etwas an Phoebes Tonfall machte Grace mißtrauisch.

»Was für eine Art von Undercover-Arbeit?«

»Milo besitzt eine Kette mit Fast-Food-Läden. Die hast du

bestimmt schon mal gesehen. Chucklin' Chookie heißen die.«

Grace nickte. »Ist das nicht der Laden, in dem die Kellnerinnen in diesem dämlichen Hühnchen-Kostüm herumrennen müssen?«

»Ja. Jedenfalls glaubt Milo, daß ihn einer seiner Manager ausnimmt. Du wirst also undercover dort arbeiten und ihn auf frischer Tat ertappen.« Und schon kippte sie das Kostüm aus der Schachtel auf den Tisch.

Grace hob es an. Es war eine Art gepolsterter Anzug in einem grausigen Gelbton, auf den die Umrisse von Federn und Flügeln in einem gleichermaßen grausigen Orange aufgedruckt waren. Zu dem Outfit gehörte ein passendes orangefarbenes T-Shirt, ein roter Hahnenkamm-Kopfschmuck und Schuhe in der Form von Hühnerfüßen.

»Das ist ein Witz, oder?«

Phoebe schüttelte den Kopf.

»Warum muß *ich* die Undercover-Arbeit machen?«

»Weil du für den Job am besten qualifiziert bist«, sagte Phoebe.

»Du könntest das auch.«

Phoebe sah sie ungläubig an. »Sei nicht albern, Grace. Niemand würde mir abnehmen, daß ich eine Kellnerin bin. Außerdem steht Gelb dir großartig.«

* * *

Als Kate Grady zusammen mit den Kriminaltechnikern das Ferienhaus durchsuchte, stießen sie auf die Leiche von Cassie Drummond. Sie lag im Speiseschrank auf dem Steinfußboden. Die Hände waren ihr hinter dem Rücken gefesselt, und ein häßlicher, violetter Abdruck um ihren dünnen weißen Hals herum deutete stark darauf hin, daß sie erwürgt worden war.

[illegible]

[illegible]

[illegible] noch [illegible]

25. Kapitel

»Also, das hätten wir«, sagte Dermot. »Wir haben Anklage gegen Ihren Onkel erhoben.«

Er stand am Fenster von Frees Wohnzimmer in der Raglan Road. Die Einrichtung stand in krassem Gegensatz zu Poppys Zimmer. Es war hell, luftig und aufgeräumt. Die Wintersonne strahlte zwischen den Musselinvorhängen hindurch.

»Wegen Mordes?«

»Im Moment nur wegen Entführung und Freiheitsberaubung«, sagte Dermot.

»Aber was ist mit Cassie Drummond? Werden Sie ihn nicht auch wegen des Mordes an ihr anklagen?« Free klang besorgt.

»Alles zu seiner Zeit«, sagte er. »Sobald wir die Beweise aus dem Labor haben. Jetzt möchte ich gern noch einmal Ihre Aussage mit Ihnen besprechen, nur für den Fall, daß Sie sich noch an etwas anderes erinnern.«

Free setzte sich ans Fenster. Sie wirkte schwach und verletzlich. »Wo soll ich anfangen?«

»Am Anfang«, sagte Dermot. »Nehmen Sie sich Zeit. Es besteht keine Eile.«

Free nickte. »Also, Luke und ich waren im Wayside Inn. Wir hatten einen langen Spaziergang gemacht, verstehen Sie, deshalb wollten wir uns aufwärmen.« Sie blickte versonnen aus dem Fenster.

Nach einer Weile fragte Dermot: »Und dann? Was ist dann geschehen?«

»Ich rief Mutter an, um ihr zu sagen, daß ich nicht zum Essen nach Hause käme, und dann gingen wir. Ich bin gefahren. Kurz darauf hatten wir einen Platten, und Luke hat den Reifen gewechselt. Plötzlich blieb ein Auto etwa zehn oder zwölf Meter hinter uns mit eingeschalteten Scheinwerfern stehen.« Sie machte eine Pause und kaute auf ihrer Lippe herum. »Luke sah sich um und ging hin, um zu fragen, ob er helfen könne. Genau in dem Moment raste das Auto los und fuhr geradewegs auf ihn zu.« Free verbarg das Gesicht in den Händen und weinte. Dermot wartete geduldig. Sie putzte sich die Nase und trocknete sich die Augen. »Ich stand wie angewurzelt. Alles passierte so schnell, ich wußte nicht, was ich tun sollte. Er riß Luke um und fuhr über ihn, legte dann den Rückwärtsgang ein und überfuhr ihn noch einmal. Der arme Luke ... es war grauenvoll.«

»Ja«, sagte Dermot. »Was passierte dann?«

»Ich rannte die Straße entlang und versuchte zu entkommen. Aber ich hörte, daß das Auto beschleunigte und hinter mir her kam. Ich kam nur ein paar Meter weit, bis er mich eingeholt hatte. Er packte mich, und ich wehrte mich und ...«

»Wer packte Sie?«

»Emmet, natürlich! Emmet packte mich.«

»Aber es war dunkel. Woher wußten Sie, daß es Emmet war?«

»Die Scheinwerfer. Er hatte die Scheinwerfer angelassen.«

»Was passierte dann?«

»Wenn Sie aufhören würden, mich ständig zu unterbrechen, könnte ich es Ihnen erzählen«, fuhr sie ihn an. »Er hat mir etwas über die Nase und den Mund gehalten. Das nächste, woran ich mich erinnere, ist dann im Keller, wo ich mit elenden Kopfschmerzen aufgewacht bin.«

»Und was haben Sie dann getan?«

»Ich hab' an der Tür gerüttelt, aber die war verschlossen. Ich hab' immer wieder gerufen. Nach einer Weile wurde mir klar, daß das nichts brachte. Mich konnte ohnehin niemand hören.«

»Woher wußten Sie das?« fragte Dermot.

Free sah ihn verwirrt an. »Was meinen Sie?«

»Woher wußten Sie, daß niemand Sie hören konnte? Woher wußten Sie, wo Sie waren?«

»Ich kenne das Haus von Tante Carenza sehr gut. Ich war oft mit ihr da«, sagte Free. »Warum? Glauben Sie mir nicht?«

»Natürlich«, sagte Dermot. »Aber das sind die Dinge, die O'Connells Verteidiger Sie fragen wird.« Free entspannte sich und lächelte ihn an.

»Tut mir leid«, sagte sie. »Das alles hat mich ziemlich mitgenommen.«

»Das verstehe ich. Machen Sie sich keine Sorgen deswegen. Was geschah dann?«

Free atmete tief durch und starrte ins Leere. »Ich hatte das Gefühl, seit einer Ewigkeit dort festzusitzen. Mir war eiskalt, und ich hatte Hunger. Ich muß eingeschlafen sein, denn irgendwann hat er mich aufgeweckt.«

»Wann war das?« fragte Dermot.

»Das weiß ich nicht genau. In dem Keller gibt es kein Fenster. Meine Uhr zeigte halb zwei. Ich weiß nicht, ob das nachts oder am Nachmittag war.« Sie fummelte an ihrer Uhr herum, während sie redete. »›Hier, trink das‹, sagte er zu mir und gab mir eine Tasse Kaffee. Ich hatte solch einen Durst, daß ich mir den Mund daran verbrannte. Ich hab' gezittert, und er hat mir eine Decke zugeworfen.«

»Hat er sonst noch etwas gesagt?«

»Ich habe ihn gefragt, warum er das tue. Er meinte, ich hätte es mir selbst zuzuschreiben, weil ich Carenza gegen ihn aufgehetzt hatte. Aber das stimmt nicht. Ich habe nie versucht, Tante Carenza gegen ihn aufzubringen.« Free stand auf und klammerte sich an Dermots Revers. »Das hat er selbst getan. Er war so grausam zu ihr!«

Dermot löste ihre Finger von seinem Revers, als sie merkte, was sie tat. Es schien ihr peinlich zu sein. Sie setzte sich.

»Dann wurde ich ohnmächtig. Er muß wohl etwas in den Kaffee getan haben.«

»Wie sind Sie entkommen?«

»Ich weiß nicht, wie lange ich bewußtlos war. Ich bin ab und zu aufgewacht, war dann aber gleich wieder weg. Schließlich bekam ich wieder einen klareren Kopf, und ich hörte, daß er oben im Haus herumlief. Dann kam er herunter in den Keller und erzählte mir, daß er Cassie umgebracht habe.«

»Warum?«

»Warum was?«

»Warum hat er Cassie umgebracht?« fragte Dermot. Er hatte seine eigene Theorie, aber er fragte sich, wie wohl O'Connells aussah.

»Weiß ich nicht«, antwortete Free. »Das hat er nicht gesagt. Er sagte nur, daß ich als nächste dran wäre.«

»Haben Sie ihn nicht gefragt?«

Sie runzelte die Stirn. »Nein«, erwiderte sie. »Ich hab' ihn verdammt noch mal nicht gefragt. Ich war zu sehr damit beschäftigt, meine eigene Haut zu retten.«

»Okay, in Ordnung«, sagte Dermot. »Erzählen Sie weiter. Was geschah dann?«

»Ich versuchte, ihn bei Laune zu halten, und schwor ihm, daß ich kein Wort sagen würde, wenn er mich einfach laufen ließe. Ich versprach, daß ich ihm das Vermögen von Tante Carenza überschreiben würde. Erklärte, daß ich ihr Geld nie gewollt habe.«

»Was hat er dazu gesagt?«

»Er hat nur gelacht.«

»Und dann?«

»Er lachte! Er fand das wirklich witzig. Ich glaube, er ist verrückt. Er ging wieder nach oben. Erst nach einer kurzen Zeit wurde mir klar, daß ich nicht gehört hatte, daß er die Tür verriegelte. Ich kroch die Treppe hoch. Ich war sehr schwach. Ich versuchte, die Tür zu öffnen, und stellte fest, daß sie nicht verschlossen war. Ich konnte mein Glück kaum fassen. Aber ich hatte auch Angst, daß er nur mit mir spielte. Sie wissen schon, Katz und Maus.« Dermot nickte. »Jedenfalls kroch ich durchs Haus, aber er war nirgends zu sehen. Die Hintertür war abgeschlossen, also kletterte ich auf die Spüle und zertrümmerte das Fenster.«

»Hatten Sie keine Angst, daß er sie hören könnte?«

Free reagierte nicht. Sie redete weiter: »Erst als ich draußen war, merkte ich, daß ich meine Schuhe nicht anhatte. Es goß in Strömen. Ich rannte ums Haus herum und sah, daß er mein Auto neben der Garage abgestellt hatte. Die Schlüssel steckten nicht, aber ich habe immer einen Ersatzschlüssel unter der Stoßstange kleben.«

»Wie hat er Ihr Auto zur Hütte geschafft?« fragte Dermot.

»Ich hab' keine Ahnung«, sagte Free. Sie stand auf, ging zum Kamin und warf noch einen Holzscheit ins Feuer. Funken sprühten umher.

»Warum sind Sie nach Hause gefahren? Und nicht zu einer Polizeiwache?« fragte Dermot.

Free schüttelte den Kopf. »Ich war in Panik«, sagte sie. »Ich wollte so weit wie möglich weg von dort. Und die ganze Zeit über lag die arme Cassie tot...« Sie brachte den Satz nicht zu Ende. Sie holte ein Taschentuch heraus und putzte sich die Nase. »Vier Morde! Der Mann ist ein Monster!«

»Nur einen können wir beweisen«, korrigierte Dermot sie. »Aber das reicht, um ihn eine lange Zeit einzusperren.«

Free sah ihn verwirrt an. »Aber es sind zwei. Cassie und der arme Luke.«

»Ach Gott. Es tut mir leid«, sagte Dermot. »Ich dachte, Sie wüßten es.«

»Was sollte ich wissen?«

Dermot grinste. »Luke ist nicht tot. Es geht ihm ziemlich schlecht, aber die Ärzte sind recht zuversichtlich, daß er es schafft.«

Free wirkte verblüfft. »Er lebt? Aber wie ist das möglich?«

Dermot grinste noch immer. »Er hat wohl die sprichwörtlichen neun Leben.«

Free lächelte ihn gezwungen an. »Würde es Ihnen etwas ausmachen, wenn wir das Gespräch ein anderes Mal fortführen? Ich bin wirklich müde.«

»Kein Problem«, sagte Dermot. »Und ich freue mich, daß ich Sie zumindest ein wenig aufmuntern konnte, nach allem, was Sie durchgemacht haben.«

»Mich aufmuntern?... O ja. Danke.« Sie ging zur Tür. Dermot folgte ihr. Free blieb auf der Treppe stehen, während er zu seinem Wagen ging.

»Inspector?« Dermot schaute zurück. »In welchem Krankenhaus liegt Luke? Ich würde ihn gern besuchen.«

»Er ist im St. Vincent's«, sagte Dermot. »Aber ich fürchte, im Moment darf niemand zu ihm.«

»Dann schicke ich ihm vielleicht ein paar Blumen«, sagte sie.

* * *

Panik überkam sie. Wie war es möglich, daß er noch lebte? Sie ging zurück in ihr Wohnzimmer und kauerte sich auf den Sessel am Kamin. Bilder liefen vor ihrem geistigen Auge ab. Luke, der sich in den Kofferraum lehnte. Hineinlangte und die Brosche herausnahm. Die oft erwähnte Weizengarben-Brosche. Sie sah sich, wie sie den Wagenheber anhob und ihn auf seinen Hinterkopf knallte. Er taumelte zurück, drückte die Hände auf die Wunde. Er drehte sich halb um. Sie schlug mit dem Wagenheber noch einmal so kräftig wie möglich auf ihn ein. Er fiel hin und stieß mit dem Kopf gegen die Ecke des Kofferraums. Und dann das grauenhafte Knirschen, als sein Kopf auf den Boden auftraf. Sie fuhr das Auto ein Stück vor, und raste dann rückwärts über ihn hinüber. Bumm, bumm. Dann den ersten Gang rein. Vorwärts, mit durchgedrücktem Gaspedal. Bumm, bumm. Dann noch einmal zurück, und vor. Sie weinte. »Alles in Ordnung«, sagte sie immer wieder. »Alles kommt in Ordnung. Ich muß von hier weg. Ich brauche Zeit zum Nachdenken.«

Die Hütte von Tante Carenza lag nur ein paar Meilen weiter die Straße entlang. Arme Tante Carenza. Dumme Tante Carenza. Warum mußten die Menschen auch so unbeständig sein? Luke. Carenza.

Sie hatte ihr versprochen, ihr alles zu hinterlassen. Es war leicht gewesen, die dumme Frau davon zu überzeugen, nachdem sie eine lange Zeit zusammen in der Hütte verbracht hatten. Sie hatte es geschafft, Carenza dazu zu bringen, daß sie Emmet enterbte. Dann aber hatte sich Brian Drummond bei ihr mit seiner mitleiderregenden Jammerstory eingeschmeichelt. Sie wollte *ihm* leihen, was *ihr* rechtmäßiger Besitz war! Free hatte nicht vorgehabt, Carenza gegenüber die Beherrschung zu verlieren. Sie waren gerade in der Garage gewesen. Free hatte Carenza endlich davon überzeugt, daß sie Emmet verlassen müßte. Sie hatte ihr die Nachricht diktiert. Sie hatten darüber gelacht. Carenza hatte gesagt, daß ihn das wirklich verletzen würde. Der Gedanke, daß sie jemand anderen als ihn lieben könnte! Welch ein Witz. Sie wollte gerade ins Auto steigen, als sie die Bombe platzen ließ. Ganz sachlich. Als ob es keine Bedeutung hätte. »Ich werde dem armen Brian hundertfünfzigtausend leihen«, hatte sie gesagt. Als ob das nichts wäre. *Ihr* Geld sollte dem Idioten aus der Patsche helfen. Free spürte die Wut in sich aufsteigen. Schnell hielt sie den Hammer in der Hand. Sie schlug mehrere Male heftig auf sie ein, bis ihre Wut versiegt war. Im nächsten Moment lag Carenza zu ihren Füßen, Blut strömte aus ihrem Kopf. Es war eindeutig, daß sie nicht mehr lebte. Ihre Augen starrten ins Leere. Free konnte nicht verstehen, was mit ihr geschehen war.

Plötzlich wurde sie ruhig. Jetzt mußte sie praktisch denken. Sie war voller Blut. Sie zog die Schuhe aus und ging hoch ins Badezimmer, um zu duschen. Dann stöberte sie in Carenzas Kleiderschrank und fand ein weites Pulloverkleid. Ihre eigenen Sachen packte sie sorgfältig in eine Tüte, um sie zu waschen, sobald sie nach Hause kam.

Sie wollte Carenzas Auto zum Haus in Ballycoyle fahren und die Schlüssel stecken lassen. Das dürfte sicherstellen, daß es nie wieder gesehen wurde. Später ging sie noch einmal mit prüfendem Blick durchs Haus, um sicher zu sein, daß alles normal aussah. Als sie versuchte, Carenza anzuheben, konnte sie kaum fassen, wie schwer sie war. Sie sah so mager aus, aber sie war eine schwere Last. Free lächelte in sich hinein. Ja, aber die Last war jetzt von ihr genommen! Unter größter Anstrengung verfrachtete sie die Leiche in den Kofferraum des Volvos. Dann fuhr sie direkt in den Wald bei Ballycoyle und lud ihre gräßliche Fracht ab. Sie hatte Angst, daß jemand zufällig vorbeikommen könnte. Also zerrte sie Carenza aus dem Wagen, ließ sie am Rande des Waldes fallen und rollte die Leiche wie einen Holzstamm weiter hinein, bis sie im tiefen Gras nicht mehr zu sehen war. Dann machte sie sich so schnell wie möglich davon. Als sie zum Haus zurück kam, stolperte sie in der Garage über Carenzas Koffer. Mist! Sie warf ihn am äußersten Ende des Gartens in die Büsche und wischte sorgfältig die Fingerabdrücke vom Griff ab.

Cassie umzubringen war leicht gewesen. Und nun würde alles Emmet angehängt werden. Dermot McEvoy war dank ihrer Mutter davon überzeugt, daß er Anabell und Carenza getötet hatte. Eine weitere Tote würde Emmets Schuld nur noch bestätigen. Arme, dumme Cassie. Sie war so leichtgläubig. Niemand sah sie, als sie im Dunkeln am Haus eintraf. Es war leicht, Cassie davon zu überzeugen, dieses Ungeheuer von Hund einzusperren. Free hatte sich eine Geschichte zurechtgelegt, falls Cassie gehört haben sollte, daß sie vermißt wurde, aber das war überflüssig. Die dämliche Kuh hatte ihr sogar einen Kaffee angeboten. Danach war es ein Leichtes, ihr den Strick von hinten um den Hals zu legen und zuzuziehen, bis sie sich nicht mehr wehrte. Auch *das* mußte der böse Emmet gewesen sein. Wie sollte *sie* es gewesen sein, wenn sie doch auf so grausame Weise in der Hütte von Tante Carenza festgehalten wurde? Free lachte laut auf, als sie sich an ihr Meisterstück erinnerte. Emmet das Fax zu schicken! Es würde mit Sicherheit Zeugen geben, die ihn bei dem Hotel in Kilternan gesehen haben.

Dann erinnerte sie sich an die Brosche.

Erst als sie Carenzas Leiche im Wald versteckte, fiel ihr auf, daß die Weizengarben-Brosche fehlte. Sie war sich sicher, daß Carenza sie getragen hatte. Diese verdammte Brosche! Sie war erneut weg, nachdem sie Luke aus dem Weg geschafft hatte. Sie hatte keine Zeit zum Suchen gehabt. Schließlich konnte jemand vorbeikommen. Egal, nichts brachte Free mit der Brosche und Carenzas Tod in Verbindung, auch wenn man sie auf der Straße finden sollte.

Außer natürlich Luke.

Plötzlich war ihr klar, was sie zu tun hatte.

26. Kapitel

»Ich nehme einen doppelten Chucklin'-Chookie-Burger und eine große Pommes.«

»Verpiß dich, Dermot!«

»Tolles Kostüm.«

»Was willst du?«

»Hab ich doch gesagt. Einen doppelten ...«

»Was *willst* du, Dermot?«

Dermot kicherte.

»Wag es ja nicht, zu lachen, Dermot! Ich warne dich.«

Er versuchte, sich zusammenzureißen. »Tut mir leid«, sagte er. »Phoebe hat mir erzählt, daß du hier bist.«

»Ach?«

»Hmm. Jedenfalls dachte ich mir, ich komme einfach vorbei und überbringe dir die Neuigkeit persönlich«, sagte er. Seine Mundwinkel zuckten, doch er schaffte es, sie unter Kontrolle zu behalten. »Wir haben O'Connell der Entführung und der Freiheitsberaubung angeklagt.«

»Entschuldigen Sie!« Ein junger Mann in Motorradklamotten und mit einer Kuriertasche tippte Dermot auf die Schulter. »Macht es Ihnen etwas aus, mich vorzulassen? Ich muß etwas ausliefern.«

Dermot trat zurück und zeigte auf die Theke. »Nur zu«, sagte er grinsend. Grace blickte ihn wütend an.

»Ich nehme neun Riesen-Chucklin'-Chookie-Dipper mit der scharfen Curry-Soße, bitte«, sagte der Kurierfahrer. »Ohne Gewürzgurke.«

»Scharfe Curry-Soße und keine Gurke«, wiederholte Grace, während sie die Teile zusammentrug. Der junge Mann eilte an der Theke entlang zur Kasse. »Einen wunderschönen Chucklin'-Chookie-Tag«, rief sie ihm angestrengt hinterher. Sie blickte Dermot warnend an.

»Und wenn du nur ein Wort sagst...«

Dermot zeigte auf seine Brust. »Ich? Ich würde mich doch nie über dich lustig machen, wenn du gerade knallharte Ermittlungen durchführst.«

Grace entspannte sich und grinste ihn an.

»Wie geht's Luke?« fragte sie dann.

»Er macht sich«, sagte Dermot. »Er hängt nicht mehr an den Lebenserhaltungsgeräten, und er kommt immer mal wieder zu Bewußtsein. Die Ärzte sagen, daß es gut aussieht.«

Graces Gesichtsausdruck erhellte sich. »Das sind doch prima Neuigkeiten. Und wie geht's Free?«

»Ich würde sagen, ihr ging es schon mal besser«, sagte Dermot. »Du weißt, daß sie Zeuge war, als O'Connell Luke überfahren hat?«

»Das muß ziemlich grauenhaft gewesen sein«, stellte Grace fest. »Wieso haben die Kriminaltechniker nichts an O'Connells Auto gefunden?«

Dermot zuckte mit den Schultern. »Bin ich überfragt. Es sei denn, er ist mit einem anderen Auto gefahren. Free konnte es wegen der grellen Scheinwerfer nicht erkennen. Vielleicht hat er Carenza umgebracht. Vielleicht ist er mit ihrem Auto gefahren. Es ist noch nicht aufgetaucht.«

»Was sagt er?«

»Nichts. Mal starrt er schweigend an die Wand, mal tut er

lauthals seine Unschuld kund. Aber das ist ja wohl normal, oder?«

Schweigend standen sie für eine Minute beieinander und hingen ihren Gedanken nach. Plötzlich sagte Grace: »Wie konnte sie entkommen?«

»Wer? Free?« Grace nickte. »O'Connell hat vergessen, die Kellertür abzuschließen. Du hättest sehen sollen, in welchem Zustand sie heute morgen auf dem Revier ankam!«

»Wie spät war es da?« fragte Grace.

»Gegen acht, warum?«

»Laß mich mal überlegen... Bis wann hattet ihr O'Connell in Haft?«

»Wir haben ihn gegen Viertel vor drei entlassen. Warum?«

»Und wann ist er zu Carenzas Hütte nach Kilternan rausgefahren?«

»Er muß gleich losgefahren sein, nachdem wir ihn gehen ließen.«

Grace runzelte die Stirn. »Aber das kann nicht sein.«

»Muß aber. Free ist geflohen, gleich nachdem er die Hütte verlassen hatte. Also muß er zwischen seiner Entlassung und etwa halb sieben dort gewesen sein, denn sie kam gegen halb acht zurück in die Raglan Road.«

»Aber ich sag' dir doch, das geht nicht! Xin war von dem Moment an, als er das Revier verließ, an ihm dran, und er fuhr direkt nach Hause. Er blieb dort, bis eure Truppe eintraf, um ihn wieder zurück aufs Revier zu schleppen.«

Dermot sah sie verblüfft an. »Bist du sicher? Als ich Mungo gefragt habe, wie lange er vor dem Haus von O'Connell gestanden habe, sagte er, seit sieben Uhr morgens.«

»Das stimmt. Aber er hat Xin abgelöst. Sie sieht vielleicht etwas merkwürdig aus, aber ist ziemlich helle. Sie weiß, was sie gesehen hat«, sagte Grace. »Aber warum sollte Free lügen?«

Dermot war tief in Gedanken versunken. »Also gut. Du hast Luke zuletzt gesehen, als er mit Free wegfuhr?«

»Ja, ich bin ihnen vom Lorenzo's bis zum St. Stephen's Green Park gefolgt, und von da aus sind sie mit Frees Volvo weggefahren.«

»Wer hat in der Zeit denn O'Connell beobachtet?«

»Das sollte ich eigentlich tun, aber statt dessen bin ich Luke und Free gefolgt.« Dermot wollte etwas bemerken.

»Sag nichts!« warnte sie ihn.

Dermot zuckte mit den Schultern. »Okay, also hat O'Connell kein Alibi. Aber er hat das Lorenzo's erst ... sagen wir ... fünfzehn Minuten nach Luke und Free verlassen?«

»Ungefähr, ja«, sagte Grace.

»Woher konnte er also wissen, wo die beiden vier Stunden später waren?«

»Hat Free eindeutig O'Connell als den Täter identifiziert?« fragte Grace.

»Eindeutig«, antwortete Dermot. »Also lügt sie. Aber warum, um Gottes willen?«

»Und wenn sie es nun war? Wenn sie Luke überfahren hat und dachte, er wäre tot?«

»Aber warum sollte sie das tun?« fragte Dermot.

Grace stützte sich mit den Ellbogen auf der Theke ab. »Phoebe hat da so eine Theorie, daß vielleicht ein eifersüchtiger Liebhaber Luke so zugerichtet haben könnte.«

»Eifersüchtiger Liebhaber? Nun, damit wärst du wohl wahrlich auch eine Hauptverdächtige«, sagte Dermot grinsend. »Wo warst du zu dem Zeitpunkt?«

»Halt den Mund, Dermot«, sagte Grace. »Hör auf, dich wie ein Arschloch zu benehmen. Ich meine einen eifersüchtigen Liebhaber von Free. Jedenfalls haben wir Poppy danach gefragt, aber sie machte die Theorie zunichte. Anscheinend war Free vor drei Jahren in einen Typen verliebt. Poppy zufolge war sie verrückt nach ihm, aber er empfand nicht das gleiche für Free. Sie meinte, Free neige dazu, sich in etwas hineinzusteigern. Das Ganze endete damit, daß er Schluß machte. Sie wollte das aber nicht akzeptieren und hat ihn ständig angerufen und belästigt. Hat ihm wohl richtig nachgestellt. Am Ende hatte sie einen Nervenzusammenbruch.«

»Und wohin führt uns das?«

»Stell dich nicht so dumm, Dermot. Sie hat ganz offensichtlich Gefallen an Luke gefunden. Vielleicht hat sie ihm ja Avancen gemacht, und er hat sie zurückgewiesen? Vielleicht ist sie durchgedreht.«

»Wäre möglich«, sagte Dermot. »Aber der einzige, der uns das mit Sicherheit sagen kann, ist Luke.«

»Weiß Free, daß Luke noch lebt?«

»Ja«, sagte Dermot. »Aber wenn ich darüber nachdenke... Sie wirkte ziemlich seltsam, als ich es ihr erzählte. Ich hielt es für Erleichterung. Doch da bin ich mir jetzt nicht mehr so sicher.«

»Steht im Krankenhaus ein Wachposten vor seiner Tür?« fragte Grace besorgt.

Dermot schüttelte den Kopf.

»Ich mach' jetzt meine Pause, Alison!« rief Grace einem unglücklich aussehenden Mädchen zu, das an der Kasse saß und auf ihren Nägel herumkaute. Dann rannten sie und Dermot zur Tür.

Auf dem Weg zum St. Vincent's rief Dermot auf dem Revier an.

Vor dem Krankenhauseingang stürzten sie aus dem Wagen. Grace rannte vor Dermot den überfüllten Gang entlang und scheuchte alle zur Seite, die ihr in den Weg kamen. Sie nahm zwei Stufen auf einmal und kam atemlos und keuchend auf der Intensivstation an. Ein dürrer Pfleger hielt sie auf.

»Tut mir leid, Sie können da nicht hinein«, sagte er und unternahm den schwachen Versuch, sie aufzuhalten. Grace war dermaßen außer Atem, daß sie ihm nichts erklären konnte. Statt dessen drängte sie sich an ihm vorbei. Lukes Bett war leer. Die Stationsschwester bemerkte den Aufruhr und kam aus ihrem Büro.

»Was ist hier los?«

Grace lehnte sich gegen die Wand und zeigte auf Lukes leeres Bett. »Luke Ryan?« keuchte sie nur.

»Er liegt auf einer Nebenstation«, sagte die Schwester. »Warum? Wer sind Sie?«

»Welche Station?« wollte Grace wissen.

Die Frau starrte sie mit offenem Mund an und antwortete nicht. Aber sie hatte ja auch noch nie einem Hühnchen gegenübergestanden, das größer als einssiebzig war. Grace packte sie an den Schultern.

»Bitte, es ist wichtig! Es geht um Leben und Tod. Auf welcher Station liegt er?«

»Die zweite rechts, durch die Doppeltür.«

Grace rannte wieder los und schlitterte durch die entsprechende Tür. Zum Glück war er allein. Verglichen mit dem letzten Mal, als Grace ihn an all die lebenserhaltenden Geräte angeschlossen gesehen hatte, wirkte er jetzt mit den Infusionen, die in seinen Arm tropften, recht friedvoll. Erleichtert atmete sie auf. Sekunden später rauschten zwei stämmige Sicherheitsbeamte ins Zimmer, gefolgt von der Stationsschwester.

»Das ist...« – sie zögerte – »...die Person.« Einer der Sicherheitsbeamten packte sie am Arm.

»Schon in Ordnung!« Dermot taumelte mit hochrotem Gesicht und schweißgebadet herein. Er hielt seinen Ausweis in die Höhe. »Inspector McEvoy, Harcourt Terrace«, keuchte er. »Das Hühnchen gehört zu mir.«

27. Kapitel

Ohne zu wissen, daß die halbe Mannschaft von der Harcourt Terrace nach ihr suchte, saß Free allein im Herbert Park und schmiedete Pläne.

Dermot fuhr währenddessen Grace zum Chucklin' Chookie zurück. An der Ampel in der Merrion Road sagte Grace: »Warum fahren wir nicht kurz in der Raglan Road vorbei und nehmen Frees Auto mal unter die Lupe?«

»Aber sie ist nicht da«, sagte Dermot. »Mulloy hat mich angerufen, kurz bevor wir das Krankenhaus verließen.«

»Laß uns trotzdem mal nachschauen. Es liegt doch auf dem Weg.«

Die Ampel wurde grün. Dermot legte den Gang ein und blinkte links. »Wenn sie nicht da ist, muß sie mit ihrem Wagen unterwegs sein«, sagte Dermot eher zu sich selbst.

»Mach mir noch mehr Hoffnung, Dermot.«

Als sie auf die Auffahrt fuhren, sagte Dermot: »Siehst du, kein Auto da.«

»Laß uns noch an der Seite nachschauen«, sagte Grace.

Dermot fuhr weiter und hielt vor einer Garagentür. Grace sprang aus dem Wagen. Dermot zögerte. »Na komm schon«, sagte sie, verärgert über seine Zurückhaltung.

Sie beschattete ihre Augen mit den Händen und spähte

durch eine Fensterscheibe in das schwach beleuchtete Innere der Garage.

»Es ist da drin«, zischte sie. »Na los, komm.«

»Dir ist doch klar, daß wir keinen Durchsuchungsbefehl haben?« fragte er.

»Du machst dir doch Sorgen um Frees Gemütszustand, Dermot, oder? Du befürchtest, daß sie sich etwas angetan haben könnte, richtig? Also überprüfst du ihr Auto.«

Die Garagentür war leicht zu öffnen. Grace bückte sich und schaute vorn unter den Volvo.

»Das Nummernschild ist ziemlich verbogen«, sagte sie. Auch Dermot beugte sich hinunter. Grace ging nach hinten zum Kofferraum. Er war nicht abgeschlossen. »Hast du eine Taschenlampe?«

»Nicht bei mir«, sagte Dermot. »Ich hab' eine im Auto. Ich hole sie.«

Während er weg war, öffnete Grace den Kofferraum. In dem schwachen Licht erkannte sie den Ersatzreifen und den Wagenheber. Es sah so aus, als hätte man die Teile einfach so hineingeworfen. Sie beugte sich vor und stützte sich dabei an der Ecke des Kofferraumes ab. Sie sah sonst nichts. Dermot kam mit der Taschenlampe zurück. Er hielt den Lichtschein auf den Reifen und den Wagenheber.

»Das sieht aus wie Blut.« Er schaute sich um. »Sieh mal nach, ob du einen Schraubenzieher oder einen Lappen findest, mit dem ich das herausnehmen kann«, sagte er. Grace ging zu einer alten Kommode an der Rückwand und schnappte sich etwas, das nach einem alten Vorhang aussah. Sie gab ihn Dermot. Vorsichtig nahm er den Wagenheber heraus.

»Das ist tatsächlich getrocknetes Blut«, sagte er. »Und was ist das da an deiner Hand?«

Grace schaute hinab. Ihre Hand war voller dunkelrotem,

geronnenem Zeug. »Iieeh!« Sie hielt die Hand von sich weg und riß Dermot dann den Lappen weg.

»Nein!« fuhr Dermot sie an. »Das ist Beweismaterial. Hier.« Er holte ein sauberes Taschentuch aus seiner Tasche. »Wisch es hiermit ab.«

Grace schrubbte sich ihre Hand heftig mit dem Taschentuch ab. Wessen Blut war das? Du hast die Wahl, sagte sie sich. Carenzas? Lukes? Cassies? Nein, Cassie wurde erwürgt, ihres konnte es nicht sein.

Dermot eilte hinaus zu seinem Wagen und kam mit mehreren großen Asservatentüten zurück. Grace stopfte das Taschentuch in eine Tüte und gab sie Dermot.

»Ich hab' im Büro angerufen«, sagte Dermot. »Jack kommt mit den Kriminaltechnikern hierher. Mal sehen, was Poppy zu sagen hat.«

Poppy war nicht zu Hause. Niemand reagierte auf das Klingeln. Dermot griff noch einmal zum Telefon und forderte einen Durchsuchungsbefehl für das Haus und die Garage an.

»Ich muß zurück in die Hühnchenfabrik«, sagte Grace. »Kannst du mich hinfahren?« Sie wollte auf keinen Fall der Mannschaft von der Harcourt Terrace in ihrem Hühnchen-Kostüm begegnen. Dermot hatte Mitleid mit ihr.

»Okay«, sagte er. »Warte im Wagen auf mich.«

Als Jack Mulloy eintraf, sank Grace noch tiefer in den Beifahrersitz und versuchte, sich unsichtbar zu machen. Während er mit Dermot redete, warf er verstohlene Blicke zu ihr hin und grinste.

O Gott, das überstehe ich nie, dachte sie und rutschte noch tiefer, bis sie fast auf dem Boden lag.

»Was ist denn mit dir los?« fragte Dermot, als er sich auf den Fahrersitz setzte.

»Überhaupt nichts«, erwiderte Grace sarkastisch. »Abgesehen davon, daß meine Glaubwürdigkeit gerade den Bach runtergeht.«

»Welche Glaubwürdigkeit?« fragte Dermot grinsend.

Er ließ den Motor an und fuhr hinaus auf die Raglan Road.

»Worum geht's bei dem Job?« fragte Dermot auf der Fahrt.

»Job? Ach so, ja. Der Eigentümer glaubt, daß Chuck, sein Manager, ihn ausnimmt.«

»Und nimmt Chuck ihn aus?«

»Ja«, sagte Grace. »Er kauft hinter seinem Rücken Sachen ein und steckt den Gewinn in die eigene Tasche.«

»Liebe Güte! Wie hast du das so schnell herausgefunden? Du bist doch erst seit ein paar Stunden da.«

»Geniale Detektivarbeit«, sagte Grace.

»Nein, wirklich, erzähl mal.«

»Okay, ich hab' Alison gefragt. Du weißt schon, diese unglücklich aussehende Kassiererin. Sie hat ihn verpfiffen. Er hat sich ihr warmes Nest mit ihr geteilt, bis er sie wegen eines jüngeren Hühnchens sitzenließ.«

Dermot kicherte. »Was erwartest du? Sie ist ja auch kein Küken mehr, oder?«

»Sehr witzig, Dermot.«

Sie waren angekommen. Er fuhr an den Straßenrand. »Warum willst du dann noch hierher, wenn du den Manager überführt hast?«

»Ich werde es noch eine Woche in die Länge ziehen.« Dermot hob die Augenbrauen. »Halt mir keine Predigt, Dermot«, sagte Grace, als sie ausstieg. »Ich lebe jetzt in der realen Welt, und wir brauchen das Geld. Außerdem brauche ich noch Fotos und so. Du weißt schon, Beweismaterial.«

»Ach so, ja«, sagte Dermot nachdenklich. »Beweismaterial. Ist das nicht die Pest?«

* * *

Free wickelte sich fest in ihren Mantel ein und kämpfte gegen den Wind an. Es dämmerte, und der Feierabendverkehr wurde dichter. In ihrem Kopf war jetzt alles klar. Luke Ryan mußte sterben. Sie konnte nicht das Risiko eingehen, daß er eventuell das Bewußtsein wiedererlangte. Er war selbst schuld. Er hätte sie nicht enttäuschen dürfen. Hinterging sie einfach mit dieser Ziege Grace de Rossa. Und dann noch die Sache mit der Brosche. Sie hatten sie alle enttäuscht. Tim, Carenza. Luke. Sogar Mutter.

Warum mußten die Menschen nur so sein? Sie hatte Tim geliebt. Er hatte ihr gesagt, daß er verrückt nach ihr sei. Aber dann hatte er gesagt, daß sie es etwas ruhig angehen lassen sollten. Daß sie ihn erstickte. Ihn ersticken? Wie kann man von jemandem erstickt werden, den man angeblich liebt? Sie bettelte um seine Zuneigung. Bombardierte ihn mit Telefonanrufen, aber es nutzte nichts. Sie konnte ihn nicht überzeugen. Sie wußte, daß er sich nur etwas vormachte. Er liebte sie. Jemand mußte ihm eine Gehirnwäsche verpaßt haben, um ihn gegen sie aufzubringen.

Als sie um die Ecke in die Raglan Road bog, blieb sie abrupt stehen. Vor ihrer Auffahrt entdeckte sie zwei Polizeibusse, einen davon noch mit Blaulicht. Zwei uniformierte Beamte standen wie Wachposten zu jeder Seite des Tores.

Das geht nicht. Das geht auf keinen Fall.

Sie drehte sich um und zog sich eilig in Richtung Merrion Road zurück.

* * *

Poppy Dalglish-Stuart stürmte tobend und unzusammenhängende Worte wetternd ins Vorzimmer. Phoebes erster Gedanke war, daß sie aussah wie die schlecht frisierte Medusa.

»Poppy, ich habe keine Ahnung, wovon Sie reden«, sagte sie, doch Poppy war nicht in der Stimmung, um zuzuhören.

»Wofür bezahle ich Sie? Das frage ich mich die ganze Zeit.« Sie beugte sich über Phoebe, die auf dem niedrigen Ledersofa saß. Phoebe fühlte sich bedrängt. Sie versuchte aufzustehen. Poppy wandte sich Xin zu. »Und wisch dir dieses alberne Grinsen aus dem Gesicht, du dämliche Göre!«

Schließlich schaffte Phoebe es, aus dem Sofa herauszukommen.

»Poppy! Bitte beruhigen Sie sich, und fangen Sie noch mal von vorn an. Ich habe nicht die geringste Ahnung, wovon Sie reden.«

»Von Emmet O'Connell. Sie haben ihn freigelassen. Dieser miese Übeltäter ist wieder mal entkommen.«

Phoebe und Xin waren gleichermaßen perplex.

»Sind Sie sicher?« platzte es aus Xin heraus. Poppy warf ihr einen Blick zu, der eine mindere Person als eine ausgebildete Ninja hätte schrumpfen lassen.

»Poppy, ich schwöre Ihnen, wir wissen nichts davon«, sagte Phoebe, während sie gleichzeitig nach dem Hörer griff. »Ich werde Dermot McEvoy anrufen. Da muß ein Irrtum vorliegen.«

»Da liegt mit Sicherheit ein Irrtum vor! Ein verdammt großer sogar. Und machen Sie sich nicht die Mühe, diesen McEvoy zu erreichen, denn der nimmt in genau diesem Moment mein Haus auseinander.«

»Ihr Haus? Aber warum?«

»Er faselte irgendwas über Free. Aber das müßten Sie doch wissen. Er erwähnte nebenbei, daß Grace Beweismaterial gefunden hat, das sie belastet. Versuchen Sie also nicht, mir etwas vorzumachen. Das ist alles eindeutig. Emmet ist auf freiem Fuß, und meine Tochter ist wieder einmal verschwunden. Kommt Ihnen das nicht wie ein ziemlich merkwürdiger Zufall vor?«

»Ich weiß nichts davon, das schwöre ich, Poppy.« Phoebe sah zu Xin. »Hat Grace hier angerufen? Hast du eine Ahnung, worum es bei all dem geht?«

Xin schüttelte den Kopf. »Keinen Schimmer.«

Plötzlich schien Poppy die Luft auszugehen. Sie sackte aufs Sofa und verbarg ihr Gesicht in den Händen. Phoebe empfand Mitleid mit ihr. Sie legte der älteren Frau unbeholfen die Hand auf die Schulter.

»Fangen Sie noch mal ganz von vorn an zu erzählen, Poppy.«

Poppy regte sich einen Augenblick lang nicht, dann richtete sie sich langsam ganz auf und atmete tief durch.

»Dermot McEvoy hat Emmet O'Connell entlassen. Er hat mir erzählt, Emmet könne meine Tochter nicht entführt haben, weil er irgendein Alibi habe. Er hat mir ebenfalls erzählt, daß die Leiche von Cassie Drummond in Carenzas Ferienhütte in Kilternan gefunden worden sei. Und anscheinend hat Grace heute morgen in meiner Garage herumgeschnüffelt und kam dann mit irgendeinem Ammenmärchen über Free an.«

»Du liebe Güte!« sagte Phoebe. »Aber ich kann mir nicht vorstellen, daß das stimmt. Warum sollte Grace das tun? Als Free entführt wurde, haben wir Emmet nicht ... äh ... ich meine, er hatte uns abgehängt. Er hatte mit Sicherheit kein Alibi.«

»Genau das habe ich McEvoy erzählt. Aber hat er mir zugehört? Nein. Und das Ganze wird noch absurder. Er behauptet sogar, daß Free die Schuldige ist.«

Phoebe legte die Stirn in Falten. »Das hört sich vollkommen unsinnig an.«

»O'Connell war draußen in Kilternan«, sagte Xin. »Mungo ist ihm doch bis dahin gefolgt.«

»Na also, sehen Sie?« rief Phoebe. »Es muß eine ganz plausible Erklärung für alles geben. Grace kennt mit Sicherheit die richtige Story.« Phoebe trat hinter den Schreibtisch und setzte sich.

»Wo *ist* Grace überhaupt?« fragte Poppy.

»Sie ist bei 'nem Job«, sagte Xin.

»Dann holen Sie sie her. Ich verlange eine Erklärung.«

Poppys Benehmen ging Phoebe allmählich ordentlich gegen den Strich.

»Hören Sie, Poppy. Ich kann Grace erst später erreichen. Sie erledigt einen Undercover-Auftrag. Warum fahren Sie nicht nach Hause und ruhen sich ein wenig aus? Ich rufe Sie an, sobald Grace wieder da ist.«

Poppy richtete sich zu voller Lebensgröße auf und setzte ihren herrischsten Gesichtsausdruck auf. »Behandeln Sie mich nicht so von oben herab, junge Frau. Ich bestehe darauf, daß Sie sich mit Grace in Kontakt setzen. Ich verlange es! Ich möchte Sie daran erinnern, daß *ich* die Zeche bezahle. Also bestimme *ich* auch, was hier abläuft.« Sie beugte sich über den Schreibtisch und schob ihr Gesicht bis auf wenige Zentimeter an Phoebes heran. Phoebe lehnte sich im Stuhl zurück und starrte sie wütend an. Sackgasse.

Xin räusperte sich. »Ich glaub', ich könnte Grace vielleicht erwischen.«

Phoebe wandte nun Xin ihren zornigen Blick zu. Sie verabscheute die Vorstellung, sich von solchen Leuten wie Poppy Vorschriften machen lassen zu müssen. Xin ignorierte sie und sagte: »Sie wollte ihre Familie im Krankenhaus besuchen, sobald sie mit ihrer Arbeit fertig ist. Ich könnte ja da vorbeifahren und sie holen. Sie müßte jeden Augenblick dort eintreffen.«

Poppy warf die Hände in die Luft. »Eureka! Ein Mensch mit wenigstens einem Funken von Intelligenz! Ab mit dir, Kleine. Lauf los und hol sie.«

Xin sah zu Phoebe. Phoebe gab nach und murrte zähneknirschend: »Na gut, dann geh schon. Geh zum Krankenhaus. Mal sehen, was sie zu sagen hat.«

Xin rührte sich nicht vom Fleck.

»Was ist denn jetzt?« fuhr Phoebe sie an.

»Ich brauch' Ihr Auto. Die Bremsen an meinem sind im Eimer.«

Phoebe warf ihr die Schlüssel zu. »Aber wenn da auch nur ein kleiner Kratzer ...«

»Niemals!« sagte Xin grinsend. Sie zwinkerte Phoebe hinter Poppys Rücken zu. »Ihr plaudert ein bißchen miteinander, und ich bin in Null Komma nichts wieder zurück!«

28. Kapitel

Grace hatte das Gefühl, daß jede einzelne Pore ihrer Haut von ranzigem Hühnchenfett durchdrungen war. Sie betrachtete ihr Gesicht in dem gesprungenem Spiegel auf der Personaltoilette. Die Haare klebten ihr am Kopf. Sie spürte schon fast die Pickel, die auf ihrem Kinn zu sprießen drohten. Gott! Wie konnten manche Leute diese Arbeit nur ständig machen? Ihre Füße schmerzten höllisch, und ihre Wirbelsäule schien vollkommen zusammengestaucht zu sein. Sie beugte sich vor und preßte ihre Arme gegen die Wand, um den Rükken zu dehnen.

Ein Bild ihres Vaters tauchte plötzlich vor ihr auf. Es war ihr so fremd, ihn hilflos zu sehen! Was würde nun aus ihm werden? Wie würde er mit einem Leben im Rollstuhl zurechtkommen? Und was war mit Mutter? Und Luke? Hatte Free wirklich versucht, ihn umzubringen? Würde er sich überhaupt an etwas erinnern?

Sie hängte ihr Kostüm in den Spind und zog ihre Jeans an. Sie fragte sich, ob Dermot Free wohl schon gefunden hatte.

Alison steckte den Kopf zur Tür herein. »Du gehst jetzt?« fragte sie.

Grace nickte. »Ja«, bestätigte sie, während sie sich die Turnschuhe zuschnürte.

»Hast du Lust, noch was trinken zu gehen?«

»Tut mir leid. Ich muß meine Eltern besuchen. Sie liegen beide im Krankenhaus.«

Alison lehnte sich gegen den Türrahmen. »Ach, du liebe Güte. Hoffentlich nichs allzu Schlimmes?«

Grace lächelte sie an. »Sie sind auf dem Weg der Besserung«, sagte sie.

»Sie sind alt, oder?«

»Bitte?«

»Alt. Deine Eltern.«

Grace blickte sie verständnislos an. »Ich dachte nur, wenn sie beide im Krankenhaus sind, müssen sie wohl schon älter sein«, erklärte Alison.

»Nein, es war ein Autounfall«, sagte Grace, etwas eingeschnappt darüber, daß Alison fand, sie sähe schon alt genug aus, um richtig alte Eltern zu haben.

»Das ist Pech«, stellte die Jüngere fest. »Na ja, wir sehen uns morgen.« Sie wandte sich ab, blieb dann aber noch mal stehen.

»Was ich dir da erzählt habe ... das mit Chuck.«

»Ja?«

»Du erzählst doch niemandem davon, oder?«

Grace legte den Finger auf den Mund. »Meine Lippen sind versiegelt«, sagte sie.

»Weil ich ihm keine Probleme einbrocken will«, sagte Alison.

Grace war etwas überrascht. »Warum denn nicht?«

Alison lächelte sie schüchtern an. »Na ja, er ist kein übler Kerl. Und ich glaube, daß er diese Frau bald fallenläßt.«

»Das meinst du nicht ernst?« fragte Grace.

Alison grinste. »Doch. Und das heißt, daß er vielleicht wieder nach Hause kommt.«

»Nein!« rief Grace schockiert. »Ich dachte, daß du ihn auf

keinen Fall wiederhaben willst, so wie er dich behandelt hat.«

»Du weißt doch, wie das ist«, antwortete das Mädchen. »Lieber das bekannte Übel als das unbekannte. Egal, wir sehen uns morgen.« Die Tür schloß sich hinter ihr.

Grace zog ihren Mantel an und ging zum Notausgang. Als sie unten auf der Feuertreppe ankam, sah sie den tapferen Chuck im Gespräch mit einem anderen Mann. Der Mann gab ihm gerade einen großen Karton, und Chuck reichte ihm seinerseits ein paar Scheine. Grace wühlte in ihrer Tasche nach dem Fotoapparat und machte dann ein paar Bilder. Großartig, lobte sie sich. Einen Tag weniger in der Chucklin'-Chookie-Fabrik.

* * *

Free eilte durch die Türen des Einkaufszentrums. Nach Feierabend drängten sich dort die Menschen, die alle noch etwas zum Essen kaufen wollten oder die etwas von der Reinigung abholen mußten, weil sie es in der Mittagspause nicht geschafft hatten. Über die Lautsprecher drangen Weihnachtslieder, und ein merkwürdig schlanker Weihnachtsmann saß in seiner Höhle.

»Ho, ho, ho«, sagte er, als sie vorbeiging.

Ihre Augen suchten die Hinweisschilder an der Decke nach dem Bereich Haushalt ab. Verärgerung überkam sie. Warum konnten sie nicht alles deutlich ausschildern? Sie sollten ein Schild aufstellen, das die Kunden direkt in die Abteilung mit den äußerst giftigen Putzmitteln schickt. Sie lachte laut auf und provozierte damit einige verwirrte Blicke. Reiß dich zusammen, ermahnte sie sich. Die Lage ist ernst. Schließlich fragte sie genervt einen Jungen, der Kekse in ein Regal einräumte.

»Die Reinigungsmittel sind da drüben.« Er zeigte auf den hinteren Bereich des Geschäfts. »Gehen Sie einfach durch die Heimwerker-Abteilung.«

Free spürte einen Anfall von Hysterie in sich aufsteigen. Wie passend! Sie kam sich wirklich wie ein Heimwerker vor! Sie atmete tief durch und eilte weiter. Ihre Augen suchten die Regale ab. Ah, da war er ja. Der gute alte Abflußreiniger. Fünfzig Milliliter davon in die Vene müßten reichen. Sie nahm die rechteckige Dose aus dem Regal und stellte sich in die Schlange der ungeduldigen Kunden an der Kasse.

* * *

Alice de Rossa lag regungslos in einem tiefen Medikamenten-Schlaf. Ihr Kopf war mit Bandagen umwickelt, und in ihre Hand war eine Infusion gelegt. Sie wirkte so zerbrechlich. Sie war so blaß! Eine Schwester betrat das Zimmer, fingerte an der Infusion herum und las dann Werte vom Monitor ab. Sie lächelte Grace an. Faith stand auf der anderen Seite des Bettes.

»Sie sieht so klein aus«, sagte Grace. »Sie wird entsetzt darüber sein, daß man ihr den Kopf rasiert hat.«

»Vielleicht besorge ich ihr morgen eine Perücke«, sagte Faith. »Dann fühlt sie sich sicher wohler, wenn sie ihr den Verband abnehmen.«

»Hast du mit Charles gesprochen?« fragte Grace.

Faith nickte. »Er scheint mit ihrem Fortschritt recht zufrieden zu sein.«

»Aber was sollen wir machen, Faith? Wie soll sie mit Daddy fertig werden?«

Faith setzte sich auf die Bettkante und nahm die Hand ihrer Mutter. »Wir werden uns darum kümmern, wenn es soweit ist«, sagte sie. »Aber Charity meinte schon, sie würde sich um Mummy kümmern, wenn sie entlassen wird. Und du weißt ja, wie gut sie mit Mummy umgehen kann. Bei Daddy ist das natürlich etwas anderes.«

»Das kannst du laut sagen«, bestätigte Grace. »Er wird unausstehlich sein.«

»Ich glaube, du schätzt ihn falsch ein, Grace. Diese Angelegenheit scheint ihn verändert zu haben.«

»Natürlich hat sie ihn verändert, verdammt!« platzte es aus Grace heraus. Doch dann senkte sie die Stimme. »Natürlich hat sie ihn verändert. Das erstemal seit seiner Kindheit wird er vollkommen abhängig sein.«

»Hast du in letzter Zeit mit ihm gesprochen?« fragte Faith.

Grace schüttelte den Kopf. »Seit ein paar Tagen nicht mehr.«

»Dann geh zu ihm. Du wirst überrascht sein.«

»Das bezweifle ich«, sagte Grace. »Aber ich wollte ohnehin zu ihm hoch.«

»Wie geht's Luke? Oder ist das ein Tabuthema?«

»Warum sollte Luke ein Tabuthema sein?« fragte Grace aggressiv.

Faith wirkte verlegen. »Ich dachte, er hätte ... äh ... hätte dich mit der Tochter deiner Klientin betrogen oder so.«

»Mein Gott, Faith! Zieh nicht gleich so voreilige Schlüsse«, fuhr Grace sie an. »Vielleicht stimmt das gar nicht. Jedenfalls gilt für mich immer noch: im Zweifel für den Angeklagten.«

Faith hob ergeben die Hände. »Ist mir recht«, sagte sie. »Ich habe nur gefragt.«

Alice regte sich kurz. Beide Frauen sahen auf sie hinunter.

»Faith, hast du eigentlich wegen Mutter Schuldgefühle?« fragte Grace.

»Warum?«

Grace zuckte mit den Schultern. »Wegen allem.«

Faith schüttelte den Kopf. »Ich weiß nicht, was du meinst.«

Grace seufzte. »Das beantwortet meine Frage«, sagte sie.

Sie beugte sich hinunter und küßte ihre Mutter leicht auf die Wange. »Ich geh' mal nach oben zu Daddy.«

* * *

Der Streifenwagen fuhr langsam an ihr vorbei. Erst im Nachhinein erkannte Free ihn als solchen. Ihr Herzschlag setzte kurz aus. Sie zog den Mantelkragen hoch und blieb stehen, um zu erkennen, wohin er fuhr. Das Auto wurde langsamer und hielt am Haupteingang des Krankenhauses an, doch der Motor lief weiter. Ein Polizist stieg aus und steckte dann noch einmal den Kopf zur Beifahrerseite hinein. Er schlug die Wagentür zu und ging durch die Glastür hinein. Der Streifenwagen fuhr ein paar Meter weiter und parkte beim Parkverbotsschild. Free zog den Kopf ein und eilte durch die Tür, ohne sich umzuschauen.

In der Eingangshalle wimmelte es von Besuchern, die kamen und gingen. Sie waren beladen mit Blumen oder Plastiktüten und Zeitschriften wie *Women's Own* oder *Hello!*.

Der Polizist stand nun am Aufzug. Free blieb stehen und schaute auf eine Anschlagtafel, wobei sie den Körper halb von ihm abgewandt hatte. Dann kam dieses Mädchen angerannt, diese merkwürdige kleine Dicke, die für Grace de Rossa arbeitete. Sie stellte sich auch vor den Aufzug. Sie war es ganz bestimmt! Was zum Teufel tat sie hier? Eine Klingel ertönte, und die Tür ging auf. Beide verschwanden sie im Aufzug.

Grace war überrascht, ihren Vater im Bett sitzen zu sehen. Er hatte immer noch die Käfigapparatur über dem Kopf und den Schultern. Michael lehnte mit verschränkten Armen an der Heizung beim Fenster. Sie lachten beide gerade.

»Hallo, Grace«, begrüßte Paul de Rossa seine Tochter. »Du siehst so ernst aus.«

»Das kann man von dir nicht behaupten«, sagte sie.

»Nun, mir geht's schon viel besser, Gott sei Dank.«

Grace hatte noch nie gehört, daß ihr Vater dem Allmächtigen dankte. »Ich war unten bei Mummy«, sagte sie. »Charles sagt, daß er mit ihren Fortschritten zufrieden ist.«

»Ja, ich habe selbst vor einiger Zeit mit ihm gesprochen«, sagte ihr Vater. »Ihre Genesung wird jedoch sehr viel Zeit in Anspruch nehmen.«

Michael griff nach seiner Jacke. »Ich werde mir mal einen Happen zu essen holen, solange du hier bist«, sagte er und ging zur Tür.

»Oh... ich kann nicht lang bleiben«, bemerkte Grace ängstlich. Sie befürchtete, daß sie mit ihrem Vater Small talk machen mußte. »Ich muß...«

Paul de Rossa streckte die Hand aus. »Schon gut, Grace. Ich brauche keinen Babysitter. Du mußt nicht hier bleiben. Du kannst gehen, sobald du willst.«

»Das ist es nicht. Ich meine, es ist nicht so, daß ich nicht bleiben will«, plapperte sie. Dann fiel es ihr auf. »Du hast deinen Arm bewegt!«

»Ja«, sagte er. »Gott hat es für richtig erachtet, einem Sünder noch eine Chance im Leben zu geben.«

Er lächelte sie an. Das Lächeln war herzlich. Grace wurde rot.

»Komm und setz dich hierher«, sagte er. Er klopfte auf die Bettkante. »Und erzähl mir, was dir zu schaffen macht.«

Sie zögerte und setzte sich dann zu ihm. »Ich mache mir

Sorgen«, sagte sie. »Um dich und Mummy. Was geschieht, wenn sie dich entlassen? Wie wirst du damit zurechtkommen?«

»Du meinst, wie deine Mutter mit mir zurechtkommen wird?«

Sie lächelte angesichts seiner Offenheit. »Ja, genau.«

»Ich bin nicht das Scheusal, das du in mir siehst, Grace.« Sie wollte etwas sagen, doch er wehrte es ab. »Ich weiß, daß ich deine Mutter nicht immer gut behandelt habe.« Er bemerkte ihren Blick. »Na schön«, gab er zu, »ich weiß, daß ich deine Mutter oft richtig schlecht behandelt habe, aber eine Begegnung mit dem Tod kann deine Einstellung zum Leben ändern. Gott hat mir meine Irrtümer aufgezeigt. Und er hat mir noch eine Chance gegeben.« Er machte eine Pause, als wartete er darauf, daß sie etwas sagte.

»Nimmst du Medikamente?« fragte Grace. »Weißt du, was du da sagst?«

»Natürlich bekomme ich Medikamente, aber das hat nichts damit zu tun, was ich dir sage«, fuhr er fort. »Ich weiß, daß du mir kaum glaubst, und du weißt, daß ich deiner Mutter nicht immer treu gewesen bin, Grace. Aber ich verspreche dir, daß ich dafür sorgen werde, daß sie die allerbeste Pflege erhält. Was immer es kosten mag. Mit Gottes Hilfe. Sie ist mir das Kostbarste auf der Welt.«

»Du hast recht«, sagte Grace. »Ich glaube dir *nicht*.«

»Dann kann ich nur hoffen und zu Gott beten, daß meine Taten lauter sprechen als meine Worte, Grace. Ich liebe deine Mutter über alles, und ich werde es dir beweisen.«

»Mir brauchst du es nicht zu beweisen«, sagte Grace. »Beweise es ihr.«

Er lächelte sie gütig an. »Genau das werde ich tun.«

»Ich muß jetzt gehen.« Grace ging zur Tür. »Ich schaue morgen wieder rein.«

»Mach's gut, Schatz. Gott schütze dich.«

Grace zog die Tür hinter sich zu und lehnte sich mit dem Rücken gegen die Wand. Sie sah Faith auf dem Gang auf sie zukommen.

»Und?« fragte Faith.

»Ich bin ziemlich durcheinander. Wann hat er zu Gott gefunden? Ich habe zuvor noch nie gehört, daß er den Herrn erwähnt hat.«

»Sei nicht so zynisch, Grace.«

Grace schnaubte verächtlich. »Kannst du mir das zum Vorwurf machen? Ich weiß nicht, ob ich Daddy als einen wiedergeborenen Christen behandeln kann.«

»Das ist er nicht. Sei nicht so hart zu ihm. Er hat eine Menge durchgemacht. Das hat ihn verändert.«

»Wir werden sehen«, sagte Grace skeptisch.

29. Kapitel

Der Bulle stand vor Lukes Zimmer. Mist! Free eilte durch den Gang zurück auf die Damentoilette und schloß sich dort ein. Ihr war speiübel. Und wenn er nun alles ausplauderte, bevor sie zu ihm kam? Beruhige dich, ermahnte sie sich. Das passiert schon nicht. Sie konzentrierte sich auf ihre Atmung. Tiefe Atemzüge, um ihren Herzschlag zu beruhigen. Die Panik wich. Sie schloß die Tür wieder auf, ging zum Waschbecken, um sich kaltes Wasser über die Handgelenke laufen zu lassen und dann ihr Gesicht zu erfrischen. Sie fühlte sich schon besser. Jetzt zum geschäftlichen Teil. Sie mußte eine Möglichkeit finden, in Lukes Zimmer zu kommen, und sie mußte eine Spritze auftreiben, mit der sie ihm die tödliche Injektion verabreichen konnte. Wo fand man am ehesten herumliegende Spritzen?

In der Notaufnahme vielleicht. Free machte sich wieder auf den Weg ins Erdgeschoß.

Xin war verärgert. Als sie zum Zimmer von Alice de Rossa kam, sagte ihr die Schwester, daß sie Grace gerade verpaßt habe. Dann brauchte sie Ewigkeiten, um zu Paul de Rossa zu finden. Sie wurde von Pontius zu Pilatus geschickt, bis sie ihn schließlich in einem Einzelzimmer aufspürte, wo er im Bett saß und den Rosenkranz betete. Ihr eiliger Rückzug wurde jedoch dadurch vereitelt, daß sie sich als Kollegin von Grace vorstellte. Er bestand darauf, daß sie blieb und ihm beim Beten Gesellschaft leistete. Sie wußte nicht, wie sie dies ablehnen konnte, plapperte halbherzig das Ave Maria mit ihm herunter und entkam erst, als Michael zurückkehrte. Als nächstes suchte sie logischerweise auf der Station von Luke Ryan.

Grace begleitete Faith zum Haupteingang.

»Ich rufe dich morgen an«, versprach sie, als sie sich umarmten. Sie sah Faith nach, die im Dunkel des Parkplatzes verschwand. Sie war fast ein wenig eifersüchtig auf ihre kleine Schwester. Nicht auf ihren Lebensstil, aber auf die Art, wie sie all ihre Beziehungen im Griff hatte. Sie war in ihrer Ehe vollkommen zufrieden. Sie hatte keine Schwierigkeiten im Umgang mit ihren Eltern oder Geschwistern. Sie akzeptierte sie so, wie sie waren, ohne zu urteilen.

Grace seufzte tief und machte sich noch einmal auf, um Luke zu besuchen. Phoebe hatte recht. Wenn sie nicht aufpaßte, würde sie ihn mit ihrer dummen Unsicherheit noch vollkommen verscheuchen. Sie wußte, daß es falsch war, alle Männer mit Andrew gleichzusetzen. Gott bewahre!

Die Aufzugstür öffnete sich, und sie betrat den Fahrstuhl nach einer Schwester, einem älteren Herrn und einer jungen Frau mit einem Kleinkind auf dem Arm. Bing. Der Fahrstuhl fuhr nach oben. Bing. Er hielt im ersten Stock an, und die Schwester stieg aus. Die Türen gingen langsam wieder zu. Plötzlich war Grace hellwach. Free Dalglish-Stuart, bekleidet mit einem weißen Arztkittel, durchquerte draußen ihr Gesichtsfeld. Sie brauchte zu lange, um zu reagieren. Die Tür schloß sich endgültig, und der Fahrstuhl setzte seine träge Reise aufwärts fort. Im Schneckentempo ging es nach oben, während Grace hektisch auf die Taste für den zweiten Stock einhämmerte. Der Aufzug kam zum Stehen. Nach einer Ewigkeit gingen die Türen auf. Grace eilte hinaus und stieß genau mit Xin zusammen.

»Da sind Sie ja! Ich hab' dieses dämliche Haus schon 'ne ganze Ewigkeit nach Ihnen durchsucht, verdammt.«

Grace packte sie am Arm und zerrte sie zur Treppe.

»Schnell! Ich hab' Free gerade gesehen.«

Xin lief widerspenstig neben ihr her. »Ja, und?«

»Wir müssen sie finden! Sie wird versuchen, Luke umzubringen.«

»Was?«

»Frag nicht«, sagte Grace. »Vertrau mir einfach. Wir müssen sie aufhalten!« Sie kamen an den Treppenabsatz. Grace raste zwei Stufen auf einmal hinunter. Xin folgte dicht hinter ihr.

»Warum laufen wir nach unten?«

»Ich hab' sie im ersten Stock gesehen, als der Aufzug aufging.«

Xin blieb abrupt stehen und hielt Grace am Arm fest.

»Warten Sie. Das ist doch verrückt. Wenn sie den Typen umbringen will, dann muß sie doch nach oben in den dritten Stock.«

»Scheiße! Du hast recht«, stöhnte Grace. Sie machten auf der Stelle kehrt, rannten die Treppe wieder hinauf und hätten im dritten Stock fast eine Schwester mit dem Medikamentenwagen umgerannt.

»Vor seiner Tür hält ein Polizist Wache«, keuchte Grace. Xin überholte sie und rutschte um die Kurve.

»Nein, da steht keiner«, rief sie über die Schulter zurück. Grace bog Sekunden nach Xin um die Ecke. Sie hatte recht. Vor der Tür stand kein Polizist. Wo war Dermot mit seinen Gedanken?

Xin stürmte in Lukes Zimmer. Free stand an seinem Bett.

Als Grace über die Türschwelle stürmte, jagte Free gerade eine Spritze in den Beutel mit der Flüssigkeit, die über einen Schlauch in Lukes Hand floß. Die klare Flüssigkeit wurde trübe.

Xin widersetzte sich den Regeln der Schwerkraft, drehte sich auf der Hacke ihres rechten Fußes, streckte das Bein und setzte mit der Hacke des anderen Fußes einen Tritt auf Frees Brustkorb. Im gleichen Moment riß Grace den Tropf aus Lukes Arm. Free gab einen Schrei von sich, als die Luft aus ihrer Lunge gestoßen wurde. Wie ein Sandsack ging sie zu Boden. Dann brach das Chaos aus.

Innerhalb von Sekunden stürmten dieselben beiden Wachmänner herein, die zuvor versucht hatten, Grace hinauszuwerfen, dicht gefolgt von einem hochroten Garda Joe Bean, der sich davongestohlen hatte, um heimlich eine Zigarette zu rauchen.

Free schrie und tobte wie verrückt, als er ihr Handschellen anlegte. Sie verfluchte Grace, Emmet O'Connell und alle anderen und beleidigte Joe Bean mit den heftigsten Unterstellungen. Xin mußte den Todesgriff anwenden, um ihre fuchtelnden Arme ruhigzustellen. Gerade nachdem Free gebändigt worden war, stürmte Dermot herein, scheinbar einem Herzinfarkt nahe und in Begleitung der halben Mannschaft vom Revier. Free wurde weggeschafft.

Joe schlich sich an Grace heran.

»Sie werden Dermot doch nicht erzählen, daß ich weg war, um eine zu rauchen, oder?« flüsterte er.

Grace starrte ihn wütend an. »Sie hätte Luke umbringen können, Joe! Sie hatten verdammtes Glück, daß Xin und ich aufkreuzten, um Ihnen aus der Patsche zu helfen.«

»Ach ... Sie wissen doch selbst, wie das ist ...«

»Ach, halten Sie den Mund.« Sie wandte sich angewidert ab.

»Was ist denn jetzt überhaupt los?« fragte Xin.

Grace erzählte ihr, was sie bei der Durchsuchung von Frees Garage herausgefunden hatten.

»Wenn ich also dem Typen nicht gefolgt wär, dann hätte er kein Alibi, und die Frau wäre mit ihrer Geschichte über die Entführung davongekommen und hätte Luke umbringen können?«

»Ja«, sagte Grace.

Xin strahlte vor Freude. »Das ist ja 'n Ding!«

»Warum hast du eigentlich nach mir gesucht?«

»Ach ja: Poppy ist in der Baggot Street. Sie kam wetternd rein und laberte was über Sie und Dermot. Wir wußten nicht, was los war. Sie haben ja nicht angerufen oder so, nich' wahr?«

»Ich hatte keine Zeit dazu«, sagte Grace.

»Sie wird nicht gerade besonders begeistert darüber sein, daß die Frau verhaftet wurde, was?«

»Vielleicht sollte ich mal im Büro anrufen, damit Phoebe ihr die Neuigkeit überbringen kann«, überlegte Grace laut.

Xin war ihrer Meinung. »Hmm. Gute Idee.«

Dermot kam zu ihnen. »Gut gemacht«, sagte er zu Xin und betrachtete sie von oben bis unten. Für solch einen Winzling war das ein ziemlich harter Tritt.

Xin spielte es herunter. »Kinderleicht«, sagte sie.

Grace wartete, bis die Ärztin Luke untersucht hatte.

»Sie haben genau richtig gehandelt, indem Sie ihm einfach den Tropf aus dem Arm zogen«, sagte sie. »Sie haben ihm damit wahrscheinlich das Leben gerettet.«

»Wird er wieder gesund?« fragte sie.

Die Ärztin nickte. »Ihm wird's bald wieder gut gehen«, sagte sie, »relativ gut zumindest.«

»Was meinen Sie mit *relativ gut*?«

»Nun, abgesehen von dem gebrochenen Bein, dem gebrochenen Handgelenk, dem Schulterbein und ...«

Grace atmete erleichtert auf. »Also nichts Lebensgefährliches?«

»Nein, nichts Lebensgefährliches. Aber seien Sie nicht überrascht, wenn er sich nicht an den Unfall erinnert.«

Na ja, dachte Grace, jedes Unglück hat auch ... und so weiter. Mit ein bißchen Glück ... wenn er je etwas für Free empfunden hat, dann hat er womöglich auch das vergessen.

30. Kapitel

»Was hatte sie ihm spritzen wollen?« fragte Phoebe.

»Die Schwester meinte, es roch nach Abflußreiniger«, sagte Grace.

»Das hätte ihm wirklich seine Arterien gereinigt«, meinte Phoebe.

Es war weit nach sieben, und Poppy war schon seit langem gegangen. Sie war aufs Revier an der Harcourt Terrace gebraust, hatte alle möglichen Beleidigungen von sich gegeben und den Detektiven ungeheure Illoyalität vorgeworfen, als sie von Frees Verhaftung erfuhr. Aber das war Dermots Problem. Poppy hatte ihre beträchtliche Rechnung bereits bezahlt, als Emmet O'Connell am Tag zuvor verhaftet worden war.

Phoebe, Grace und Xin saßen am lodernden Kaminfeuer in Graces Wohnung. Phoebe und Grace tranken dampfenden Kaffee, der großzügig mit Bushmills angereichert war. Xin blieb bei Kaffee pur. Ihr Körper war ja ein Tempel.

»Du hättest Xin mal sehen sollen«, sagte Grace. »Sie war toll. Hat alle Gesetze der Schwerkraft überwunden.«

»Das war doch nix«, erwiderte Xin verlegen. »Ist meine Lebensaufgabe, dem Guten zum Sieg übers Böse zu verhelfen.«

Phoebe gab Xin eine Schachtel in einer Plastiktüte.

»Was ist das?« fragte Xin argwöhnisch.

»Mach auf und schau nach«, sagte Phoebe.

Xin fummelte in der Tüte herum. »Wow! Ein eigenes Handy!«

Phoebe grinste sie an. »Das hilft dir beim Kampf gegen das Böse.«

»Dermot hat gesagt, daß sie Spuren von Carenzas Blut im Kofferraum von Frees Volvo gefunden haben«, sagte Grace. »Ich frage mich, ob sie die ganze Zeit von dem Testament gewußt hat.«

»Bestimmt«, behauptete Xin. »Ist aber 'n bißchen radikal, die Alte zu killen, oder? Ich meine, sie hätte ja warten können, bis sie von allein den Geist aufgibt. Carenza war ja nicht gerade die Jugend in Person, oder?«

»Vielleicht hat Carenza ihr von Brian Drummond erzählt«, sagte Grace. »Denk nur an die nicht unterschriebene Vereinbarung über das Darlehen, die wir gefunden haben, nachdem er sich umgebracht hat.«

Es klingelte an der Tür. Grace ging nach unten, um aufzumachen.

»Man möchte meinen, daß sie brav wie'n Lamm ist, wenn man sie so sieht, oder?« sagte Xin, während sie in der Schachtel nach der Bedienungsanleitung für das Handy suchte.

»Wer?«

»Na, Free. Glauben Sie, daß Luke was mit ihr hatte?«

Phoebe zuckte mit den Schultern. »Ich weiß es nicht. Hoffentlich nicht. Wird Zeit, daß Grace mal Glück mit einem Mann hat.«

Grace kam in Begleitung von Dermot zurück. Er ging direkt zum Kamin und rieb seine Hände gegeneinander. Phoebe, die ihm am nächsten saß, konnte die Kälte spüren, die sein Mantel abgab. Sie stand auf. »Kommen Sie, setzen

Sie sich«, sagte sie. »Ihnen ist bestimmt eiskalt.« Er zögerte eine Sekunde lang und setzte sich dann. Grace gab ihm einen Becher Kaffee. Er wärmte sich die Hände daran.

»Danke.«

»Was gibt's Neues vom Revier?« fragte Grace.

Dermot nahm einen Schluck Kaffee. »Free wird zunächst mal wegen versuchten Mordes angeklagt, obwohl ich davon ausgehe, daß wir sie für Carenza und wahrscheinlich auch Cassie Drummond drankriegen werden, sobald die Laborbefunde da sind.«

»Sie muß verrückt sein«, sagte Phoebe.

»Krankhaft verrückt«, stimmte Dermot zu.

»Was glaubst du, warum sie versucht hat, Luke umzubringen?« fragte Grace vorsichtig.

Er starrte ins Kaminfeuer und schüttelte den Kopf. »Da bin ich genauso schlau wie du. Er war wahrscheinlich zur falschen Zeit am falschen Ort. Übrigens hat Pattie Doyle die Brosche gefunden. Du weißt schon, die fehlende Diamantbrosche.«

»Die in der Form einer Weizengarbe?«

Dermot nickte.

»Wo?«

»In dem Ersatzreifen im Kofferraum des Volvos«, sagte Dermot.

»Was hat Free denn bisher gesagt?« fragte Phoebe.

»Nicht viel«, antwortete Dermot. »Sie war dermaßen aufgebracht, daß der Arzt ihr ein Beruhigungsmittel gegeben hat. Ich werde sie erst morgen richtig vernehmen.«

»Und was ist mit Poppy?« fragte Xin. »Wie hat die das aufgenommen?«

Dermot atmete hörbar aus. »Ich bin ihr bisher aus dem Weg gegangen«, sagte er. »Jack Mulloy hatte das Vergnügen, mit ihr zu reden.«

»Hätte keinem netteren Kerl passieren können«, bemerkte Grace grinsend.

Schweigend blickten sie ins Feuer. Nach einer Weile trank Dermot seinen Rest Kaffee aus und stand auf. »Also, ich bin weg«, sagte er. Er sah zu Grace und grinste. »Ich bin nur vorbeigekommen, um dir zu sagen, daß Luke bei Bewußtsein ist. Er hat nach dir gefragt.«

»Warum hast du das denn nicht gleich gesagt?« fragte Grace vorwurfsvoll, griff nach ihrem Mantel und eilte zur Tür hinaus.

Phoebe, Xin und Dermot starrten auf die offene Tür.

»Dafür, daß sie ihm alles mögliche unterstellt hat, vergeudet sie aber keine Zeit, um zu ihm zu kommen«, bemerkte Xin trocken.

Luke war noch ziemlich schwach, als Grace im St. Vincent's ankam. Nachdem sie versprochen hatte, nur ein paar Minuten zu bleiben, ließ die Nachtschwester sie zu ihm. Er hatte die Augen geschlossen. Grace verharrte an seinem Bettende und sah ihn an. Nach einer Minute öffnete er die Augen. Als er sie erkannte, warf er ihr sein schiefes Lächeln zu.

»Hallo«, sagte sie.

»Selber hallo«, erwiderte er.

»Wie fühlst du dich?«

»Wie seh' ich aus?«

»Grauenhaft.«

»Danke«, sagte er. »Dermot hat erzählt, daß du und Xin mich vor einem grauenhaften Tod bewahrt habt.«

Grace lachte. »So ungefähr«, sagte sie. »Aus irgendeinem Grund hat Free versucht, dich mit Abflußreiniger vollzupumpen. Kannst du dich überhaupt erinnern, was passiert ist?«

»Nicht sehr gut«, sagte er. Er runzelte die Stirn. »Ich erinnere mich daran, daß ich mit ihr gegessen hab.« Er bemerkte Graces Gesichtsausdruck. »Und bevor du dich aufregst: Ich konnte nicht anders. Sie war durcheinander, also bin ich mit ihr durch die Gegend gefahren. Ich erinnere mich auch daran, daß wir den Pub verlassen haben. Ich hatte es eilig, um in die Stadt zurückzukommen, weil wir beide verabredet waren. Aber das ist alles. Danach ist alles schwarz.«

»Wir glauben, daß Free dich überfahren und dann in dem Glauben zurückgelassen hat, du wärst tot.«

»Hat Dermot schon erzählt. Aber ich erinnere mich nicht«, sagte er.

»Sie haben außerdem Spuren von Carenzas Blut im Kofferraum von Frees Wagen gefunden. Sieht also so aus, als hätte sie mit dem Mord zu tun, ebenso wie mit dem an der armen Cassie Drummond.«

»Warum?« überlegte Luke. »Warum hat sie Cassie umgebracht?«

Grace ging um das Bett herum, setzte sich auf die Bettkante und nahm seine Hand. »Wer weiß? Sie ist verrückt. Aber sicherlich ist sie nicht von allein so geworden.«

Luke lächelte über die Bemerkung. »Stimmt. Obwohl ich Poppy mag. Sie ist ein nettes, harmloses altes Weib. Bestimmt ist sie wegen Free am Boden zerstört.«

»Hmm«, machte Grace. Lukes Augenlider wurden immer schwerer. Sie stand auf.

»Geh noch nicht«, sagte er.

Sie setzte sich wieder und nahm erneut seine Hand.

»Diese Krankenbesuche werden zu einer Gewohnheit«, sagte sie. »Meine Eltern liegen auch hier.«

»Beide?«

Grace nickte. »Sie hatten einen Autounfall.«

»Wie geht's ihnen?« fragte Luke besorgt.

Grace zuckte mit den Schultern. »Es wird schon wieder

werden. Mein Vater scheint sich zu einem religiösen Fanatiker gewandelt zu haben. Er hat sogar die arme Xin am Wikkel gehabt und sie dazu gebracht, den Rosenkranz mit ihm zu beten!«

»Ach ja, die Ninja«, sagte Luke und grinste Grace schläfrig an.

Grace lächelte. »Das muß an all den Drogen liegen, die sie ihm hier verabreichen.«

»Könnte wirklich an den Medikamenten liegen«, bestätigte Luke. »Ich weiß ja nicht, was sie mir geben, aber ich glaube, ich bekomme davon Halluzinationen.«

»Wirklich?«

»Ja. Ich könnte schwören, daß ich mal ein riesiges gelbes Hühnchen an meinem Bettende gesehen habe.«

»Du liebe Güte! Meinst du das ernst?« fragte Grace und mußte ein Kichern unterdrücken.

»Todernst«, sagte er.

2,–

Diogenes Taschenbuch 24401

detebe

LUKAS HARTMANN, geboren 1944 in Bern, studierte Germanistik und Psychologie. Er war Lehrer, Journalist und Medienberater. Heute lebt er als freier Schriftsteller in Spiegel bei Bern und schreibt Bücher für Erwachsene und für Kinder. Er ist einer der bekanntesten Autoren der Schweiz und steht mit seinen Romanen regelmäßig auf der Bestsellerliste. Für *Bis ans Ende der Meere* wurde er 2010 mit dem Sir-Walter-Scott-Literaturpreis für historische Romane ausgezeichnet.